民國文化與文學研究文叢

七　編

第28冊

時代重構與經典再造（晚清與民國卷・1872～1949）
——國際青年學者專題學術論集（第五冊）

李浴洋 編

國家圖書館出版品預行編目資料

時代重構與經典再造（晚清與民國卷・1872 ～ 1949）——國際青年學者專題學術論集（第五冊）／李浴洋 編 -- 初版 -- 新北市：花木蘭文化事業有限公司，2017〔民 106〕
目 4+178 面；19×26 公分
（民國文化與文學研究文叢 七編；第 28 冊）
ISBN 978-986-485-251-2（精裝）
1. 中國當代文學 2. 文學評論 3. 文集
820.8 106013226

民國文化與文學研究文叢
七 編 第二八冊 ISBN：978-986-485-251-2

時代重構與經典再造（晚清與民國卷・1872 ～ 1949）
——國際青年學者專題學術論集（第五冊）

編 者 李浴洋
總 編 輯 杜潔祥
副總編輯 楊嘉樂
編 輯 許郁翎、王 筑 美術編輯 陳逸婷
出 版 花木蘭文化事業有限公司
社 長 高小娟
聯絡地址 235 新北市中和區中安街七二號十三樓
電話：02-2923-1455／傳眞：02-2923-1452
網 址 http://www.huamulan.tw 信箱 hml 810518@gmail.com
印 刷 普羅文化出版廣告事業
初 版 2017 年 9 月
全書字數 885921 字
定 價 七編 31 冊（精裝）新台幣 58,000 元

時代重構與經典再造（晚清與民國卷・1872～1949）

——國際青年學者專題學術論集（第五冊）

李浴洋　編

時代重構與經典再造

陳平原

目次

第一冊

第二冊

專題二・戰時中國的世變與文運

第三冊

專題三・現代學術的展開

第四冊

專題四・重審周氏兄弟

專題五・詞章與說部

第五冊

閱讀《沉淪》：一種「共情」機制的建立

劉瀟雨

（華南師範大學文學院）

1921 年，郁達夫的小說集《沉淪》由上海泰東圖書局出版，這是新文學第一部個人短篇小說集。根據鄭伯奇的回憶，《沉淪》甫一出版就大受歡迎，「出版者當然高興，達夫更高興。他當時常常半帶興奮半開玩笑地說道：『沉淪以斯姆！沉淪以斯姆！』他的意思是說，《沉淪》也許會像《少年維特之煩惱》出版當時那樣，形成一時的風氣。」鄭伯奇認爲事實雖不如郁達夫想像那樣，「《沉淪》並沒有成爲風行一時的什麼主義之類的東西，但它對當時中國的部分青年的確發生過一定的影響。有些愛好文學的青年甚至摹仿達夫的風格，寫出過類似的作品。」〔註 1〕

《沉淪》究竟有沒有成爲一種「主義」，我們暫且不論，不過倒是可以先來討論一下，是什麼構成了郁達夫所謂的「沉淪以斯姆」。儘管《沉淪》初出版時遭遇了一系列爭議，聚焦在小說中的性描寫問題，但如李歐梵所言：「即使郁達夫誠摯地自我揭示，他所顯示的性欲，只不過是他表達自己的一種方法，而不是一種目的。」〔註 2〕反倒是張資平，因其在小說中不加節制地描寫多角戀愛與性欲衝動，成爲一時的暢銷書家。相較於性描寫，張愛玲注意到的「sentimental」，反而可能是郁達夫所更爲著意在新文學中建立的一種「主義」。

〔註 1〕鄭伯奇，〈憶創造社〉，收於王延晞、王利《鄭伯奇研究資料》（北京：知識產權出版社，2009 年），頁 88～89。

〔註 2〕李歐梵著，王宏志等譯：《中國現代作家的浪漫一代》（北京：新星出版社，2005 年），頁 277。

1974年，張愛玲在《中華時報》「人間副刊」連載長文〈談看書〉〔註3〕，其中談到：

> 郁達夫常用一個新名詞：「三底門答爾」（Sentimental），一般譯爲「感傷的」，不知道是否來自日文，我覺得不妥，像太「傷感的」，分不清楚。「溫情」也不夠概括。英文字典上又一解是「優雅的情感」，也就是冠冕堂皇、得體的情感。另一個解釋是「感情豐富到令人作嘔的程度」。近代沿用的習慣上似乎側重這兩個定義，含有一種暗示，這情感是文化的產物，不一定由衷，又往往加以誇張強調。不怪郁達夫只好音譯，就連原文也難下定義，因爲它是西方科學進步以來，抱著懷疑一切的治學精神，逐漸提高自覺性的結果。〔註4〕

又稱自從郁達夫用過這名詞，到現在「還是相當陌生，似乎沒有吸收，不接受。」張愛玲猜想其原因，「是中國人與文化背景的融洽，也許較任何別的民族爲甚，所以個人常被文化圖案所掩，『應當的』色彩太重。反映在文藝上，往往道德觀念太突出，一切情感順理成章，沿著現成的溝渠流去，不觸及人性深處不可測的地方。」〔註5〕從文化批判的角度看，此論大體不錯，不過，「sentimental」是否眞的「沒有吸收、不接受」，值得放回當時的社會文化場域進一步討論。可以說，閱讀《沉淪》的過程，是與新文學中新的讀者群體、文化語境與期待視野的建立同構發生，透過對這一過程的考察，有助我們引申出對新文學發生期一些相關重要議題的思考。本文關心的話題，便是郁達夫如何藉由「sentimental」這一「文化的產物」，如何在整體的社會文化場域的「感覺結構」中與其讀者群體建立起一種「共情」關係，並影響到新文學的消費與再生產，而這種 sentimental 的「共情」機制，在變化了的「感覺結構」中，又會遭遇何種命運。

一

郁達夫的確相當有意識地，試圖將 sentimental 這個詞引入、化用到新文學乃至五四後期的現代中國文化場域之中。陳翔鶴曾回憶與郁達夫的交往經歷，「有一次，他遞給我一本剛才出版的《沉淪》說：『你拿去讀讀看，讀完以

〔註3〕後收入《張看》，於1976年5月臺北皇冠出版社初版。

〔註4〕張愛玲，〈談看書〉，《張愛玲文集》第四卷（合肥：安徽文藝出版社，1992年），頁291～292。

〔註5〕張愛玲，〈談看書〉，《張愛玲文集》第四卷，頁292。

後，告訴我你的意見。中國人還沒有象我這樣寫小說的。有些人是淺薄無聊，但我卻是淺薄有聊。中國人此刻還沒有人懂得什麼是 Sentimental。』」〔註6〕

「Sentimental」，在郁達夫的小說中第一次出現，是〈沉淪〉描寫在日本留學的主人公夜晚乘坐火車時候的經歷：

> 他一個人靠著了三等車的車窗，默默的在那裏數窗外人家的燈火。火車在暗黑的夜氣中間，一程一程的進去，那大都市的星星燈火，也一點一點的朦朧起來，他的胸中忽然生了萬千哀感，他的眼睛裡就忽然覺得熱起來了。
>
> 「Sentimental，too sentimental！」
>
> 這樣的叫了一聲，把眼睛揩了一下，他反而自家笑著自家來。
>
> 「你也沒有情人留在東京，你也沒有弟兄知己住在東京，你的眼淚究竟是爲誰灑的呀！或者是對於你過去的生活的傷感，或者是對你二年間的生活的餘情……」

在〈南遷〉中，郁達夫藉別人之口說出主人公是一個「sentimentalist」（生的悶脫列斯脫）。成仿吾、鄭伯奇在評論郁達夫時，也不約而同以之稱呼。〔註7〕〈銀灰色的死〉以及之後陸續發表於創造社刊物的〈茫茫夜〉、〈友情與胃病〉、〈風鈴〉、〈蔦蘿行〉、〈青煙〉等亦無不浸染在主人公豐富的眼淚與多情的悲酸中——因爲太「sentimental」，郁達夫小說中人物的設定不免會因此帶上點「都市的懷鄉病（Nostalgia）」或憂鬱症等現代疾病；〔註8〕此外，借助對情境、風景的書寫，「哀傷」、「孤寂」、「淒涼」、「孤冷」、「鬱悶」等等與之情緒關聯的詞彙，也頻頻出現，營造出郁氏小說在五四早期文學創作中獨特的感傷美學。對於「sentimental」，郁達夫有相當的文類自覺，他曾與田漢討論過自己

〔註6〕陳翔鶴，〈郁達夫回憶瑣記〉，《文藝春秋副刊》第1卷第1期，1947年1月。

〔註7〕成仿吾，〈《〈沉淪〉的評論〉，《創造》季刊第1卷第4期，1923年2月1日；鄭伯奇，〈《〈寒灰集〉批評》，《洪水》第3卷第33期，1927年5月16日。

〔註8〕吳曉東認爲郁達夫的疾病敘事，「反映著中國現代主體的建構過程與民族國家之間密不可分的關聯性」，參見吳曉東〈中國現代審美主體的創生——郁達夫小說再解讀〉，《中國現代文學研究叢刊》，2007期第3期。彭小妍則追索字源，指出「憂鬱」與字尾「症」合成一字作爲疾病的名字，爲日文的創造，郁達夫等現代作家必須透過譯介的知識，來嘗試瞭解、描述現代人的情感、精神狀態及心的疾病，參見彭小妍〈一個旅行的現代病：「心的疾病」與摩登青年〉，《浪蕩子美學與跨文化現代性》（臺北：聯經出版公司，2012年）。

的戲劇創作《孤獨》，稱：「我覺得戲劇裡面的『傷感』（Sentimentalism）比小說更緊要，在舞臺上收成效的大約都是羅曼的和感傷的作品。」〔註 9〕1940 年代沈從文在評論郁達夫在小說方面的影響時，便直接將其創作名之爲「感傷小說」。〔註 10〕

所謂「sentimental」，在西方文化語境裡有相當複雜的詞義演變歷史，而且與以「sense」爲中心的一組詞如「sensibility」的關係也頗爲纏繞。這一組詞的相互關係有一部分已經在燕卜蓀的著作《複雜詞彙的結構》（*The Structure of Complex Words*）裡有所討論，雷蒙‧威廉斯則進一步指出文化演進中這個詞的意義流變：

> Sentiment 最接近的詞源爲中古拉丁文 sentimentum，可追溯的最早詞源爲拉丁文 sentire——意指感覺（to feel）。Sentiment 在 14 世紀指的是身體的感覺，在 17 世紀指的是意見與情感。在 18 世紀中葉，sentimental 是一個普遍通用的詞：「這個在上流社會廣爲流行的詞『sentimental』（多情的；情感上的）……從這個詞可以瞭解到任何愉快、巧妙的事情。當我聽到下列的話，我經常會感到驚訝：這是一個 sentimental 的人；我們是一夥 sentimental 的人；我做了一個 sentimental 的散步。」此處 sentimental 的意涵與 sensibility 的意涵關係密切，指的是情感上率眞的感受，同時也指有意識的情感發洩。後者的意涵使得 sentimental 這個詞備受批評，並且在 19 世紀被隨意地使用：「那一種粉紅色的煙霧，裡面包含多愁善感（sentimentalism）、博愛與道德上的趣事」（卡萊爾，1837）「情感上的激進主義」（Sentimental Radicalism，巴傑特論狄更斯，1858）。許多道德或激進的意涵（與意圖及效果有關）亦被用來描述情感（sentiment）的自我表現。在騷塞的保守階段，他將 sensibility 與 sentiment 結合在一起：「這些感情用事的階級（sentimental classes）指的是具有熱烈的或病態情感的人」（1823）。這個怨言是針對情感「過剩」（too much），以及「放縱情感『（indulge their emotions）的

〔註 9〕郁達夫，〈孤獨與平靜（致田漢）〉，《郁達夫全集》第 6 卷（杭州：浙江大學出版社，2007 年），頁 50。

〔註 10〕沈從文，〈郁達夫張資平及其影響〉，《沈從文全集》第 16 卷（太原：北嶽文藝出版社，2002 年），頁 187。

人。這個論點使 sentimental 變成一個固定的貶義詞……並且完全決定了 sentimentality 之意涵。〔註 11〕

18 世紀後期發端於英國的感傷文學，其社會根源出自資本主義擴張後激化的階層矛盾，資產階級中、下層深感社會貧富懸殊，哀怨情緒由此產生，並迅速彌漫歐洲，發展到後來，則逐漸有氾濫態勢。就西方現代文藝理論而言，由「sentimental」式的表達衍生而來的「Sentimentalism」（感傷主義）特指對某一場合流露出過多的情感，尤其是對憐憫、同情等「多愁善感」的放縱，一般在貶義的層面來使用。不過，艾布拉姆斯已經提醒我們注意，「由於情感過多或情感放縱的構成因素與個人的判斷與文化、文學領域裡發生的巨大歷史變化有關，所以，對某個時代的普通讀者而言是人類情感的正常表露，在後世的許多讀者看來也許就顯得多愁善感。」〔註 12〕「當今大多數讀者認爲 18 世紀的情感戲劇與情感小說都表現出荒誕可笑的感傷主義，曾經相當出名的悲傷片段，如維多利亞時期的小說和戲劇中的許多死亡場景，尤其是孩童死亡的場景，都引起現代讀者的嘲笑而不是喚起他們的眼淚。」〔註 13〕

因代際距離引發的情感區隔，不難理解。也許現在的讀者閱讀《沉淪》，可能會認爲其中表現的情調不免有點矯飾，但對郁達夫來說，至少他是通過自敘傳式的書寫表現了情感的率眞感受，同時也達成了對自己作爲過渡時期知識青年所感知的壓抑情緒的放縱紓解。而另一方面，小說所呈現的主人公與其感知的外部世界的關係，非以英文「sentimental」來傳達不可的原因，一則是因爲這個詞頗爲複雜的文化內涵，二來，藉由展示自己對另一種文化資本、文化符號的掌握，主人公乃至作者方獲得一種文化等級上的優越感。正如有研究者指出，《沉淪》的生產、閱讀以及複製過程，其「文學場域的意義既在於一種全新的文學形式的出現，也在於一個全新的文學形象傷感、頹廢的『新青年』的出現」。五四新文學中被直接、廣泛使用的西方原文語彙或者音譯詞彙，象徵了現代性的文化權力，承擔著一定意義上的敘事功能。所以

〔註 11〕雷蒙・威廉斯著 劉建基譯，《關鍵字——文化與社會的詞彙》（北京：三聯書店，2005 年），頁 430～431。

〔註 12〕例如雪萊在寫於 1821 年的《厄皮賽乞迪翁》裡表達了一位情人的情感反應並試圖喚起讀者的情感共鳴，在 1930 年代的新批評家看來就顯得多愁善感，參見 M.H.艾布拉姆斯，《文學術語辭典》第 7 版（北京：北京大學出版社，2009 年），頁 569。

〔註 13〕M.H.艾布拉姆斯，《文學術語辭典》第 7 版，頁 569。

《沉淪》的主人公不能光會寫蘊藉了離愁別緒的舊詩，來自異國（尤其是西方）的文學、文化書籍、語言莫不作爲符號象徵著主人公不言自明的文化「身份」（在現代教育和出版體系下生長起來的「新」青年）。〔註 14〕

李歐梵曾總結五四文人的兩種浪漫心態：「少年維特型」（消極而多愁善感的）和「普羅米修士型」（生機勃勃的英雄），「維特型」的特徵之一，就是 sentimentalism，李把郁達夫列入這一型，並稱其將 sentimental 譯爲「生的悶脫兒」，十分「生動、傳神」。〔註 15〕討論《沉淪》集中的三篇小說時，李歐梵認爲郁達夫將「引來的浪漫主義」引用（quoting）在自己的文學創作時，產生了一種藝術上的「化學作用」。例如《銀灰色的死》中，主人公典當亡妻戒指換錢爲心儀的日本姑娘購買結婚禮物的情節，靈感來自斯蒂文遜的短篇小說 *A Lodging for the Night*（《夜裡投宿》），「但斯蒂文遜寫這位詩人的方式毫不傷感」，原作結尾斯蒂文遜「非但沒有流露悲情」，而且在故事後半，以「反傷感」（unsentimental）的處理方式賦予小說以活力，但郁達夫卻還是借用了「換錢」的插曲而將之「傷感化」。李歐梵指出郁達夫並非不理解浪漫主義的哲學層次，「而恰是他那股執意的『沉淪』意識和『生的悶脫兒』的心態，令他無法解脫或超越。」〔註 16〕

李歐梵注意到郁達夫不僅僅在文學內容層面表現了所謂 sentimental，而且這種感傷心態內在地影響了其對小說形式的改寫，以至其個人的文學風格、主體的確立。當然，我們也可以推測，這是郁達夫對五四初期新文學在與遠景的政治目標結盟中的創作框架的一種「反動」。相較於《新青年》同人、新潮社乃至文學研究會成員在「聯合改造」思潮影響下〔註 17〕以文學思考、關

〔註 14〕參見鄭堅，《吊詭的新人——新文學中的小資產階級形象研究》（南昌：百花洲文藝出版社，2005 年），頁 71～78。

〔註 15〕李歐梵，《中國現代作家的浪漫一代》，頁 282～283。李歐梵，〈引來的浪漫主義：重讀郁達夫〈沉淪〉中的三篇小說〉，《江蘇大學學報（社會科學版）》第 8 卷第 1 期，2006 年 1 月。

〔註 16〕李歐梵認爲因而在夏志清所說的中國現代文學「感時憂國」的特徵中，郁達夫反而「感時」多過「憂國」。參見李歐梵〈引來的浪漫主義：重讀郁達夫〈沉淪〉中的三篇小說〉，《江蘇大學學報（社會科學版）》第 8 卷第 1 期，2006 年 1 月。

〔註 17〕參見石曙萍，《知識分子的崗位與追求——文學研究會研究》（北京：東方出版中心，2006 年），頁 1～11；潘正文，《「五四」社會思潮與文學研究會》（北京：新星出版社，2011 年）。

注外部的社會公共問題，〔註 18〕與其說郁達夫並不那麼注重以「思想」來討論「問題」，毋寧說他更關心文學在「情感」交流中的實際「效果」——即書寫內在的「自我」，或者，他更願意去展示由那些切中個人意識的問題：身體、性問題、求愛、生存、出路等等混雜交纏而成的情緒體察。他抓住了時代沉浮中屬於個人的幽深的內在精神體驗，並爲之著力甚深。

二

經由郁達夫的努力，「確確實實地將 Sentimental 一字介紹到中國來了」。〔註 19〕郁達夫式的感傷書寫，得到創造社其他成員的同聲呼應。郭沫若的〈漂流三部曲〉，成仿吾的〈一個流浪人的新年〉等小說，都著力表現個人的憂鬱與傷懷，因而也被時人視作同爲「sentimental」式文學的代表。〔註 20〕根據陳翔鶴的回憶，1920 年代的青年讀者，投入了自己眞摯的熱情來追捧創造社的出版物：「自從《創造週報》出版以後，青年人對創造社諸人的崇敬和喜愛，不覺便更加強烈起來。這從每到星期日，在上海四馬路泰東書局發行部門前的成群集隊的青年學生來購買《創造週報》的熱烈，便可窺見一個梗概。」有熱情少年，連夜從無錫、鎭江、蘇州、杭州等地跑來上海購買《沉淪》，《蔦蘿集》主人公身著的香港布制服，也被青年學生紛紛傚仿，成爲一時流行時尚。〔註 21〕陳翔鶴自己，便是一個深受「sentimental」影響的文學青年：「我在十三年的秋天又再度的去到北平。爲甚去呢？回想起來，這固然與當時所流行的 Sentimental 不無關係」。〔註 22〕王凡西也稱自己在北大念書時候受創造

〔註 18〕正如茅盾後來總結的，文學研究會派的作家所持的「共同的基本的態度」，在當時被理解作「文學應該反映社會的現象，表現並且討論一些有關人生一般的問題。」見《中國新文學大系，小說一集》導言，上海良友圖書印刷公司，1935 年，第 4 頁。在小說〈胃病〉中，郁達夫則藉主人公之口頗爲激烈地抨擊了彼時文壇：「上海的文氓文丐，懂什麼文學！近來甚麼小報，《禮拜六》，《遊戲世界》等等又大抬頭起來，他們的濫調筆墨中都充溢著竹（麻雀牌）雲煙（大煙）氣。其他一些談新文學的人，把文學團體來作工具，好和政治團體相接近，文壇上的生存競爭非常險惡，他們那黨同伐異，傾軋嫉妒的卑劣心理，比從前的政客還要厲害，簡直是些 Hysteria 的患者！」見《郁達夫全集》第 1 卷，頁 85。

〔註 19〕陳翔鶴，〈郁達夫回憶瑣記〉，《文藝春秋副刊》第 1 卷第 1 期，1947 年 1 月。

〔註 20〕同上。

〔註 21〕匡亞明，〈郁達夫印象記〉，收於王自立 陳子善《郁達夫研究資料》，頁 52。

〔註 22〕陳翔鶴，〈郁達夫回憶瑣記〉，《文藝春秋副刊》第 1 卷第 1 期，1947 年 1 月。

社影響甚深：「『五卅』以前的二年中，我仍舊是漫無目標地亂讀書。不過由於創造社的影響，興趣卻漸漸專趨文學方面。和當時許多年青人一樣，我成了創造社諸作家的崇拜者，個人則尤其歡喜郁達夫，在有意無意中，深受了他浪漫的頹唐的影響。同時也因爲父親故世，家道日窘的關係，更加以『沉淪』式的不幸青年自命了。」〔註23〕

伊藤虎丸曾借用內田義彥對日本近代知識青年的類型劃分，以「政治青年」與「文學青年」，對應比較魯迅與創造社成員這兩代留日作家的差別。在近代日本，「政治青年」與「文學青年」分屬明治、大正的不同代際，由於自我認知的不同，存在諸多代際差異。譬如，「政治青年」的自我覺醒「同時是和國家的獨立的意識緊緊結合在一起的」，因而顯示出更多試圖打破秩序重建新制度的能動性，將「文學」視作促進「實學」（即近代諸科學）的不可缺少的根基，人格上因而也呈現爲「意志的生產型」；「文學青年」則試圖「脫出或逃避支配（統治）體制……從國家意志中解放出來，就意味著放棄了政治志向，在政治世界之外發現了『自我』」，因而傾向於追求個人的苦悶感性，將「文學」看作與「實學」相對立的、非此即彼的一種選擇，在人格形象上呈現爲置身於「生產」之外的，「感性的消費型」。〔註24〕姜濤在關於新文學的代際研究中，援引「政治青年」與「文學青年」的概念，分別對舉五四「學生」一代和五四後出現的「文學青年」一代，並注意到在與文學研究會成員年齡相仿的「創造社」身上，發生的代際「位移」：「同樣作爲新文學最初的實踐者，創造社成員與傅斯年、羅家倫、鄭振鐸等一樣，大多出生於19世紀90年底」，但這個團體的文學方式以及「感性的消費型」人格形象，與五四「先生」一代和「學生」一代，「其實存在著一定的隔膜，反倒是在新文學的第三代人那裏獲得了更多的反響。」〔註25〕

代際上大致屬於五四一代的創造社，卻與「文學青年」有著更爲深刻的情感聯結。在創造社方面，如郭沫若所言，因爲其主要成員當時遠在日本，「對於《新青年》時代的文學革命運動都不曾直接參加，和那時代的一批啓蒙家

〔註23〕王凡西，《雙山回憶錄》，（北京：東方出版社，2004年），頁8。
〔註24〕伊藤虎丸著 孫孟等譯，〈創造社與日本文學〉，《魯迅、創造社與日本文學》（北京：北京大學出版社，1995），頁181～227。
〔註25〕姜濤，〈從「代際」視角看五四之後「文學青年」的出現〉，《雲南大學學報（社會科學版）》2013年第1期。

如陳、胡、劉、錢、周，都沒有師生或朋友的關係」。〔註26〕遠離中心，因而以反叛者或挑戰者的邊緣姿態出現於文壇。在讀者方面，從文化參與的角度看，「讀者通過購買和閱讀他們所喜愛的書籍而肯定了這些作品中所體現出來的文體和語義成規」。〔註27〕鄭伯奇自剖創造社的感傷文學，受到青年讀者歡迎的緣由，與五四落潮後知識群體的精神苦悶，集結成一種失望、悲觀、萎靡等等情緒伴生的心理狀態，直接相關：「五四運動勢不能不變成一幕悲劇。當時所標榜的種種改革社會的綱領到處都是碰壁。青年的智識分子不出於絕望逃避，便得反抗鬥爭，這兩種傾向都是啓蒙文學者所沒有預想到的。創造社幾個作家的作品和行動正適合這些青年的要求。創造社所以能夠獲得多數的擁護者也是這個原故。」〔註28〕與創造社的受捧相對應的，是其他新文學的創作群體在讀者處受到的「冷遇」，《小說月報》革新後銷量上的起伏，可以從側面證實這一論斷。商務印書館的老派刊物《小說月報》在1921年由沈雁冰（茅盾）革新時，銷量一度大增，但後因高蹈的啓蒙姿態，將內容集中於「高深」的文學研究論文，時有不滿之聲出自新文學陣營內部，銷量也並不理想。〔註29〕鄭振鐸甚至情緒激烈地在《文學旬刊》中批評是時中國的「讀者社會」，「懶疲」〔註30〕、「還夠不上改造的資格」。〔註31〕

誠然，「sentimental」的、自傷自悼的「沉淪主義」作爲文學形式之一種，在閱讀中有很大可能會激發讀者的情感體驗，但是並非天然地具有「傳染性」，如何能契合這些青年讀者普遍的精神認同？這一代讀者所處的社會位置與文化環境，或許應得到更多的討論。

新文學召喚出的第三代人「文學青年」，構成了文學生活的主體，也是新文學普泛意義上所影響到的讀者大眾，他們大體都是受過新式教育的青年學生，即魯迅所說的「雖然生於清末，而大抵長於民國，吐納共和的空氣」

〔註26〕郭沫若，〈文學革命之回顧〉，收於王訓昭等編《郭沫若研究資料》（北京：中國社會科學出版社，1986年），頁260。

〔註27〕佛克馬　蟎布思講演　俞國強譯，《文學研究與文化參與》（北京：北京大學出版社，1997年），頁184。

〔註28〕鄭伯奇，〈導言〉，收於《中國新文學大系・小說三集》（上海：上海良友圖書印刷公司，1935年），頁12。

〔註29〕參見董麗敏，〈《小說月報》1923：被遮蔽的另一種現代性建構——重識沈雁冰被鄭振鐸取代事件〉，《當代作家評論》2002年第6期。

〔註30〕西諦，〈雜談〉，《文學旬刊》第40期，1922年6月11日。

〔註31〕西諦，〈新文學觀的建設〉，《文學旬刊》第37期，1922年5月11日。

〔註32〕的一代。這個青年群體所存在的憂鬱的大前提，已成社會所共識的「時代病」。《申報》上一篇題爲〈文學青年的憂鬱病〉的文章就指出，「被稱爲『文學青年』者，其表現於風度上，情操上，性情上……的，通常總黏著濃厚的憂鬱味；或是 Sentimental……企圖以消極的麻醉方法來解脫現實的苦悶，那結果正像『舉杯消愁愁更愁』那樣徒費心力，是無須說的。」作者稱，「自然我們是非心理學者那種觀念論的說法；而是依據了客觀存在的法則來診斷憂鬱這病症是一種『消費層』病，在社會的急遽的動亂中的一些『善良』的靈魂的常態。」〔註33〕

在新文學的代際研究中，與五四時期「政治青年」以居於社會中心的「主人翁」心態自命，互相之間分享傳遞改造社會的昂揚奮進不同，五四之後，受到新文化思潮感召的這一代新青年，從故鄉來到作爲文化中心的北京、上海等城市，學生運動的熱潮已然消退，而是時動盪的社會和落後的產業卻難以容納過多湧入城市的「僑寓」人口，這些知識青年，由是構成了城市裡一個邊緣的流動的「脫序」階層。他們是瞿秋白所謂的「薄海民」（Bohemian）〔註34〕，也是羅志田所指稱的「邊緣知識分子」〔註35〕或者陳永發所說的「小知識分子」群體〔註36〕，「因受過教育而自我期許甚高，又因無法參與新興的或固有的權勢網路，而不得不暫居邊緣，兩相矛盾造就了一種躁狂、動搖的普遍心態」〔註37〕。身世的飄零、理想的失落、生活的困頓，都深刻地烙印在了這一代青年的「感覺結構」之中。

〔註32〕魯迅，〈墳・雜憶〉，《魯迅全集》第1卷（北京：人民文學出版社，2005年），頁236。

〔註33〕白菜，〈文學青年的憂鬱病〉，《申報》1935年3月16日。

〔註34〕「『五四』到『五卅』之間中國城市裡迅速的積聚著各種『薄海民』（Bohemian）——小資產階級的流浪人的知識青年。」見何凝（瞿秋白），〈魯迅雜感選集序言〉，收於魯迅著 何凝選《魯迅雜感選集》，上海：青光書局，1933年，第19頁。

〔註35〕羅志田，〈失去重心的近代中國——清末民初思想權勢與社會權勢的轉移及其互動關係〉，收於葛兆光《清華漢學研究》第2輯（北京：清華大學出版社，1997年），頁102～121。

〔註36〕陳永發，《中國共產革命七十年》（臺北：聯經出版公司，1998年），頁133～140。

〔註37〕姜濤，〈浪漫主義、波西米亞「詩教」兼及文學「嫩仔們」和「大叔們」〉，收於孫文波主編《當代詩》第1輯（北京：文化藝術出版社，2010年），頁192。

三

「感覺結構」(structure of feeling)，出自雷蒙・威廉斯的文化社會學論述。威廉斯認爲文化和社會的變化可以被定義爲「感覺結構」的變化。他強調「感覺結構」是一種在歷史過程中不斷發展、變化的有機的東西，始終處於塑造和再塑造的複雜過程之中。相較於弗洛姆所說的「社會性格」或者本尼迪克特所說的「文化模式」，「感覺結構」是「某種更內在的因素的感覺」，是構成這些品質或模式「賴以存續的實際經驗」，或者說，它是「一種特殊的生活感覺，一種無需表達的特殊的共同經驗」〔註38〕：

> 我們談及的正是關於衝動、抑制以及精神狀態等個性氣質因素，正是關於意識和關係的特定的有影響力的因素——不是與思想觀念相對立的感受，而是作爲感受的思想觀念和作爲思想觀念的感受。這是一種現時在場的，處於活躍著的、正相互關聯著的連續性之中的實踐意識。於是，我們正在把這些因素界定爲一種「結構」，界定爲一套有著種種特定的內部關係——既相互聯結又彼此緊張的關係的「結構」。不過，我們正在界定的也是一種社會經驗，它依然處在過程當中。的確，這種經驗又常常不被認爲是社會性的，而只被當做私人性的、個人特癖的甚至是孤立的經驗。但通過分析，這種經驗（雖然它另外不同的方面很少見）總顯示出它的新興性、聯結性和主導性等特徵，它的確也顯示出其特定的層系組織。〔註39〕

實際存在的共同體，倚賴感覺結構來溝通和傳播。經由個人主觀情感的表達，與對客觀社會經驗的聯結，「感覺結構」形塑了一代人的思想與感受的形成，並由此將影響擴及整體生活方式。威廉斯認爲一個時期的文學藝術是最能夠呈現一個時期「感覺結構」的文化形式，在《漫長的革命》一書中，他通過討論 1840 年代英國小說中表現出來的「極爲深刻和廣闊的沉著」，來說明新時代所塑造出的對不斷變化著的環境的創造性反應，是如何鎔鑄在一代人變化了的「感覺結構」之中。〔註 40〕而更令威廉斯感興趣的

〔註38〕雷蒙德・威廉斯著 倪偉譯，《漫長的革命》（上海：上海人民出版社，2013年），頁56。

〔註39〕雷蒙德・威廉斯著 王爾勃、周莉譯，《馬克思主義與文學》（開封：河南大學出版社，2008年），頁141。

〔註40〕參見閻嘉，《馬賽克主義：後現代文學與文化理論研究》（成都：巴蜀書社，2013年），頁278。

是，相較社會性格或是一般文化模式在代與代之間的可繼承性，「感覺結構」並非通過後天習得而來，它有其特殊的代際性：「新的一代人將會有他們自己的感覺結構，這種感覺結構看起來不像是從什麼地方『來』的。因爲在這裡，最明顯不過的是，變化中的組織就好比是一個有機體：新的一代以自己的方式對它所繼承的那個獨一無二的世界作出反應，在很多方面保持了連續性（這種連續性可以往前追溯），同時又對組織進行多方面的改造，最終以某些不同的方式來感受整個生活，把自己的創造性反應塑造成一種新的感覺結構。」〔註 41〕

對 1920 年代的文學青年而言，其「感覺結構」已然不同於五四時期政治青年所感所知，「sentimental」在某種程度上就構成了這一代「感覺結構」的主體經驗或曰「創造性反應」。一開始看起來，好像是郁達夫自敘傳主人公特立獨行的孤立性情所致，是私人性的、個人特癖的「sentimental」，而在閱讀過程中，卻以與讀者的情感聯結成爲一種分享式體驗。〈沉淪〉中主人公呼告自己寧可不要知識、名譽，不要「那些無用的金錢」，我所要求的就是愛情」，而實則，知識、名譽、女性、金錢，這幾端的欲望都在主人公計算之列。〈南遷〉中主人公伊人內心所想，更可見誠實：

> 名譽我也有了，從九月起去便是帝國大學的學生了。金錢我也可以支持一年，現在還有二百八十餘元的積貯在那裏。第三個條件就是女人了。Ah，money，love and fame！

又或者，〈沉淪〉的主人公也如伊人，已擁有知識、名譽與金錢，所以更加誇張自己對愛欲的追求。郁達夫自敘傳中主人公之躋身高等教育門檻，掌握現代知識的文化權力，有一般讀者羨慕地視作「美妙的夢幻成爲事實」〔註 42〕，畢竟他們之中，境遇佳者或能作爲正式註冊的學生以完成學業，但即使在學，也因求學成本昂貴而感慨自己的「苦學」乃至「失學」，〔註 43〕甚至「畢業即

〔註 41〕雷蒙德・威廉斯著 倪偉譯，《漫長的革命》，第 57 頁。

〔註 42〕戈哥，〈郁達夫及其創作〉，《滬大文學》1935 年第 1 卷第 2 期。

〔註 43〕高爾松，〈青年問題討論：苦學生生活〉，《學生雜誌》第 10 卷第 5 號，1923 年。胡也頻在小說〈無題〉中就以書信體方式寫出一位因失學自殺的「亡友」的苦楚：「學校沒有宿舍和自辦伙食，的確是我失學的一個原因！恐怕也是無數失學者的一個原因吧？」見〈無題〉，《京報副刊・民眾文藝週刊》第 17 號，1925 年 4 月 14 日。小說摻雜了胡也頻自己的失學經歷，胡曾在天津大沽口海軍學校學輪機，後因軍費調整，學校停辦，他從此漂泊到北京。

失業」，也是普遍現象；〔註 44〕命途坎坷的，只能棲居在會館或學校周圍的公寓，以旁聽求得學問，捱著拮据甚至朝不保夕的生活。〔註 45〕這其中固然構成了傳播與接受過程中的權力關係，不過異處求學的寂寥「懷鄉」之感，仍是同聲相應。

在〈蔦蘿行〉等篇目中，郁達夫濃墨重彩地渲染了主人公的困擾來自生計、名譽、女性、金錢等多重欲求的失落，可以說，戀愛、求學、擇業、經濟，構成了郁達夫小說「感傷」的發生機制，而這些「生的苦悶」正投射著一代文學青年切身爲之困窘的現實體驗。就戀愛問題而言，遑論張資平式三角或四角的戀愛遊戲，很多青年只能屢屢遭遇求愛失敗的悲劇，〔註 46〕所謂「性的苦悶」，如有研究者指出，「往往是因窮困潦倒故此欲有愛而不得之的『苦悶』」，〔註 47〕最終還是陷入郁達夫式的「sentimental」。因而陳西瀅稱郁達夫筆下主人公的標籤極爲鮮明，「大都是一個放浪的，牢騷的，富於感情的，常常是墮落的青年」，「他的小說裡的主人翁可以說是現代的青年的一個代表，同時又是一個自有他生命的個性極強的青年。我們誰都認識他。」〔註 48〕匡亞明在關於郁達夫的回憶文章中即現身說法，「中國在『五四』與『五卅』之間，是一個極浪漫的時代，大家對於社會的前途都有一個憧憬，但僅僅是一個模糊的時代，所以一般腦子較清醒的人，都苦悶著在這個模糊的憧憬之中，以浪漫爲暫時的慰藉。達夫的作品，便充分的供給我們以認識這個時代

〔註 44〕關於新式教育的高成本以及畢業後學生難以被職業社會所消化的困境，參見羅志田，〈數千年中大舉動：科舉制的廢除及其部分社會後果〉，《二十一世紀》（香港），2005 年 6 月號；〈科舉制度廢除在鄉村中的社會後果〉，《中國社會科學》2006 年第 1 期。

〔註 45〕沈從文從湘西來到北京，便是在北大沙灘的公寓展開自己的文學「朋友圈」，見姜濤，〈從會館到公寓：空間轉移中的文學認同——沈從文早年經歷的社會學考察〉，《中國現代文學研究叢刊》2008 年第 3 期。

〔註 46〕文學青年中如早逝的詩人劉夢葦，生前曾因貧病交加而遭遇愛情的失敗，參見解志熙，〈孤鴻遺韻——詩人劉夢葦生平與遺作考述〉，《考文敘事錄——中國現代文學文獻校讀論叢》（北京：中華書局，2009 年）。王以仁的自殺也與無疾而終的戀情有關，因而朱湘在致趙景深信中評價「王以仁自殺事同劉夢葦的病死也有點像」，也是「失戀」所致，參見朱湘，〈寄趙景深〉，《朱湘文集》（北京：線裝書局，2009 年），頁 192。

〔註 47〕解志熙，〈愛欲抒寫的「詩與眞」——沈從文現代時期的文學行爲敘論（中）〉，《中國現代文學研究叢刊》，2012 年第 11 期，第 85 頁。

〔註 48〕陳源，〈新文學運動以來的十部著作（上）〉，《西瀅閒話》（石家莊：河北教育出版社，1994 年），頁 261。

的實際材料。他能現身說法的表白了這時代一部分青年人的苦悶，所以他的作品在青年之中，成了一個極有力的讀物。我自己便是其中的一個。」〔註 49〕沈從文在比較郁達夫與張資平這兩位當時「國內年青人皆知道」的作家時，也著意強調張資平熱衷的戀愛問題和郁達夫式的「感傷」是年青人「最切身的問題」：

> 窮，爲經濟所苦惱，郁達夫那自白的坦白，彷彿給一切年青人一個好機會，這機會是用自己的文章，訴於讀者，使讀者有「同志」那樣感覺。這感覺是親切的。友誼的成立，是一本《沉淪》。……似乎我們活到這世界上，不能得人憐憫，也無機會憐憫別人，談一下《沉淪》一類東西，我們就有一種同情作者的方便了。〔註 50〕

在討論情感文學時，心理機制上的體驗被一再強調，「與自己的悲傷不同，對他人的悲傷所產生的同情本身也是一種十分愉快的情感，因此應當作爲一種本身就具有價值的東西加以追求。」〔註 51〕由此不難理解，身份邊緣的文學青年爲何理解郁達夫，又爲何普遍接受 1924 年因魯迅等紹介而來的廚川白村「苦悶的象徵」理論。

在小說〈青煙〉中，當主人公稱「我也不知道這憂鬱究竟是從什麼地方來的」時候，「有幾個比較瞭解我性格的朋友說：『你們所感得的是 Toska，是現在中國人人都感得的。』」〔註 52〕「Toska」一詞出自俄語，大抵相當於「憂鬱-連同-渴望」，其核心意義是「一個人覺得當他想要某事發生且又知道它們不可能發生的感覺」。〔註 53〕在進入新文學語境時，被翻譯爲「世界苦」。〔註 54〕有意味的是，上海泰東圖書局老闆趙南公爲小說集《沉淪》撰寫的廣告詞，即宣揚「凡現代懷著世界苦的青年們，都不得不拍案共鳴，爲《沉淪》

〔註 49〕匡亞明，〈郁達夫印象記〉，《讀書月刊》第 2 卷第 3 期，1931 年 6 月 10 日。

〔註 50〕沈從文，〈郁達夫張資平及其影響〉，《沈從文全集》第 16 卷，頁 187。

〔註 51〕M.H.艾布拉姆斯，《文學術語辭典》第 7 版，頁 565。

〔註 52〕郁達夫，〈青煙〉，《郁達夫全集》第 1 卷，頁 267。

〔註 53〕G.E.R.勞埃德著 池志培譯，《認知諸形式：反思人類精神的統一性和多樣性》（南京：江蘇人民出版社，2013 年），頁 59。

〔註 54〕聞天、馥泉，〈王爾德介紹——爲介紹「獄中記」而作〉，《民國日報・覺悟》1922 年第 4 卷第 3 期。同時期被譯爲「世界苦」的外來詞彙還有德語中的「Weltschmerz」，見郁達夫〈藝術與國家〉，《創造週報》第 7 號，1923 年 6 月 23 日；田漢於 1919 年寫作的新詩〈梅雨〉，《田漢全集》第 11 卷（石家莊：花山文藝出版社，2000 年），頁 3。

的主人公痛哭內容。」〔註 55〕前引小說〈沉淪〉主人公感喟自己在異鄉東京沒有情人、弟兄知己——戀情、親情、友情三重維度的關係缺失，夾雜著現代性鄉愁和都市憂鬱病，令他呼喊出的「sentimental」，內中便包含了「toska」的複雜感覺，藉由營造主人公漂泊的身世和不幸的遭遇，郁達夫小說不僅展示了「感覺結構」中普遍的個人經驗，而且與一種世界性的現代情感相關聯，塑造了一代文學青年對自己的身份想像。

由此看來，郁達夫所盼望的「沉淪以斯姆」，大抵可說成立，其感傷書寫通過展現個人在社會中普遍遭遇的拒絕、區隔與挫折，將個人情感在現實中落空的虛無感落實在了紙面上。1920 年代青年讀者引爲同道，引發的「同志」式情感震盪，幾近「情感狂熱」，正是因爲與這樣一種帶有療救作用的「閱讀心理」有關。這種接受與認同，大致可以用心理學上的「共情」（empathy）來解釋，當他們閱讀〈沉淪〉等作品的時候，感受著作者的私人世界，就好像那是自己的秘密世界一樣，但又未曾失去「彷彿」的意味，〔註 56〕通過閱讀、討論、感應「sentimental」，一種「共情」機制在郁達夫與其 1920 年代的青年讀者之間建立了起來。以至在新文學中，「sentimental」動輒可見——

在張聞天充滿感傷情調的小說〈旅途〉中，主人公王均凱去國離鄉之前，寫給戀人蘊青的信中說：「我不知道爲什麼，在這種境況內，我竟會這樣的『生的孟泰兒』（Sentimental）。」〔註 57〕1932 年謝冰瑩回顧自己 20 年代的創作，稱「在過去我的確太 sentimental 了，寫的東西往往根據我的情緒而轉移……我自認過去有時理智的確戰勝不了情感，往往有悲觀的傾向。」〔註 58〕1933

〔註 55〕1921 年 11 月 21 日《申報》廣告「創造社叢書第三《沉淪》」。陳福康推測此則廣告由趙南公所撰，見陳福康，〈創造社元老與泰東圖書局——關於趙南公 1921 年日記的研究報告〉，《中華文學史料》第 1 輯，頁 36。

〔註 56〕「empathy」最初是哲學和美學中的一個概念，後來也被引入心理學領域。在文學理論中 empathy 通常譯作「移情」，並與「同情」（sympathy）相對應。「『移情作用』表示旁觀者自身與眼前的人或物渾然一體，以致旁觀者似乎切身體驗到對方的體態、動作和情感。……同情與移情不同，它表示感情的共鳴，即：不是深入到他們或那些被我們賦予人類感情的非人事物的體內和感知中去體驗，而是與其在精神和情感上產生共鳴。」見 M.H.艾布拉姆斯，《文學術語辭典》第 7 版，頁 149。心理學上的「empathy」（共情）則強調反應-投射和對他人情感的知覺意識。本文意在討論文學閱讀中一種心理機制帶來的社會學層面的情感傳遞效果，所以以「共情」稱之。

〔註 57〕張聞天，〈旅途（三）〉，《小說月報》1924 年第 15 卷第 7 期。

〔註 58〕謝冰瑩，〈關於〈麓山集〉的對話〉，《麓山集》，上海：光明書局，1932 年，頁 2～3。

年王統照爲其於 1928 年初版的小說集《號聲》寫作再版自序，回顧自己 1920 年代的創作時感慨：「當然裡面有幾篇帶著點感傷氣氛，不能諱言——正自不必諱言。可是我寫那些文字的期間，自己的心緒沉鬱苦悶也爲此前所未有，沒有誇張與虛浮的 sentimental 在內，這是我敢於自白的。與民國十年左右的空想的作品相比雖然是感傷，我卻已經切實地嘗試到人間的苦味了。」〔註 59〕在 1934 年寫就的〈廬隱論〉中，茅盾以「幻想的 sentimental 的花衫」形容廬隱寫於 1924 年的小說《或人的悲哀》〔註 60〕……如此種種，即或是在反省的層面來回顧自身，也可見「sentimental」作爲一個外來詞彙，已經相當順利地進入到新文學的話語場域之中，成爲可以描述一代人「感覺結構」的不言自明的關鍵字。

雖然如謝冰瑩等後來矢口否認了自己曾經的感傷，不過擁躉者將「sentimental」解釋爲了面對現實的抵抗姿態，「在已覺醒或半覺醒的中國智識青年當中，便起著強烈的反應：他們自命爲『感傷主義者』，『弱者』，『零餘者』，而在郁郭諸人的影響之下，各各叫出了自己對舊社會，舊家庭，舊婚姻，舊學校種種不同的憤懣的反抗的呼聲。」身處其中的陳翔鶴自詡，「從他們的『形式』上，似乎脆弱的，退讓的，而其實本質確是硬朗的，積極的。」〔註 61〕一種現代性的「自我認同」也從中生成，並塑造了一代青年讀者的生活方式。作爲遊蕩在社會邊緣的知識個體，文學青年自命「感傷」、孤傲，以文學爲抵禦現實的盾牌，掙脫以往同鄉或者同校式的社會關聯，經由閱讀感同身受的「sentimental」，在純粹的情感基礎上建立連帶關係，結成了新的經驗共同體。應該說，「感覺結構」中郁達夫式的「sentimental」不僅僅是一種「文學情感模式的表現手法」〔註 62〕，而是在社會形構的紛雜活動中被視作「選擇性傳統」，被賦予了價值，得到了強調，〔註 63〕因而成爲一種被刻意追求、標榜的生活方式。

〔註 59〕王統照，〈〈號聲〉自序二〉，收於馮光廉 劉增人編《王統照研究資料》（銀川：寧夏人民出版社，1983 年），頁 132。

〔註 60〕未明，〈廬隱論〉，《文學》，1934 年第 3 卷第 1 期。

〔註 61〕陳翔鶴，〈郁達夫回憶瑣記〉，《文藝春秋副刊》第 1 卷第 1 期，1947 年 1 月。

〔註 62〕M.H.艾布拉姆斯，《文學術語辭典》第 7 版，頁 362。

〔註 63〕雷蒙德・威廉斯，《漫長的革命》，頁 57。

四

借助「sentimental」的表達，郁達夫小說勾連了一代青年讀者的日常經驗與時代感知，一種「共情」機制隨之建立起來。這一代讀者，不僅爭相閱讀，有的還參與到新文學的再生產場域中去。初入文壇的文學青年，幾乎都嘗試過自敘傳的感傷書寫，不需要掌握高深的文學研究能力，只需一氣將自己的情緒發洩出來，便可得到同道人的呼應，還能賺取稿費以改善生活，「感傷」無疑成爲他們踏入文學這一行當的「起點」。這解釋了在 1920 年代的新文學中，感傷書寫何以能夠成爲一種打破社團區隔的、症候式的表述。〔註 64〕

不過問題也隨之而來，誕生於五四新文化傳統中的新文學，外部的社會問題才是其關注的文學主體，現在逐漸爲出現於小說中的感傷的主人公取代。由此氾濫於文壇的眼淚與悲歎，如果往往只流於淺白的呼喊，那不過是造成新文學同質化而無意義的量的增加。1923 年王統照觀察是時的文壇創作，便已不得不憂心「情緒方面的作品多，而藝術上太缺欠」。〔註 65〕而且「sentimental」不僅作用在小說，其影響也擴及新文學其他文類。1926 年 6 月新月社詩人饒孟侃在《晨報副鐫》上發表《感傷主義與「創造社」》一文，對因創造社而起的感傷與新詩之流弊，展開批評。文章將情緒視作新詩的「生命」，稱「人類的神秘眞摯的情致，應當自然地流露出來」，才令讀者有所同感，而「假的或不自然的情緒」，往往流爲怪癖、虛幻，「菌生了一大批感傷的作品」，「感傷菌」的滋長，只能一味複製無意義的「無病呻吟」，那豈不是又落入舊詩的格套中去，「即是新詩宣告了死刑」。「在詩一方面大概是如此。其實在小說方面，創造社的那幾位作家也是犯了感傷主義的毛病。」〔註 66〕

袁可嘉曾爲「感傷」總結出一個公式：從「爲 Y 而 X」發展爲「爲 X 而 X」+自我陶醉，〔註 67〕按照袁可嘉的看法，「籠統地指一切虛僞、膚淺、幼稚的感情，沒有經過周密的思索和感覺而表達爲詩文，便是文學的感傷。」

〔註 64〕如創造社的倪貽德、葉靈鳳、陶晶孫、葉鼎洛、周全平、馮沅君，淺草—沉鐘社的陳翔鶴、林如稷、彌灑社的胡山源等等，沈從文也深受郁達夫影響，沈氏早期的一些小說創作對自敘傳式主人公的描摹，其形其意幾近脫胎《沉淪》。1923 年加入文學研究會的王以仁，更是爲郁達夫視作「直系的傳代者」。

〔註 65〕王統照，〈近來的創作界〉，《文學旬刊》第 12 號，1923 年 9 月 21 日。

〔註 66〕饒孟侃，〈感傷主義與「創造社」〉，《晨報副刊・詩鐫》1926 年 6 月 10 日。

〔註 67〕袁可嘉，〈漫談感傷〉，原載《大公報・星期文藝》1947 年 9 月 21 日，收於《論新詩現代化》（北京：三聯書店，1988 年），頁 218。

〔註68〕「感傷與正常的感情不同處即在它的反自然、不眞實，自作自受（這裡的「受」顯然很有苦中作樂的意味）虛僞玩意。」〔註69〕一味感傷，使文學失去了應有的目的和本眞價値，陷入矯揉造作中去。〔註70〕而且沉溺於感傷的文學呼告中，並不能解決現實的問題，甚至作爲一個群體潛在的文化心理，絕對是一味不健康，甚至「有害」的麻醉劑。1927年1月11日，劉半農在主編的北京《世界日報・副刊》上發表〈老實說了吧！〉一文，諷刺時下文壇一般青年在創作方面的怪現狀，就包括感傷的濫調：

> 有什麼了不得的東西可以發表呢？有！悲哀，苦悶，無聊，沉寂，心弦，密吻，A姊，B妹，我的愛，死般的，火熱的，熱烈地，溫溫地……顛而倒之，倒而顛之，寫了一篇又一篇，寫了一本又一本。
>
> 再寫一些好了。
>
> 悲哀，苦悶，無聊……又是一大本。〔註71〕

藝術上的粗疏與重複，暴露出新文壇的浮泛風氣。而跳開文學場域之外，更令知識者所擔憂的，是文學青年普遍感染上感傷的毛病之後，這種群體性情緒所引發的病理性的社會共鳴，對整體文化語境產生的負面影響。《申報》上一位作者「其然」即撰文警示此種「現社會最流行」的「感傷症」是處在社會「不進又不退的中間層」最易感染，且難以祛除，「祇是感傷，困難的問題是不能解決的。」惟有掙脫「坐以待斃」的困境，「快些覺悟」，才能找到「前途」。〔註72〕

在一位文學青年「萍若」因饒孟侃的抨擊而站出來爲「感傷文學」辯護的文章之中，援引廚川白村《苦悶的象徵》中「文藝是由苦悶產生出來的」一言，稱感傷文學自有其合法性，而且文學與時代思潮和社會背景的關係，使中國文學界中的「感傷情調」不至於是「無病呻吟」的「假的情緒」，而是包含一定的社會必然。〔註73〕撰寫此文的作者萍若顯然是創造社的擁躉之一。辯駁之外，他頗爲犀利地指出，饒孟侃乃至新月派諸君，以精英、藝術

〔註68〕袁可嘉，〈論現代詩中的政治感傷性〉，原載《益世報・文學週刊》1946年10月27日，收於袁可嘉《論新詩現代化》，頁53。

〔註69〕袁可嘉，〈漫談感傷〉，《論新詩現代化》，頁207。

〔註70〕在〈論現代詩中的政治感傷性〉一文中，袁可嘉便直指，「政治的感傷性」對於新詩來說是「最廣泛地被傳染，最富蝕害力的一種」「病害」。

〔註71〕劉復，〈老實說了吧！〉，《世界日報・副刊》1927年1月11日。

〔註72〕其然，〈感傷症〉，《申報》1933年8月1日。

〔註73〕萍若，〈論「不准感傷」及其他〉，《世界日報・副刊》1926年7月15日。

家自居，所以不承認感傷發生的現實基礎，相較之下，身居「漏室」、社會位置邊緣的自己更有體察、發言的資格。不過萍若也承認：「感傷雖也是沒用的，但缺少對於壓迫的覺悟，反抗的起點。」期待感傷之人，「可以進一步走上反抗的路了」。〔註 74〕

在 1930 年代的一代文學青年那裏，「沉淪」式的感傷姿態更是遭到拒絕。有人將感傷主義比喻爲沸騰前夕的水中「拉雜的礦物質」，「豫見本身將成鍋中殘渣的命運，發出了哀怨的呻吟，雖然這哀音小得幾乎全然將爲前者的悲壯之歌所掩沒」。「他們身上屬於『水』的部分，使他們時而和人家合唱著向蒼空的自由之國飛躍的壯歌，而『礦物質』的部分，卻使他們時而墮入感傷的網裏。感情的二重性的矛盾，就是這麼來的。」並呼告說，「現在我們所需要的，是偉大的悲壯的前進曲，我們不需要那種望月生愁，遇黃昏而起悲哀的感傷文字。雖然這現象在現在是不能完全盡絕的，但我們不能目爲『必然』而放任，我們要奉勸具有二重感情的感傷文學者：到達一百度的水，終於是要沸騰的，不先在現實生活中濾卻舊有的『礦物質』，結局也免不了是『鍋裏的渣滓』！」〔註 75〕

其實在此之前，創造社內部已經普遍發出「告別感傷」的聲音。創造社對於感傷的拒絕，與社會革命浪潮中成員的普遍政治轉向有關。擴及開去，也可見在不斷變化著的「感覺結構」中，「sentimental」已經不被需要，或者說，當舊的感覺結構被打破，情感被重新估定價值時，「Sentimental」的「共情」能力便失效了，其作爲一種情感教育、一種實踐意識，因所起的消極作用，在變化了的社會文化場域中成爲了一項被過濾掉的、棄絕的「傳統」。

主要參引文獻

1. 姜濤，〈從會館到公寓：空間轉移中的文學認同——沈從文早年經歷的社會學考察〉，《中國現代文學研究叢刊》2008 年第 3 期。
2. 姜濤，〈從「代際」視角看五四之後「文學青年」的出現〉，《雲南大學學報（社會科學版）》2013 年第 1 期。
3. 李歐梵著，王宏志等譯：《中國現代作家的浪漫一代》，北京，新星出版社，2005 年。

〔註 74〕萍若，〈論「不准感傷」及其他（續完）〉，《世界日報・副刊》1926 年 7 月 16 日。

〔註 75〕辛人，〈感傷主義〉，《申報・自由談》1934 年 11 月 29 日。

4. 李歐梵，〈引來的浪漫主義：重讀郁達夫<沉淪>中的三篇小說〉，《江蘇大學學報（社會科學版）》第 8 卷第 1 期，2006 年 1 月。
5. 羅志田，〈數千年中大舉動：科舉制的廢除及其部分社會後果〉，《二十一世紀》（香港），2005 年 6 月號。
6. 羅志田，〈科舉制度廢除在鄉村中的社會後果〉，《中國社會科學》2006 年第 1 期。
7. 雷蒙德·威廉斯著 倪偉譯，《漫長的革命》，上海，上海人民出版社，2013 年。
8. M.H.艾布拉姆斯，《文學術語辭典》第 7 版，北京，北京大學出版社，2009 年。
9. 佛克馬 螞布思講演 俞國強譯，《文學研究與文化參與》，北京，北京大學出版社，1997 年。
10. 伊藤虎丸著 孫孟等譯，〈創造社與日本文學〉，《魯迅、創造社與日本文學》，北京，北京大學出版社，1995 年。

打著三國反三國
——論周大荒《反三國志演義》的敘事新變

張日郡
（台灣大學中文系）

一、前言：「北洋時代」的反三國

周大荒（1886～1950）的《反三國志演義》（以下簡稱《反三國》）1930年9月17日，由上海卿雲圖書公司出版，出版當日還曾於《申報》刊登半版廣告宣傳。

廣告上除了介紹內容、回目之外，還特別標明訴求的閱讀群及閱讀「效用」，而《申報》從1930年至1934年間，都還陸續對《反三國》進行宣傳及價格促銷。接著，雖沉寂了一陣子，但至中國「文化大革命」後，直至近年仍多次再版，足見暢銷程度。〔註1〕公元2001年時，甚至推出了「修訂本」〔註2〕，該版本2005年12月一度登上了中國「國家圖書館」圖書使用排行榜

〔註1〕最早包含了上海大文書局1946年著者標註「何可人」的《反三國志》。文革後則有河北人民出版社1987年的《反三國演義》、中央民族大學出版社1995年的《反三國志演義》、江西人民出版社1997年的《反三國志》、光明日報出版社2006年的《反三國志演義》、中國經濟出版社2012年的《反三國演義》。臺灣則有1996年、2008年捷幼出版社的《反三國演義》。至於潑墨書房於2013年也以「電子書」形式，出版周大荒的《反三國演義》。

〔註2〕2001年已由廣州出版社分爲上、下卷出版，隔年第2刷（1刷6000冊），到了2003年時又分爲上、中、下三卷再次出版，時代文藝出版社2002年的《反三國志演義》亦爲「修訂本」。

的第五位。〔註 3〕該「修訂本」爲周大荒 1946 年對 1930 年的版本進行全面的修訂，後因文革而埋藏於地下，文革後由其後人取出代爲出版。〔註 4〕周大荒自言：「卿雲再版，堯卿初未相謀，本書首尾皆爲他人改竄，朽爛已極，與個人初意大相徑庭……今悉加删削，還我本來，增益十餘萬言，皆就事實上連綴，庶免脫節之弊。」（頁 812～813）「還我本來」可看出周大荒對《反三國》其實珍惜再三，時間不可見亦無從具體掌握，但《反三國》則不，那是一個自己曾經活過的時代，而那個時代是可以把掌握住的。權衡之後，本章研究採以「修訂本」爲主，「原始本」爲輔。〔註 5〕

圖表一、《申報》刊登《反三國志》的廣告單

〔註 3〕見中國「國家圖書館」圖書使用排行榜，網址爲：http://wenjin.nlc.gov.cn/2013/phb6.jsp。檢索時間：2016.04.22。

〔註 4〕我對比兩個版本，周大荒「修訂本」主要在幾個方面做修訂。第一、修訂回目名稱。第二、增補與調整內容。第三、更換及再創人物。第四、刪減及修訂楔子與結語的部分段落。整體而言，「修訂本」的文學價值比「原始本」佳。

〔註 5〕「修訂本」爲周大荒：《反三國演義》（廣州：廣州，2002 年第 1 版第 2 刷），該版引文僅標頁。數。「原始本」則爲 1996 年捷幼出版社的版本，該版引文特別加「原」字。

另外，1990 年代《反三國》開始被譯介到了鄰近的韓國及日本，日本的銷量尤爲驚人。〔註 6〕《反三國》的文學成就不如《演義》，自不待言，然而這些具體的數據資料都顯示出，這幾十年來的讀者，對《反三國》仍相當好奇且保有興趣，這點倒是相當值得深究。《反三國》乃是「翻案」《演義》的章回小說，第一回「策詐書水鏡留徐庶，全賢母孔明遣趙雲」翻自第三十六回「玄德用計襲樊城，元直走馬薦諸葛」而成，並根據孔明「隆中對」所設定之戰略進行各回的創作，最後以第五十九回「馬孟起衣錦返西涼，曹子建悲歌行絕塞」蜀漢統一作爲結局。〔註 7〕《反三國》到底有何特殊之處？何以他敢「反」經典？何以曾是北洋軍閥中最具實力並登上過美國《時代》雜誌的吳佩孚（1874～1939）會爲之寫序？中華民國開國元勳之一的于右任（1879～1964）會爲之題眉？

《反三國》出版於 1930 年，但據周大荒書中自言，前三回完成於 1919 年河州（今蘭州）鎮守使裴孟威（1885～1969）幕中，以下各回則完成於 1924 年北京《民德報》文苑主筆任內，歷時短短三個月。熟悉中國近代史的人，必能輕易指出這兩個時間點在中國所發生的政/文壇大事，但對周大荒自己或者是《反三國》具備什麼樣的意義？何以周大荒必須藉「反」來達到蜀漢的統一？回顧晚清陸士諤的《新三國》，其書也同樣構建了蜀漢的「統一」，但此美景未曾實現、社會亦未曾「進化」。「辛亥革命」後，孫中山（1866～1925）於南京宣誓就任中華民國臨時總統，卻不表示中國徹底改朝換代、完成統一，南京臨時政府僅存三個月。其後，袁世凱（1859～1916）憑藉著自己所建立的北洋軍事集團的實力，不僅勸使大清皇帝遜位、清朝統治告終，甚至於 1913 年 10 月就任中華民國正式大總統，隔年宣布變更國體，試圖恢復帝制，預備次年即帝位並將年號改爲洪憲，然而反對

〔註 6〕日本最早於 1991 年由渡邊精一翻譯，講談社出版的單行本，據查，至 1992 年 3 月該版已達 11 刷，而在 1994 年 12 月講談社改出版文庫本（上/下），隔年也已第 3 刷。這在亞馬遜日本網站上的評價不一。至於韓國方面，有 1991 年由鄭成換翻譯的版本、1992 年安吉煥的評譯本、2003 年金錫禧的譯本以及 2015 年由「작가정신」出版等數種版本。

〔註 7〕毛宗崗〈讀三國志法〉即言：「三國一書，乃文章之最妙者。敘三國不自三國始也，三國必有所自始，則始之以漢帝。敘三國不自三國終也，三國必有所自終，則終之以晉國。」事實上，周大荒的新編，可謂從《演義》本株上嫁接而生的「旁枝」，沒有《演義》便不存在《反三國》，所以他並不需要新編《演義》的前三十五回，而是直接從三國開始翻起。

勢力四起，袁世凱在內外交困的情況下，被迫取消洪憲帝制，最後於 1916 年 6 月 6 日因疾逝世。〔註 8〕

袁世凱去世後，其所代表的北洋軍閥集團也隨之分裂。各派系認定武力萬能，各自爲謀、爭權奪利，大小軍閥陷入無盡的混戰，而北京政府的實權便在這些軍閥的手中不斷移轉，尤其是以有各國勢力扶持的皖系、直系、奉系爲主的大軍閥。換言之，從 1912 年袁世凱奪取辛亥革命成果，至 1928 年國民黨完成北伐爲止，中國基本上均屬於北洋軍閥統治的時期。這短短的十七年間，中國連年的南、北內戰，實帶給底層人民空前的災難。〔註 9〕若除去周大荒幼年所經歷過甲午戰爭、戊戌政變、義和團、八國聯軍這些歷史時刻，也稍稍忽略他曾是清朝最後的秀才。北洋軍閥統治的這段時期，幾乎涵蓋了周大荒的前半生，實可稱「舊京漂泊，戎馬栖遑」。〔註 10〕

周大荒早年就讀船山書院，畢業於湖南公立第一法校，曾師承王闓運（王湘綺，1833～1916），其文思敏捷，深受王闓運獎掖，被稱爲王闓運晚年四大弟子之一。周大荒爲人急公好義、疾惡如仇，深受民主革命思想的影響，進而加入了同盟會，並與同鄉周爛（1892～1952）、周聆琴（生卒年不詳，周策縱之父）參與由焦達峰（1887～1911）、陳作新（1885～1911）所指揮的湖南長沙新軍起義，雖一舉獲勝，建立湖南軍政府，但立憲派譚延闓（1880～1930）策動新軍兵變，焦、陳二人接連雙雙被害，周大荒迫於譚延闓的威勢，只得棄職北上。近十年之久，因各種原因而流離於長沙、北京之間，當過法官、書記官、報刊主筆，也擔任過幾個地方軍閥的幕僚。事實上，受革命黨員也是兩湖哥老會領袖的張堯卿（生卒年不詳）邀請，而到北京擔任《民德報》文苑主筆的前一年，周大荒正因湖南軍閥鬥爭，爲了避禍，才倉促從故鄉長沙「避難」來京的。張堯卿爲《反三國》寫序時記錄當時「大荒感故國之凋零，栖迹都門，時復太息，余然後始知其輕財而重俠，好謀而能斷，不僅博學而有文矣。」（頁 10）透過以上的時代及個人生命史的耙梳，或許

〔註 8〕請參閱郭廷以：《近代中國史綱》（香港：香港中文大學，1980 年）。

〔註 9〕請參閱丁中江：《北洋軍閥史話》（臺北：時英，2000 年）。

〔註 10〕有關周大荒的經歷，目前除了《反三國》的記載之外，尚可見周步雲、蘇聯民：〈周大荒和他的《反三國志演義》〉，《祁陽文史資料（第五輯）》（湖南：中國人民政治協商會議湖南祁陽縣委員會文史資料研究委員會，1988 年），頁 170～176。以及周靖江口述、周明榮筆錄：〈回憶伯父周大荒先生〉，《長沙文史（第十七輯）》（湖南：長沙市政協文教衛體和文史委員會編，2004 年），頁 48～52。

能稍稍帶出《反三國》一書誕生的背景，並提供不同於以往單以文本分析詮釋的視野。〔註 11〕

另外，又如周大荒 1919 年完成前三回的同一年，《申報》亦刊登了一則戲劇廣告，請見：

圖表二、《申報》刊登戲劇《倒反三國志》的廣告單

在這我不認爲喜愛看戲的周大荒受其影響而創作《反三國》，相反的，若將這些看做一個整體的現象，將會發現北洋軍閥統治的這個時代，確實瀰漫著三國群英割據的類似氛圍。否則代表庶民文化的民間戲曲，何以在這個時期特別「倒反三國志」，標舉「滅吳伐魏、大快人心」？回顧《反三國志》的廣告單，也一再指出「爲古今人吐不平之氣」、「讀後十大痛快」。兩者所欲宣傳的對象都是生活在底層的普羅大眾，在商言商，兩者必得切合大眾心理，故以「痛快」來彌平民眾內心對於軍閥割據的痛苦與怨悶。由此可見，此時人民最深切的想望，其實是國家的「統一」，絕非割據的狀態。

〔註 11〕 目前收錄的研究資料，僅有（1）王文慧：〈《三國志演義》與《反三國志演義》〉，《文藝理論與批評》第 4 期，1989 年，頁 29～30。（2）劉逸生：〈假三國之後還有假三國——關於《反三國志演義》〉、〈談《反三國志》之反〉，收入於劉逸生：《眞假三國縱橫談》（臺北：遠流，1989 年），頁 200～211。（3）汪大白：〈諸葛失策誰與辨——《反三國志演義》側論〉，《阜陽師範學院學報（社會科學版）》第 3 期總第 81 期，2001 年，頁 15～18。（4）許錫強：〈蜀漢烏托邦——周大荒及其長篇小說《反三國演義》〉，《閱讀與寫作》第 1 期，2002 年，頁 13。（5）宋莉婷：《《反三國演義》研究》，國立新竹教育大學中文所碩士論文，2015 年。

《反三國》除了小說正文之外，還有「異史氏」於每一回後加以評論，此「異史氏」便爲曹問雪（生卒年不詳），評述之方式均可見毛宗崗影響之跡。廣告中指出《演義》「缺點尚多」，自然隱含著宣傳《反三國》的商業手法。但是，卻又不盡然只是商業手法而已，似乎又可代表普羅大眾對於蜀漢覆滅的遺憾。周大荒在《反三國》間接記錄了他的家族、業師、朋友對於《演義》的議論，更確切來說乃是針對孔明而發的，他們（包含曹問雪的評點）均點出孔明在諸多作爲上頗有「瑕疵」。就讀過「船山書院」的周大荒除了看過王船山《讀通鑑論》評論孔明的部分，也深表讚同其業師王闓運評論諸葛亮之語：

秦軍取蜀燒彝陵，吳人上峽燒蜀兵，鼉鼓連天動江水，臥龍空守八陣營。平生只解吟梁甫，錯料關張比田古。寂寂荊州九郡臣，共聽吳蒙一聲櫓。契合君臣自古難，潛思孝直涕汍瀾。荊襄湘越勢首尾，誰令驕將開兵端？曾聞令尹爭甫轅，侵晨先鼓壓晉軍。江湖咫尺不相顧，空復馳騁五丈原！（頁 17）

這首詩牽涉了幾個問題，其一、孔明與劉、關、張等人的關係是否融洽？其二、荊襄如此戰略要地，何以由關羽來守？其三、孔明的軍事才能如何？何以數度北伐均以失敗告終？王闓運用「空守」、「只解」、「錯料」、「空復」，已經隱含了對於孔明的批評。周大荒則認爲孔明五月渡瀘、六出祁山，都是「我負伯仁」（荊州問題）的補償心態，所以他十分認同陳壽所指出的「將略非其所長」的評價，甚至認爲陳壽此言還稍嫌含蓄，不肯和盤托出。周大荒的家族、業師、朋友的意見，當然僅能代表一端，所以周大荒此論一出，便有「毀謗先賢」（頁 805）、「糟蹋孔明」（頁 812）的批評聲音隨之而來。周大荒此論只集中於前後兩回，事實上孔明雖非《反三國》之要角，但形象仍屬正面，也發揮其重要的指揮功能。周大荒從三國史學，再到《演義》似乎看出這之間存在著不少落差，然而他何以需要與眾爲敵、犯此「忌諱」？〔註 12〕

〔註 12〕自民初以來，人們對於孔明都以「頌揚」爲主，甚至到了抗日戰爭時，還特別宣傳之以服務戰爭，但到了 1945 年左右，報人兼政論家王芸生（1901～1980）於《大公報》發表了一篇〈論諸葛亮〉，批評孔明思想、用人及功業等等方面的「瑕疵」，引起相當大的論戰。蔣君璋（生卒年不詳）撰文批王芸生「厚誣先賢」、易君佐（1899～1972）、徐德嶙（1901～1979）亦撰文駁斥王文的論點、祝秀俠（1907～1986）則認爲王「多用現代人的眼光，多注意古人環境，持論未免太多。」相關論調請見祝秀俠：《諸葛亮傳》（北京：東方出版社，2009 年）。我並不深入探討此次論戰，只是足見在周大荒之後，還有個王芸生持此論調。

《反三國》作爲一種「翻案」《演義》的小說文本，雖然仍是以蜀漢補恨、統一三國爲蹈空旨趣，然而它既不像晚清陸士諤那樣，特意置入時代的「新素材」（變法、科學、民主），反而試圖以不違時代、不入新知，相準於時代情理的方式創作，他爲何需要介入了傳統，來改造三國的故事結構。（他從未說過《反三國》是「歷史小說」）《反三國》成書，甚至仿傚毛宗崗評點那樣，既有正文，其後亦有回評，顯示那個時代對該書有其不同的想法，不盡然只是商業考量，清代劉廷璣便以商業動機、牟取利潤來批判「續書」。〔註 13〕周大荒坦言自己「有吃有喝，沒那宗犯賤。」（頁 812）若再細看具體的翻案過程，卻也能發現它不似民間戲曲般充滿迷信，《反三國》擁的是「自己」的劉、反的是「自己」的曹，其主體意識相當鮮明。同樣的三國文本，相較於晚清陸士諤的《新三國》，本章欲觀察的是《反三國》爲何改編？又如何改編？在敘事上、人物形象上又有何新變之處？這樣的故事新編在整個《演義》的接受脈絡，佔據了什麼樣的位置？而這些改編最終指涉的是什麼，又影響了什麼？欲具體回答這些問題，都必須將《反三國》重新扣回其時代及文化脈絡，才能發現作者之時代「心跡」。

二、反戰、統一與史筆誅心的新編動機

本節所欲探討的是，周大荒爲何創作《反三國》？《反三國》全書六十回之中，楔子〈雨夜談心傷今弔古，晴窗走筆遣將調兵〉及第六十回〈深杯浮白鐵案掀翻，華燭搖紅金臺遣興〉均有交代創作緣由，旁及對於史學、小說、時局之看法，這兩回是理解作者「心跡」相當重要的文獻資料。

（一）焦土與夢土：「翻案」之內在動機

前人研究早已將撰寫「續書」的動機一網打盡，原因包含心理、時代、政治、道德、名利等等。〔註 14〕周大荒創作之動機其實也不脫這個範圍，他自言：「一來是追憶幼年時代的家庭之樂，二來是發端友朋談論之間，三來是替古人抱不平，替今人害臊。」（頁 806）這三點實則影響他如何爲三國翻案。就《演義》人物而言，在他幼年的家庭（成員）之樂裡，趙雲與馬超是特舉之英雄人物，孔明卻頗受爭議，這點在其友朋間也是同樣，故必須爲之翻案。吳佩孚則認爲他是「自抒其抱負也；於是發憤以成書。」（頁 7）除卻這幾點

〔註 13〕〔清〕劉廷璣：《在園雜志》（臺北：藝文印書館，1971 年），卷 3，頁 20。
〔註 14〕李忠昌：《古代小說續書漫話》（瀋陽：遼寧教育，2001 年），頁 56～102。

之外，還有其擔任北京《民德報》主筆時，需要小說稿件刊登的原因。不過，更確切且隱微的寫作動機，則藏在周大荒的「兩個」夢裡。在 1946 年的「修訂本」裡，周大荒將 1924 年「原始本」的第一個夢刪去，卻添補了第二個夢，這一刪一補之間，已隔二十餘年的歲月，卻也恰恰反應了周大荒的現實（焦土）和理想（夢土）。

在 1924 年「原始本」裡，周大荒描寫自己在 1923 年六、七月間，因軍閥之亂，而從故鄉長沙「避難」出來，為風所阻，停滯土星港七日，愁悶不堪。忽然水面風濤大作，嚇得周大荒只能緊抱行篋，蜷伏艙底。剎時風定，往艙外一看，竟是清光入畫、山明水秀之景。周大荒上岸，信步而行，眼前之景使他想起八陣圖、陰平小徑，再次回到港邊，已不見原來的船隻，卻望見那河中滿滿浮屍：

> 無數屍首，都攢攏到我的眼底這一岸邊來，一見是血染模糊，斷手別足，身上穿的多半是軍服，想來是些兵士；有些未穿軍服的，卻又衣不蔽體，都是面黃肌瘦，皮骨皆見。這樣的又是些什麼人？倒猜不著。難道上流頭發生了什麼戰爭，這些慘死的人，都是在劫的嗎！（原，頁 606～607）

周大荒嚇得跑回樹林之中，最後棲身於後院有座古墓的廢棄大廟裡，然而睡至半夜，於睡夢中聽見廟外人喊馬嘶。起身往窗外偷瞧，朦朧月色之下，彷彿三國裡的眾王（亡）者齊聚於外，此時：

> 有一豹頭環眼之人，大呼而至，即從坐上揪下異樣鬍鬚王者，按地痛打。最上王者按劍叱之道：「是我做壞榜樣，搶奪天下，怪他何來？汝輩今猶不改舊時習性，空教我受盡咒罵，說是報應循環，這是何苦？倘被外人聽去豈不笑話！你可知現在是何世運，還念念不忘舊恨嗎？」言訖，仰天長歎一聲，大風四起，在座諸人，一齊垂淚歎息。（原，頁 608）

隨後忽有巨人猛然撲窗而來，引得周大荒大叫一聲，驚醒後才自覺原是「南柯一夢」（原，頁 608），其人原來仍在船艙之中。周大荒站起身，其 1919 年撰寫的前三回舊稿，便從行篋裡掉了出來。雖然這第一個夢，可能因為過於雜沓而被周大荒刪去，然而這個夢其實別具意義，並且還是以夢中還有一個夢的形式呈現。

熟悉中國古典小說的讀者，必定曉得「南柯一夢」的典故，以及其背後所蘊含的人生哲理。「南柯一夢」所指涉的是一個不存在的、虛構的人生經歷。〔註 15〕在周大荒入夢之初，他看見河中漂滿無數屍首，理應只是夢中虛構，然而這必然眞實存在於他的時代、他的生命歷程之中，它暗示或鋪陳了現實——關乎了戰爭的無情、生命的消亡——由此觀之，逃入廟中所做之夢便可以理解，因為戰爭與周大荒腦中的三國世界彼此共鳴。所以那些廟外的王者們的言語，正指涉著「歷史」是會轉世、循環、重現。弔詭的是，無論周大荒醒來或不醒來，也無論已在夢中又再做一個夢，其實都指涉了同樣的世界——那個充滿戰爭與死亡的焦土——那一舟、那一廟何嘗能遮風避雨、安穩棲身？

而在 1946 年「修訂本」敘述第二個夢之前，周大荒先引了一則左宗棠（1812～1885）的逸事。該逸事說的是左宗棠在家書裡，竟將自己夢中退敵的夢境寫成了現實。朋友取笑他說謊，左氏正色回道：「爾何知鉅鹿、昆陽之戰，亦只班、馬敘次得栩栩欲活耳。天下事何不可作如是觀！」〔註 16〕左氏當然試圖融混現實與夢境、歷史與想像的邊界，在這倒也無傷大雅。周大荒自言若按此說法，那麼《反三國》完全是純粹的夢話了。因此，周大荒聯想到了第二個夢。周大荒提起劉備第三次訪臥龍崗，孔明於草廬中睡醒時所念：

大夢誰先覺，平生我自知。草堂春睡足，窗外日遲遲。（頁 24）

原來這第二個夢，即是孔明的「夢」，而且是從「大夢」到〈隆中對〉所建構出來的「霸業可成，漢室可興」的夢土。周大荒自言《反三國》便是要開墾出〈隆中對〉這塊夢土的，若果如此，他何以需要批評孔明？或許眞正的問題就在於：驅使周大荒不顧「歷史」的規則與定律，偏向「故事新編」，藉由文學手法去虛構、架空三國歷史，是有現世的具體指涉的。以下援引「原始本」裡的兩則以引文說明之，一則古，一則今：

〔註 15〕與「南柯一夢」最為相關的即是〈枕中記〉、〈南柯太守傳〉，康師韻梅指出：「〈南柯太守傳〉不但『假實證幻』，亦『假幻證實』，即實幻不分、眞假交織，這樣的構造便完成一個對人生實在性的質疑，撰者似將人生虛幻化了，甚至具有把整個人生根本否定的意義。……我們似乎感到〈南柯太守傳〉更為徹底地體現出人生如夢的題旨。」見康韻梅：《唐代小說承衍的敘事研究》（臺北：里仁，2005 年），頁 111。

〔註 16〕清人歐陽兆熊紀錄下這則逸事，請見〔清〕歐陽兆陽、金安清：《水窗春囈》（北京：中華書局，1984 年），〈左相少年事〉，頁 4。

> 使諸葛能統一中原，復興漢室，則大英雄生，時勢必爲一變。不亡漢室，將無晉代，即無八王之亂，而匈奴、羌、氐無隙可乘，或更無五胡之亂，何至中原塗炭，民不聊生！（原，頁 613～614）
>
> 周子（按：周大荒）忽道：「日來擬編戰史，以紀民國英雄。」眾因乘之，抵掌而談，屈指而數，首溯民元人物，代撰回目。……不過數了七八年，已無一日安寧，竟是四海波騰，萬家煙滅，民生凋敝，元氣摧殘；大家同生浩歎，誰也不願朝下數了。（原，頁 620）

〈隆中對〉的夢土仍在夢中，始終不曾實現，然而三國的現實、民初的現實卻已是一片焦土。於是，周大荒隱微的寫作動機正來自於時代、來自於戰爭，以及戰爭之下對於死亡的恐懼。相較之下，陸士諤《新三國》卻擁有另一種時代樣貌。周大荒不可能像「盧生」般一醒來便能脫離夢境，他在夢裡得面對死亡，醒來卻還是得面對死亡。面對死亡，任誰也無能爲力，唯一可以抵抗它的只有書寫，只有書寫才可能眞正達到夢土。爲一個曾經戰亂的焦土「翻案」，用文學之筆代爲完成統一之局，便成爲了一種求生的隱喻，也成爲了一種關乎情感的、理想的寄託。然而，最深的無奈在於：通往眞正的夢土之路上，必定得先焦土一片。

與周大荒同一時代的異史氏（即曹問雪）：

> 作者乃定一統以中興漢室，早成書於革命中斷之秋哉！謂非預言嘉讖，同於壽命之符，蓋不可得！實亦人心思漢，全民所歸，因不覺於遊戲文章，假諸葛而抒孤憤，削平吳、魏，再造家邦，意若軍閥之流，不過操、懿耳！（頁 751）

革命中斷之秋，卻是《演義》再造之時，那是一個極需要三國英雄降生的時代，現實令人無比絕望，家與邦都已經死傷無數，英雄在哪呢？怎麼還不來？「不可得」的那種鬱悶如何能解？異史氏亦言「作者湘人，於桑梓歷年兵爭，痛心疾首，出於筆底。」（頁 485）甚至直言《反三國》可謂《三國革命史》（頁 761）。張堯卿也說周大荒：「是其親見烽火縱橫之中，人民流離之苦，其所印者深，故所言者彌重耳。」（頁 11）似乎兩人都對《反三國》（或《演義》）產生了跨時代的共鳴。《反三國》也許對於習慣閱讀架空歷史小說、欣賞歷史穿越劇的現代讀者/觀眾而言，其新編、蹈空、脫離史實，早已不是稀奇之事。但《反三國》產生近百年前的民初，這種看似「遊戲」之筆，可能還是會驚嚇到不少以「正史」爲宗的知識分子及文人群，但觀看吳佩孚、曹問雪、張堯卿之言，都將此書扣緊他們生活的時代，進而產生各自的「同情的理解」；韓國鈞（1885～1942）、葉德輝（1864～1927）的題詞，顯示出這種「新編」之必須、「補恨」之必須、「翻案」之必須。可見他們何曾從《三國演義》（以下簡稱毛本〔註 17〕）的卷首詞裡獲得對歷史的紓解？何曾從水鏡先生歎息說道臥龍「不得其時」中獲得情感的補償？他們又如何相信正史（鐵案）就是如此，不容後代世人置喙一辭。

書寫「戰爭」本身，也是一種「反」戰。如此一來，《反三國》陷入一種「二律背反」的書寫狀態，欲彌平傷痛必先割裂傷痛。進而我們在理解《反三國》之「反」字時，才不至於誤解爲無謂之「反」，其「傷今弔古」也才不會淪爲口號。《反三國》鎔鑄了個人身世、家族、社會、國家之感，實爲借他人酒杯，澆自己塊壘，縱使此酒是某種程度的「毒酒」。當然，這種具有「感時憂國」〔註 18〕傾向之作品，在那個時代爲數不少，只是周大荒選擇的是對《演義》這樣的經典「故事新編」、重嚐「毒酒」，並安慰自己只要喝下毒酒，英雄就會誕生。

（二）斷案與臧否：「誅心」之書寫姿態

如果說毛本比羅本更加強化了「擁劉、反曹、抑吳」正統的思想傾向，天下卻歸於「晉」，那麼《反三國》則是「擁劉、殲曹、滅吳」，天下終歸於「漢」。毛本、羅本以正史爲宗，故宣講「反、抑」，而周大荒選擇了更爲直白的「殲、滅」，袒露其書寫的暴力。這與他以主體意識介入小說創作有極大的關係，王闓運曾跟他說了一個相當有意思的想法或啓示：「皇帝不論大小，關起門兒，你便是你房間的皇帝，誰也不能干涉你。」（頁 806）由此觀之，周大荒便是《反三國》的「皇帝」，他所言便是「法律」，而具體內容即是道德，正是道德使之凌駕於史實之上。

《反三國》的書寫，正是爲了陳述周大荒自己的「誅心之論」，再從「誅心」到「誅身」。所以，讀者可以很輕易的在小說中發現，周大荒如何透過虛構之筆，射滿寵、炙華歆、掘曹墓、刺張松、殺司馬昭、炸司馬懿，又如何描

〔註 17〕〔明〕羅貫中著、〔清〕毛宗崗批：《精印三國演義》（臺北：老古文化，2009 年）。以下僅標頁碼。

〔註 18〕夏志清對於現代文學作品（1917～1949）的看法，作品表現「道義上的使命感，那種感時憂國的精神」。見夏志清著；丁福祥、潘銘燊譯：〈現代中國文學感時憂國的精神〉，收入於〔美〕夏志清著，劉紹銘等譯：《中國現代小說史》（香港：中文大學，2001 年），頁 459～477。

寫管幼安爲國捐軀、曹子建爲義出亡、孫尚香爲情投江等等。尤其曹操雖不篡漢，但千古均以「漢賊」稱之，周大荒雖繼承羅本、毛本醜化曹氏政權之心，但更進一步明寫其篡，直接坐實曹操一生之所懼，此便是「誅心」。值得留意的是「異史氏」的評論，他竟言：「千古既無信史，自不必以史爲信；可徑作誅心史筆之傳。」（頁 197）何以無信史，又不必以史爲信？他認爲正是因爲：

> 鑿空之談，嚮壁而造，無一處不大饜於人心，無一事不悉合於情理，此誠絕妙文章，絕大文章！《麟經》之筆法在實，此書之筆法在虛，以白描爲斷案，寓臧否於無形，謂非小説聖手可乎？且不得以小説視之，直太史公所應爲擱筆者也！故曰：此一大部史論也。（頁 26）

此段完全與毛宗崗言「《三國》敘事之佳，直與《史記》彷彿，而其敘事之難，則有倍難於《史記》者」（〈讀三國志法〉）相合。異史氏認爲《反三國》合於情理，妙筆生花，使人「有不信正史之慨。」（頁 24）周大荒此書情節首尾有機貫串，自成一格，倒不必懷疑，然而異史氏之言，是否有溢美之處，先擱置不談。反而，「不信正史」這點十分特殊，而在「原始本」中的楔子，亦有「古往今來，並無信史，除非起枯骨而問之，或尙能言一二，此外覓遍人間，恐竟不能得到隻字的信史了」（原，頁 24），實在很難不令人聯想到當時的「古史辨派」所引起的學術論爭。〔註 19〕疑史之風，似乎連《反三國》都受到感染，其楔子裡甚至虛構了《反三國》的來歷乃「比遊京師，於爛紙堆中，市得古本《三國舊志》一冊」（頁 25），這《三國舊志》即是《反三國》，而世傳之正史乃是僞（魏）作。「修訂本」並無此段，口吻也不似周大荒，顯然這可能是「出版商」當初擅自加上去的。〔註 20〕其實，《反三國》代表著時代的心聲，「時代」才是這些「故事新編」的地位與價值所在。《反三國》的時代氣氛正處於「人心思漢，全民所歸」，那麼出版商或異史氏的言論，似乎也能稍微理解了。

〔註 19〕關於「古史辨派」的研究，可參閱王汎森：《古史辨運動的興起》（臺北：允晨，1987 年）。梁濤即言：「史書的傳承是非常嚴肅的國之正事，與自由無序的故事傳播不可同日而語，古史辨派用故事的眼光看待歷史，用梳理故事傳播的方式來處理歷史文獻，是混淆了兩種不同的研究對象的結果。」見梁濤：〈疑古、釋古與重寫思想史〉，《二十一世紀雙月刊》總第八十七期，2005 年 2 月，頁 134。

〔註 20〕就個人的判斷而言，原版本的楔子（頁 610～614 的部分）可能是出版商自加的，其餘則更改成第三人稱敘事。

如異史氏所言，周大荒採取了「以白描爲斷案，寓臧否於無形」的書寫姿態，「翻案」眞實存在的三國人物，會比「翻案」虛構人物，更有其破壞的力道，因爲他將摧毀（挑戰）的是我們信以爲眞的世界。周大荒絕不是爲了再造一個眞實的歷史，才寫《反三國》的，他要的卻是作爲一個小說世界的皇帝，能創造一個統一之世，才創作《反三國》的。《反三國》除了情節的改弦易轍之外，藉「死生」之法臧否三國人物亦爲重點，無論從賊從漢，「惟負心者必誅。」（頁 175）這正是他以創作的力量來爲三國人物「正典刑」。此舉使他離三國正史必然越來越遠，雖根植於歷史，但筆隨心轉反而更加虛構，此時討論文本「幾實幾虛」不具意義。無怪乎，異史氏會說，以此一心態創作，「何異孔子《春秋》之作也。」（頁 24）能使亂臣賊子懼的「經書」——唯有可以流傳千百年的「經書」，才有此功效——可見它似乎已徹底成爲一帖「賞善罰惡令」。

然而，雖曾言「不違時代，不入新知」（原，頁 620），但這種「傷今弔古」的憂憤情緒，常令周大荒於創作間或有意無意帶入了今事，古今交錯自然會產生「滑稽」之感，這便是異史氏「每謂本書滑稽處，亦史筆也。」（頁 485）此史是當代史。讀者隱微地必能由此「滑稽處」發現，周大荒內心其實深怕別人（當世及後世讀者）不曉得他如此苦心經營、大聲疾呼，強烈指涉的是軍閥時代的種種敗壞。

三、軍事、人事與大同之世的敘事特點

關於周大荒「爲何而寫」已有定見，接下來則觀察他「怎麼寫」及「寫什麼」。前文已提及《反三國》乃是「翻案」《演義》之小說，具備一定的互文性質，本節並不特別對照出「新編」的蛛絲馬蹟，而是針對幾個較爲特殊之處深入詮釋。

（一）〈隆中對〉的框架意涵

〈隆中對〉帶來三分天下、鼎足之勢，其價值自不待言。周大荒自言《反三國》乃「實行孔明〈隆中對〉的一篇文章。」（頁 604）〈隆中對〉的戰略爲故事框架，它幾乎指導了小說一步步邁向統一的理想境界。然而，在〈隆中對〉這段戰略的敘述之中，只有領地/疆域/城池的「地緣」說明，並未涉及「時間」意義，「待天下有變」雖說有時間的底蘊，但它在這充其量只能當成不甚具體的虛辭。

已有研究指出《演義》之敘事，與《資治通鑑》、《通鑑紀事本末》〔註 21〕、《通鑑綱目》的關聯相當密切，並且體現在「往往要對重大的事件、著名的戰役和主要人物的生卒時間等等，標明比較眞實、具體的紀元朝號和日月。」〔註 22〕《演義》要說自己依正史演義，於史有據之外，更重要的是「按鑑」的創作方式，意味著依靠眞實的歷史時間，來推動情節的進展。

《反三國》通篇極少標註時間，僅能從兩人得知，其一者爲第五十二回孔明歸天前所言：「受命以來，於今七載。」（頁 708）如果這「受命」是指第一回出山相助之時，那麼孔明僅活七年。另外一人，則是蜀漢統一之後，少主劉諶之詔書：「溯漢業中衰，權奸竊位，神器之移，於茲十載。」（頁 784）也就是說整部《反三國》的時序大概僅有「十年」左右。閱讀《反三國》時，其故事（戰事）節奏相當明快，實在是因爲周大荒側重速戰速決。〔註 23〕當然，《反三國》旨在扭轉歷史，倒不必遵循一定的歷史時間，因此周大荒推動情節之力，來自於軍事層面的攻城掠地，從六十回的回目名稱設定便可明瞭。換言之，時間的流動性被悄悄轉換成了地理上的刻度。

〈隆中對〉雖指出大致的地理及軍事、外交的運作計劃，但記錄下歷史成敗得失的正史，並未全然依照〈隆中對〉而進行，所以欲以〈隆中對〉來書寫創作，必然得依靠周大荒的地理及軍事能力，而且更爲「困難」的或許是虛構戰爭情節。《反三國》的優點也在於它每場戰役均「精心」安排，十分注重軍事佈局、人事的調配。

周大荒抓住這些戰略地點，每一個點便是進攻魏、吳的茅心，由各自武將把持，又有各自軍師其後指揮，魏、吳成爲一味地被蠶食之對象。異史氏自然也看出這點，但他認爲周大荒「遍寫地理，具徵親覽形勢，實有懷於古今戰陣得失勝負之林，而又素經謀略計劃出入攻守者，斷非書生負手、空喜談兵之比也。」（頁 305）又言「非王平習地知兵，特皆作者熟識地形，精於

〔註 21〕關於《演義》與《通鑑紀事本末》之關係，見高小康：《市民、士人與故事：中國近古社會文化中的敘事》（北京：人民，2001 年），頁 2～8。

〔註 22〕紀德君據羅本統計，全書共有 120 餘處標明紀元朝號及日月。見紀德君：〈論《三國志演義》與《通鑑》《通鑑綱目》之關係〉，《學術研究》第 5 期，2004 年，頁 132。

〔註 23〕另外，我也懷疑「十年」這一種「速戰速決」的時間概念，源自於充滿「新素材」（電報、輪船、鐵路等等）可以縮短地理距離的周大荒的時代，而周大荒可能不經意地使用之。

戰備，乃善策其攻守之勢而快意古人耳。」（頁 621）重視軍事地理形勢、人才的調度、後防的支持等等，自然與周大荒的背景，以及近代軍事科學的進展，都有相當密切的關係。〔註 24〕

《反三國》可謂〈隆中對〉小說化最佳的證明，因之將〈隆中對〉奉爲「新編」之圭臬，但反過來看，這些「新編」隱含了周大荒究竟如何看待〈隆中對〉，而〈隆中對〉是否爲蜀漢取得先天的戰略優勢？第一、荊州問題。周大荒早於第二回〈報前仇孫氏戰夏口，甓後患劉牧讓荊州〉時，就實現劉表遺命讓荊州，而劉備遵遺命領荊州牧。〔註 25〕除了是對《演義》的翻案之外，也是對劉備因仁義而不取荊州的批評，異史氏亦言「何莫非假仁假義以聚九州之鐵乎？」（頁 58）第二、如何跨有荊、益？歷來學者對於〈隆中對〉先天的缺失，多集中於「跨有荊、益」的難度太高，容易顧此失彼。〔註 26〕這牽涉到了劉備陣營是否有實力跨有荊益兩地，而周大荒的解決之道，便在於人才的調配，以「一個將軍配一個謀士」的安排，不僅爲兩戰地訊息傳遞的困難解套，更能直接處理戰場的情況，攻防兩相俱宜。（這也暗示著三國人才是不足的，可呼應陳舜臣所言）這點自然也在於回應關羽守荊州所引發的爭議。第三、外結孫權並不可靠。周大荒在第七回〈洩舊恨矯詔召馬騰，聯新婚開

〔註 24〕張堯卿之序即言：「調度將士，層次井然，無有不重視後防者；是殆鑑於德國之敗於麵包，湘軍之敗於岳陽也。」（頁 11）這部分，連異史氏也批判《演義》，「寫戰勝，便有戰勝之理，寫戰敗便有戰敗之道，非如演義亂寫小兒捉迷藏一類之智計，而一無軍事學理者，尚以『第一才子書』見稱，何哉？」（頁 156）又言「寫得四面八方，魏蜀吳各路兵馬，層層夾住，互援互戰，忽救忽攻，而只是情見勢絀，抵敵漢軍不住，卻不全由諸葛亮一人智計安排，想見眾志成城，又須能人自爲戰，方是近世戰術最稱進步之一點。」（頁 622）這是近代軍事科學進步的證明。

〔註 25〕佘大平指出：「沿著劉備『復興漢室』的活動—投靠荊襄、經營荊襄、退出荊襄、重占荊襄的線索，一層一層地交待矛盾，展開衝突，直至劉備得到荊襄而羽翼初豐，具備了同曹操抗衡，同孫權周旋的軍事實力，終於發展成爲『三分』的局面。」見佘大平：〈「三分」的藝術構思與荊襄的戰略地位〉，收入於譚洛非主編：《《三國演義》與中國文化》（成都：巴蜀書社，1992 年），頁 338。

〔註 26〕如（1）梅錚錚：〈試論《隆中對》的構想與客觀實際的矛盾〉，《中華文化論壇》第 2 期，1999 年 2 月，頁 49～53。（2）梁滿倉：〈《隆中對》的成功與失望〉，《襄樊學院學報》第 28 卷第 6 期，頁 56～62。（3）丁福虎：〈〈隆中對〉戰略定位得失談〉，《決策探索》第 11 期，1997 年 11 月，頁 36～87。（4）方詩銘：〈《隆中對》「跨有荊益」的策劃爲何破滅——論劉備與關羽對喪失荊州的責任〉，《學術月刊》第 2 期，1997 年 2 月，頁 53～60。

閣延呂範〉描寫了孫權因畏懼劉備勢力而「進妹固好」〔註 27〕，這點移植於正史而非《演義》。隨後幾回，孫權即與曹操聯合而轉以蜀漢爲敵。顯然「外結孫權」的外交策略，充滿極大的變數，各陣營都是趨利而避凶的。〔註 28〕

若言因爲〈隆中對〉而使《反三國》戰爭空間的展演，幾乎等同於情節的推衍，這僅是其一。周大荒絕非酷愛書寫戰爭，亦絕非爲節省篇幅而加快統一的節奏，滅掉魏、吳二國，反而對地理空間、用兵之道、三國版圖錙銖必較，某種程度雖體現毛宗崗所言「不識地理者，不可以爲軍師。」（毛本，頁 555）但也影響到敘事藝術的提升，尤其是過度側重戰爭空間的描寫，（此缺點在原始本中相當明顯，而在修訂本則獲得更多修正），此點確實值得進一步地思索。已有相關之研究指出：

> 古典小說走向現代小說的一個指標性發展是小說藝術由描寫時間變化的事件到表現空間並置的事物，中國小說在遭遇「現代性」的問題時，首先遇到的是一個空間性的問題。〔註 29〕

關於空間的問題，在前一章談到《新三國》時已觸及許多。周大荒《反三國》當然必然也有「世界觀」驟變的問題，可進一步補充的是周大荒藉由描寫戰爭的軍事調配，更是爲了傳達「戰道」之重要。恰如吳佩孚所言「軍事重於地理，重於歷史之要義耳。周子大荒，憤今人之空言戰術而不明戰道也。」（頁 7）所以，異史氏才會說「本書所以可作軍書讀。」（頁 646）如此便能理解《申報》廣告爲何特別訴求的某些讀者群，原因其來有自。

（二）天命與人事的調和與轉化

《演義》「按鑑」於史書，而相關史書對於三國歷史多已蓋棺論定，這也意味著「擁劉反曹」的《演義》基本上可謂是一個「天命」的歷史集合。《演義》雖以蜀漢爲正統，然而「天命」卻終非蜀漢所有，而最終回乃晉帝司馬

〔註 27〕赤壁之戰後，劉琦病死，群下推劉備爲荊州牧，而「（孫）權畏之，進妹固好。先主至京見權，綢繆恩紀。」見〔晉〕陳壽撰，〔宋〕裴松之注：《三國志．蜀書》（北京：中華書局，1959 年），頁 879。

〔註 28〕亦有研究者歸納〈隆中對〉所面臨的五大難題，分別是與孫吳盟約不可靠、荊州乃四戰之地、蜀漢資源分爲二路大軍後更爲薄弱、信息傳達無法即時、北方經濟成長遠較南方快速等等。詳見潘柏年、林曉筠：〈〈隆中對〉缺失評議〉，《中國學術年刊》第三十四期，2012 年 9 月，頁 83～112。

〔註 29〕高桂惠：《追蹤躡跡——中國小說的文化闡釋》（臺北：大安，2005 年），頁 249。

炎「降孫皓三分歸一統」，魏、蜀、吳三國均成歷史煙雲。故毛本開卷辭便以明人楊愼〈臨江仙〉加上「話說天下大勢合久必分，分久必合」開場，除此之外，小說中更遍布各種「天命」的描寫，均用來塑造了蜀漢的悲劇性及崇高性。〔註30〕甚至蜀漢之棟樑、與「得天下」互爲等式之「臥龍」，其命運早被「水鏡先生」一語勘破，雖敘事過程塑造出孔明的個人神話，但其軍事謀略仍具有「知其不可爲而爲之」的悲劇色彩。

從上一節論述周大荒爲蜀漢翻案，著力於軍事佈局，同時扭轉天時、地利、人和僅占人和之困境，不必赤壁之戰、不必借還荊州，已定三分之局，最終使蜀漢之兵出宛洛、向秦川，一統中原，三國版圖遂歸一家。某種程度而言，周大荒不僅沉迷於紙上調兵遣將之能，更沉醉於三國將士均爲其所用。無論原來《演義》徐庶屬魏、龐統其後將死，均不會改變這場「翻案」戰局，畢竟周大荒便是這部書最大的「軍師」。這多少影響了小說敘事所應有的高潮起伏，不過本節焦點在於：看似周大荒徹底把「天命」拋諸腦後，轉向彰顯「人事」之極致，事實上這也是〈隆中對〉本爲孔明個人心志之展現、理想之寄託，均以「人事」作爲最大公約數。

《反三國》所「反」者，便是《演義》這樣的「天命」——用來掩蓋人事之失的天命——顯然〈隆中對〉的理想與史實有極大的落差，這個落差也呈現於史實與《演義》之間。那麼，周大荒究竟如何看待孔明的問題？先從幾個重大的新編處著手。第一、出場部分。他大膽刪去劉備「三顧茅廬」〔註31〕之禮，僅命「雲長前往南陽臥龍岡，聘請臥龍先生。」（頁31）第二、回目部分。六十回僅出現六回，出場篇幅並不算多，縱使其負責仍是全局的軍事指導與調配，但其地位與作用稍不如《演義》。〔註32〕第三、退場部分。孔明於小說第五十二回〈定山東諸葛亮歸天，失江北孫仲謀殞命〉退場，小說所描寫之進程仍未一統，這與孔明於《新三國》得以功成歸隱的結局非常不同。爲何會如此不同？原因就在於周大荒認爲《演義》欲以「天命」掩蓋孔明「將

〔註30〕楊義：《中國古典小說史論》（北京：人民，1998年），頁267。

〔註31〕王文進從史書與小說層面深入剖析「三顧茅廬」建構軌跡。見王文進：〈習鑿齒與諸葛亮神話之建構〉，《臺大中文學報》第三十八期，2012年9月，頁16～23。

〔註32〕陳翔華認爲「在《反三國志》中，諸葛亮的地位與作用比之《三國志演義》更爲突出。」本書看法與之相反。引文見陳翔華：《諸葛亮形象史研究》（浙江：浙江古籍，1990年），頁336。

略非其所長」的缺點，而這與《反三國》裡同樣塑造孔明的正面形象並不衝突。異史氏這樣詮釋：

> 世以諸葛未出草廬而定三分，稱頌其材。而以未出宛洛而向秦川，惋惜其遇，動言天道，以掩其失，萬口盲從，今猶不已。不知諸葛克定三分，全仰仗一個孝直來助，故得入成都。（頁 428）

甚至可能是「出版商」在楔子自行添加的部分，也指出自己對孔明的不解，何以「人民不得太平，逃命都來不及，還有人可以躬耕南畝，隆中高臥，口說不求聞達，卻聲聲自比管樂。」（原，頁 612）異史氏亦懷疑，「堂上懸圖，胸中指掌，又似預備已久。雖曰出處之間，不可不慎；而喬模喬樣，終覺不甚光明。」〔註 33〕（原，頁 42）「光明」一詞，亦是周大荒相當重視的一種品質，可以發現《反三國》大量刪去《演義》中諸多看來矯情、暗鬥、假仁假義之筆，例如禪讓荊州即是一證。其次，正因孔明〈隆中對〉僅許三分，並非一統之才，所以孔明也僅能算是「三分之一的英雄罷了。」（原，頁 615）回應孔明為何在第五十二回即退場，原因同樣如異史氏所言「諸葛只有才可定三分，有志想成一統，終身大事，盡於伐魏。……，既定首功，畢其盡瘁，平吳大業，不得與焉。此至司馬一亡，而諸葛亦不可不死矣。」（頁 724）除了是藉死生來臧否人物之外，也可看出當時讀者對於《演義》所塑造的孔明，其實有所不滿，不容易被理解與接受，顯示出孔明的神話於民初產生了轉折。

換言之，周大荒認為《演義》糟蹋了諸葛亮，於是他只好重新塑造一個自己的諸葛亮。譬如周大荒於第五十一回〈救東阿曹仁雙中伏，破館陶于禁再被擒〉描寫孔明利用地雷炸死司馬懿，終於殲滅曹魏。異史氏評曰：

> 世人所以每謂漢魏興亡，歸於天數，亦正為演義多有此等筆墨（案：火燒上方谷），動相誘誤耳。……復因以附會天道，此社會國家日趨於不振，而才子之罪所不免浮於亡國奴也！罰以坎坷，尤不足儆誤盡蒼生之戒；動言天道，斯必使人自悲人事之窮！（頁 526）

〔註 33〕這些「指控」當然與毛宗崗的看法相左，毛宗崗認為：「然使春秋賢士盡學長沮、桀溺、接輿、丈人，而無『知其不可而為』之仲尼，則誰著尊周之義於萬世？使三國名流盡學水鏡、州平、廣元、公威，而無志決身殲，不計利鈍之孔明，則誰傳扶漢之心於千古？」（毛本，頁 514）當然亦有詩道「當時諸葛隆中臥，安肯輕身事亂臣」（毛本，頁 115）

《演義》旨不在扭轉史實，故「天命」在前——司馬懿父子本非上方谷亡命之魂——便只能透過渲染「人事」之極致，才能足以彰顯、塑造出諸葛亮如何透過一己之力（軍事戰略）獨撐蜀漢之大旗。然而，周大荒（或異史氏、出版商）欲破世人信有「天命」之說，所以他認爲《演義》這樣的渲染根本不是「人事」之極致，諸葛亮失敗之原因在於人事「有所未盡」也，也就是軍事戰略之失敗，世人不應以「天命」爲其遮掩。同樣的，諸葛亮爲何無法北伐成功、興復漢室？更是因爲他「志不在此，其何能取？」（原，頁 612）

讀者定以爲此論實在太苛亦不厚道，如此詮釋之諸葛亮，不一定非得接受不可。然而，若以同情之理解，他們之所以如此言說，正來自於他們不信「天命」，更來自於「雖不必以成敗論人，要知英雄成敗，全屬有因，天心天數，論古之士不屑道也。」（原，頁 613）周大荒親身參與過革命，此生經歷過多少重要的歷史時刻，那些中外戰爭紛起、新思潮的輸入，無不影響了周大荒，使他重新回顧三國歷史時，「不寫天，只寫人，俱處處可以明之見之」（頁 513），棄「天命」轉向重「人事」，尤其首重軍事上的策劃謀略，並對孔明諸多「缺失」一一翻案。準確來說，周大荒《反三國》嘗試回應的仍是「社會國家日趨於不振」的問題，才形塑出如此「獨特」的詮釋視角。

（三）大同世界？由「篡家國」到「保家國」

《反三國》在新編方面，其情節自成體系，但它也推翻、刪去、更易諸多相當重要戰役與精彩情節，如官渡之戰、舌戰群儒、赤壁之戰、三氣周瑜、七擒七縱等等，這些「虛」或「實」均不入新編。（他的小說仍有其精彩之處，容後文再敘。）主旨部分，最主要的仍是爲蜀漢殲曹、滅吳、亡司馬一家，但光看這段翻案結局文字，老實說並不稀奇，重點在於它如何描寫殲滅，又如何描寫統一之境，此「興滅」處，確有深意可循。

蜀漢正式統一於第五十八回〈封功臣六王膺上賞，畫軍區四督鎮雄邊〉，然而劉備已亡、劉禪亦被刺而身亡，最終由北地王劉諶繼位大統。此回大封蜀漢功臣，並且劃定四大「軍區」：幽并第一、雍梁第二、荊揚第三、青兗第四，依序領將者爲張飛、馬超、趙雲、黃忠，至於關羽則封爲武安王，駐軍南陽，不領軍區。劃定軍區的做法是第一個問題，第二個問題，周大荒特意在小說的最後花了一些篇幅交代了北魏曹操、東吳孫權後代的下落。唯有理解這兩個問題，才得以曉得《反三國》與《新三國》，甚至是《演義》之間到底有何差異。

首先，在曹魏方面。曹操的後裔仍剩驍勇善戰的曹彰，縱然保有魏國最後的兵力，依舊不敵蜀漢，最後只能退居塞外，不到五年即併呑塞外匈奴「大小部落七十餘部，曹彰便安安穩穩，做那大魏天皇。漢朝邊塞，從此平安無事。」（頁 777）不僅如此，周大荒甚至在最後一回〈馬孟起衣錦返西涼，曹子建逐荒行絕塞〉安排出亡塞外的曹植與其兄弟曹彰重逢，兄弟聚首，於異地長此終古。此舉，爲了保留曹氏血脈，眞是「小說結局特殊結構。」（頁 804）

其次，在孫吳方面。孫吳原先的繼承者孫亮，因抵擋不住蜀漢攻勢，只得棄守建業，乘船撤退，途中卻投海自盡身亡，似乎象徵孫權一脈消亡殆盡。（第五十四回）事實上，周大荒其後卻「神來一筆」，訴說早前番禺太守虞翻死前勘破人事，認定漢室將興而東吳將盡，隨即吩咐後人，若桓王之子孫英來此弔唁，必得將之留下，以保孫吳一脈。最後，蜀漢大軍攻入江東，建業失守，孫英只能留在番禺，改稱婆羅國王，以避蜀漢耳目。而那些東吳的舊臣子弟，聞知孫英在海外建國，便紛紛前往投效。「無奈漢兵強盛，邊宇鞏固，唯有兩兩不相侵犯，獨立海外，保全桓王一脈罷了。」（頁 759）換言之，周大荒作爲小說的「皇帝」卻未曾對曹魏、孫吳後人趕盡殺絕，殲魏、滅吳是殲魏國、滅吳國，周大荒允許其後裔於塞外再建其國，如此筆法除了說明漢家天下，僅能由代表漢家正統的蜀漢治理之外，還有其「保全種族、擁衛國家」之義，異史氏指出：

> 由玄德身死，引入曹彰塞外稱王，聞喪內犯，一番戰爭，便是存了劉姓的子孫，又存了曹姓的子孫，三國餘波，別開生面，此興滅之義也。則較《演義》禪台再築時，「吾與漢家報仇，有何不可？」即僅居金墉，猶非宣詔不得入朝者，以篡易篡，便今日結局爲佳也。可知《演義》爲一部教亡人子孫篡人家國的書；而本書爲教人保全種族、擁衛國家的書。借題發揮，一託於春秋筆法，以成三國定論，安得不爲一部大文章！（頁 771）

異史氏確實點出一些問題。「以篡易篡」指的是《演義》第一百一十九回「假投降巧計成虛話，再受禪依樣畫葫蘆」，司馬炎篡曹魏而爲晉朝，卻託言「報仇」之荒謬過程。毛宗崗詮釋爲「天理昭然，絲毫不爽，豈不重可爲哉？」（毛本，頁 1379）「以篡易篡」基本上仍訴諸於「報應」的循環結構。姑且不論何種結局爲佳，周大荒如此筆法確實也可稱別開「生」面，他看待戰爭、關心戰爭的姿態，似乎比《演義》更爲「袒露」一些。這些實在無法不令人扣回周大荒生活在那個西方列強、國內軍閥（曾經）割據中國疆土的戰亂時代，於是「保全種族、擁衛國家」成爲戰爭下所需要具備的危機感，亡國滅種、家毀人亡絕非周大荒《反三國》之本意。因此該結局之扭轉在於鼓舞人心、撫慰人心，某種程度減輕蜀漢英雄人物漸逝、無力迴天的心理缺憾。

達爾文進化論曾影響了無數世（士）人，晚清士人對「滅種」、「淘汰」都抱持著極大的恐懼，而是《反三國》撰寫、出版的時序正坐落於 1919～1924～1930 三個年段，位處黃克武定義下的「社會達爾文主義時代」（1985～1930）之中，所以鼓吹「自強保種」，避免「亡國」、「滅種」可視爲近代中國民族主義、愛國主義的核心理念。〔註 34〕如此一來，便可輕易理解周大荒何以會有這種「新編」的概念，也就是說，時代與作品之間存在著一種相當隱性的連結，而這個連結被作者悄悄鑲崁進了一個重寫的「舊文本」裡，虛構的文本卻藏有時代最眞實的印記。

最後，回到「軍區」的問題，探討這個問題的目的在於：蜀漢統一後的天下是個什麼樣的天下？回顧中國的大同思想，最早可上溯至《禮記・禮運》大同篇，不過本節欲以較爲近代的康有爲《大同書》爲例，因爲其書陳述之大同思想，具體包含了私有制的廢除、國家教育、婦女解放、家庭倫理、經濟平等及國界問題。康有爲認爲欲去國害必自弭兵、破國界始：

> 國界未除，強弱大小相錯，而欲謀弭兵，是令虎狼食齋茹素也，必不可得矣。故欲安民者非弭兵不可；欲弭兵非去國不可。……其大國之侵吞小邦，弱肉強食，勢之自然，非公理所能及也。然則雖有仁人，欲弭兵而人民安樂，欲驟去國而天下爲公，必不可得之數也。然則欲弭兵而去國，天下爲一，大地大同，豈非仁人結想之虛願哉？〔註 35〕

《反三國》劃定四大「軍區」的目的，則在於北有曹彰、南有孫英、外有匈奴、鮮卑，滅國危機仍在，根本無法去除軍備，於是必須透過「五虎將」鎮守各地「軍區」，以起到內助統一、外則威嚇之目的。異史氏：「既不獲遽入大同之世，則仍未可以去兵，然必如何而合於國防？如何而制其駐境？以資保衛而奠人民，固猶爲今日問題之一。」（頁 793）相較於仁人（康有爲）之

〔註 34〕黃克武：〈何謂天演？嚴復「天演之學」的內涵與意義〉，《中央研究院近代史研究集刊》第 85 期，2014 年 9 月，頁 132。

〔註 35〕康有爲著；鄺柏林選注：《大同書》（瀋陽：遼寧人民，1994 年），頁 85～86。

虛願，周大荒則顯得「悲觀」且現實許多。周大荒所建立的「漢家天下」仍是一個必須透過不斷競爭、進化、擴充軍備，才能生存下來的「國家」，否則便會落入康有為所說「弱肉強食」的境地，這樣的「國家」讀來實在令人無法心安，彷彿一放鬆，天下便會傾倒進敵國的懷中，吾心不安這樣豈是大同？

四、三國英雄復仇、德行與女權

整體而言，《反三國》與《演義》同樣「擁劉反曹抑吳」，但人物塑造與描寫方面，《反三國》亦有其明顯的側重，其手法包含更易、補充《演義》人物，甚至新創人物。本節則集中討論周大荒如何建立自己的三國英雄觀。

（一）蜀漢「五虎將」結構之更易

三國人物形象由陳壽《三國志》、《三國志平話》、元代戲曲，再到羅本、毛本逐步演化，可將之分為史傳原型階段、民間形象階段、小說形象階段等三階段的演變過程。其中，蜀漢「五虎將」〔註 36〕向來為人所稱道，而「五虎將」的結構更在這個演變的歷程之中，由原本的「關張馬黃趙」調整為「關張趙馬黃」，顯示了「五虎將」因應時代之需改易了順序。〔註 37〕但是，無論如何，關羽、張飛均在這個序列之首。

《反三國》在這個小說美學接受的歷程之中，再度改易了順序，前文提到四大軍區的劃定，依序是張飛、馬超、趙雲、黃忠，關羽則不在軍區之列，

〔註 36〕「五虎將」稱號的起源，盛撰昌研究顯示：「羅貫中《三國演義》封了蜀漢『五虎將』；施耐庵、羅貫中《水滸全傳》也有梁山的『五虎將』。但『五虎將』者不見於歷朝職官建制，即使是平話戲劇創造，它也是一種與武人的榮譽稱號，並非是作官銜授與的。……最初見有新名詞『五虎將』，當出自元初關漢卿《劉夫人慶賞五侯宴》，雜劇演五代故事，內稱晉王李嗣源與梁將王彥章作戰，李嗣源道白有：『某今領二十萬雄兵，五員虎將與梁兵交戰去。小校，喚將軍李亞子、石敬瑭、孟知祥、劉知遠、李從珂五員將軍來者。』此『五員虎將』亮相時也有表白，如李從珂（王阿三）『奉著阿媽的將令，著俺五虎將困了彥章』……元至治刻本《三國志平話》有〈皇叔封五虎將〉，或由關劇移植。羅貫中很會作嫁接術，據關劇《五侯宴》，是他的《五代殘唐演義》也有『五龍逼死王彥章』故事，此處改『虎』為『龍』，蓋李存勖、李嗣源等後皆為皇帝也。至此，他們又將『五虎將』寫進了《三國演義》、《水滸傳》，以壯顏色。」見盛撰昌：〈「五虎將」是否官銜〉，《學術月刊》第 12 期，1998 年，頁 109。

〔註 37〕陳香璉的研究指出「《平話》及《嘉靖本》皆沿用了《三國志》的排序為『關、張、馬、黃、趙』，毛宗崗則刻意把歷年來最末位的趙雲往前提升至第三位，一改排序為『關、張、趙、馬、黃』。」見陳香璉：《《三國志演義》中「五虎將」結構之探討》，國立東華大學中國語文學所碩士論文，2012 年，頁 142。

這個序列卻不代表是《反三國》的「五虎將」結構。其一、就描寫的篇幅而言，周大荒十分大膽地將關羽、張飛的描寫減少，而將馬超、趙雲的篇幅增多。其二、依回目的名稱觀察，以馬超、趙雲為題名者，各出現十一回及九回之多，佔總數的三分之一強，《反三國》裡無英雄可敵。接其後者，孔明六回、張飛三回、關羽二回、黃忠二回，遠遠不及此等「曝光度」。〔註38〕

周大荒著書即坦言：「不如替馬孟起、趙子龍，打他一個隔世的抱不平。」（頁 23）篇幅及回目的多寡，自然影響了「軍功」的取得，而「軍功」正是這個「五虎將」結構的基礎。以此而論，暗示著周大荒心目中「五虎將」的結構，應當是「馬趙關張黃」或「趙馬關張黃」，他的英雄觀既不是劉關張、也非孔明式的，而是馬趙式的。此種變化又代表什麼意義？以下，依馬超、趙雲二人的形象分項論述：

1、在場/缺席：馬超的孝與忠

關於馬超與五虎將結構的問題，已有不少具體的研究成果，尤其是普遍注意到馬超從史實「叛君背父」爭議形象，倒轉為小說「盡忠盡孝」的正義形象。如史實所示，馬超人格實具有極大的道德缺陷，將不得與關、張、趙、黃等人並舉。〔註39〕於是，《演義》為了美化馬超之形象，以符合文本之政治正確性，必得加以修正，據王文進的考察，《演義》在情節上偷天換日、移花接木地做了三個更動：「一是讓馬騰參與衣帶詔；二是將馬騰被殺害的時間挪至馬超叛變之前；三是強調馬超起兵抗曹的原因是因為父親被殺。」〔註 40〕更為細節處，尚有提高馬超的勇武形象，並延長其年歲，以便增飾諸多情節，藉此平衡「五虎將」彼此之事功，強調馬超於蜀漢之貢獻。〔註41〕

《反三國》雖繼承《演義》對於馬超形象之塑造，卻也稍加修正，例如《演義》寫到曹操欲取孫權，卻擔心西涼入寇之事，於是採用荀攸提議，將

〔註38〕若以毛本一百二十回的回目觀察，以孔明為題者三十五回、關羽十三回、張飛六回、趙雲五回、馬超四回、黃忠四回。但以此而論，確實也暗合於「關張趙馬黃」。

〔註39〕楊阜言：「馬超背父叛君，虐殺州將，豈獨阜之憂責，一州士大夫皆蒙其恥。……。超彊而無義，多釁易圖耳。」見〔晉〕陳壽撰；〔宋〕裴松之注：《三國志・魏書》，頁 701。

〔註40〕王文進：〈由「五虎將」的塑造談《三國演義》對史籍的融鑄與創造——以馬超為主的觀察〉，收入於《「第六屆實用中文寫作策略學術研討會」論文集》，臺南：國立成功大學中文系舉辦，2010 年 12 月 18 日，頁 7～8。

〔註41〕陳香璉：《《三國志演義》中「五虎將」結構之探討》，頁 109～140。

馬騰誘入京師殺之。馬騰得此詔書，與馬超商議，馬超提議「操奉天子之命以召父親。今若不往，彼必以逆命則我矣！當乘其來召、竟往京師，於中取事。則昔日之志可展也。」（毛本，頁 822～823）馬超「在場」的此一提議，雖有權衡之義，但更偏向勸行馬騰「取事」，馬岱則諫之「叔父所往，恐遭其害」，馬超接著說「兒願盡起西涼之兵，隨父親殺入許昌，爲天下除害，有何不可？」；反觀《反三國》，雖令馬騰接此詔書，卻選擇讓馬超「缺席」，使馬超不知曉馬騰應詔之事，自然不會有如《演義》馬超的鼓勵/馬岱的諫言。此「在場/缺席」之間，使得孝與忠充滿辯證的意味。

《演義》馬超先言「勸行」，後言「起義」。毛宗崗前評「有馬超之言，方見馬騰此去不是疎虞」，後則評「是馬超聲口」。如果勸行前，而起義在後，那麼「勸行」所代表「全其父志」的力量，可能稍弱於「阻其父死」的諫言，因爲馬超身份爲子，因此「起義」之前的「勸行」行爲，可能不適合子做。這也是異史氏認爲「超未諫，而又有勸行之失，不可不救正之也。嗚呼！使超果有此言，則父與弟往而共死，所以輕身致危者，超將永抱終天之痛矣！」（頁 113）所以，使馬超「缺席」而非「在場」，因依馬超之地位，若全然爲諫，父子必有衝突，則旁生枝節。故使馬超「缺席」，但仍由馬岱苦諫，如此一來，既顯馬騰剛果明決、就義而求仁，而馬超則以純然盡孝、盡忠之姿登場。〔註 42〕這的確是周大荒新編之細膩處。

馬超自第七回〈洩舊恨矯詔召馬騰〉登場，到第十回〈馬孟起間道入西川〉正式加入蜀漢，冀望能藉蜀漢力量重報父仇。馬超這條父（復）仇之線，貫穿了整部《反三國》，幾乎代替了蜀漢，成爲伐魏之代名詞，直到第四十三回〈炙華歆馬超掘疑塚〉，馬超親炙獻策者華歆、迎回父親屍首、掘開曹操七十二疑塚，最後第五十九回〈馬孟起衣錦返西涼〉爲止。《演義》自然沒有這些情節，割鬚棄袍、惡鬥虎癡，已是復仇的極限，其後便經常「缺席」於兩軍對陣之間，其死亦由孔明口中「省筆」道出。〔註 43〕（毛本，頁 1343）《反

〔註 42〕在馬超之事，倒果爲因，毛宗崗亦有不信正史之言：「超爲父之死於『衣帶詔』而討操，則超爲孝子，而亦爲忠臣。而前史誤書之爲賊，誤書之爲反，則大謬矣！若斷以春秋之義，直當書曰：『馬超起兵西涼討曹操』，斯爲得之。」（毛本，頁 827）

〔註 43〕毛宗崗對於馬超頗有微詞，譬如言馬超爲「戰將」而非「大將」，見識亦不如五虎將中的其餘四人（頁 928）雖勇猛，但智不足（頁 843）這些缺點一一在《反三國》獲得進一步修正。

三國》卻如此側重、偏愛於馬超，使之「在場」四處征戰，最後終能體其父志、衣錦還鄉，這種從文本邊緣重新拉回中心的敘事手法，何嘗只是落實馬超復仇的孝與忠，也徹徹底底滿足了讀者（以及周大荒的親友）的期待視野。

2、美德/建國：趙雲的救主與互襯

馬超之後，還有趙雲，兩人堪稱《反三國》的「奇、絕」人物。描寫趙雲的篇幅，自第一回〈全賢母孔明遣趙雲〉到第五十五回〈趙子龍按甲定閩甌〉建立最終之功勳爲止，期間不僅與馬超同樣南征北討，而且救回徐庶之母、剿獲張松之圖、一軍奪江夏、敗李典入許昌、刺死司馬昭、平定東南閩甌之地等等，趙云「一身是膽」的勇武形象、「忠直謙遜」的優良美德，全面呈現於其中。然而，與馬超不同的是，馬超乃因其史實上的個人缺陷，使《演義》必得大規模的修正，趙雲則直接透過兩個，一爲救主、二爲互襯的手法，從而建立其正面形象。〔註 44〕《反三國》雖承繼趙雲於《演義》之形象，但這兩個手法卻倒轉過來。

其一、全人「子」到全人「母」:《反三國》從徐庶走馬薦諸葛翻起，徐母仍設定陷於曹營，故救出徐母，得使徐庶續留劉備陣營，以獻良策。於是，趙雲化身「奸細」，孤身犯險，潛入曹營，救出徐母。姑且不論是否「正當於理，相準於情，不違時代」，相較於《演義》固有的「使節、說客、細作、叛軍、降將」等等，這等由「英雄」化身之奸細，無不充滿「現代感」，仍可令今日讀者眼睛爲之一亮。〔註 45〕而趙雲於《演義》最爲人所稱頌者，便是「單騎救主」（第四十一回）、「截江奪阿斗」（第六十一回），這亦是劉備臨終何以囑咐趙云「早晚看覷吾子，勿負朕言。」（毛本，頁 1238）的緣由。但歷史的後見之明顯示，趙雲一身百戰、戮力所保所救者，不過是個「扶不起的阿斗」、「樂不思蜀」之輩，情何以堪？連毛宗崗都不免私心認爲「以一英雄之趙雲救一無用之劉禪，誠不如勿救矣！」（毛本，頁 593）《反三國》反倒爲之實現了。刪去全人「子」，反倒救人「母」；與其救一出降之劉禪，曷若使救一有

〔註 44〕沈伯俊研究指出：「趙雲從來不像關羽那樣傲慢託大，也不像張飛那樣魯莽粗心，總是膽大心細，兢兢業業，一次又一次地圓滿完成任務。這一特點同他的英武蓋世、忠直謙虛等美德相結合，使趙雲成爲《演義》的武將形象系列中性格最完美的人物。」見沈伯俊：〈論趙雲〉，收錄於《三國演義學刊（二）》（成都：四川省社會科學院，1986 年），頁 132。

〔註 45〕譬如吳宇森 2008 年導演的《赤壁》，使「孫尚香」（趙薇飾演）潛入曹營，偷繪駐軍地圖的一段新編，早在《反三國》已呈現類似手法。

用之徐庶，異史氏評道：「本書救徐母以存徐庶，使薦兩賢（案：臥龍、鳳雛），成一統，亦必令子龍成第一大功。」（頁 43）不僅《新三國》，《反三國》亦以北地王劉諶爲中興之主，說明漢室中興之業，不是劉備，更不可能是劉禪，而是寄望於「後代」——在戰亂之現實中，寄望於嶄新之世。

其二、「單襯」孔明到「互襯」馬超：曾有研究者指出趙云「在諸葛亮身邊生活時間最久，作者更是注重了按諸葛亮的口味和需要塑造和描繪趙雲。」〔註 46〕而趙雲確實常能準確完成孔明所交付的命令，不僅烘託了趙雲的穩重與値得信任，更重要的是，彰顯出孔明的未卜先知、料事如神的「超人」形象，套句毛宗崗常用的語法，非寫趙雲之英勇蓋世，而實寫孔明之奇絕無雙耳。《反三國》中，孔明與趙雲的關係自然沒有改變，但與其說兩人互襯，不如說趙雲乃互襯於馬超，而且每一位「五虎將」均有軍師輔佐，徐庶與救其母之趙雲正是一組，顯示比起孔明，徐庶與趙雲的關係更加緊密一些。

第一回趙雲已立奇功，成爲蜀漢一統天下之一大棟樑，第六回〈遊江上趙子龍得圖〉，則幫助劉備陣營入得西蜀的契機。此處翻的是《演義》第六十回「龐士元義取西蜀」，周大荒不欲張松獻圖，而使劉備、孔明、龐統、趙雲、雲長爭相迎之，張松乃是一「賣國賊」也。異史氏言「孔明用盡智計以迎之，其寫得不堪已極！污穢了一個臥龍，一個鳳雛，又污穢了蓋世英雄一個常山名將，又污穢了義貫日月一個千古聖賢！」（頁 115）張松此圖，與孔明南陽草堂之上那張「西川五十四州之圖」有何異？毛宗崗解釋「孔明之圖不過形勢之大略也，張松之圖必其險要曲折之詳備者也。」（毛本，頁 860）毛宗崗正是從上下文的語境去理解的，所以才會指稱只是「形勢之大略」。但是，仍解決不了眾人對於「賣國賊」張松禮遇有佳、奉若上賓。如此情勢之下，周大荒只能將兩圖混爲一談，將兩圖併爲一圖，周大荒爲的是重新校準孔明的形象，甚至設定張松渡江盜賣地圖的途中爲盜賊所害，地圖落入盜賊之手，再經由趙雲巡江剿匪而獲此圖，獻於劉備。將入西川之功，悄悄劃給了趙雲。

其後，周大荒評價最高的二位蜀國武將，於第四十三回〈敗李典趙雲入許都灸華歆馬超掘疑塚〉會合，雙雙攻陷天子之都許昌（雖其時獻帝已薨），象徵著蜀漢陣營於三國之中，已處於預備統一的階段。劉備聽得兩人兵入許昌，稱許二人曰：「得孟起與子龍同心經營，許昌人民得沾王化矣！」（頁 594）

〔註 46〕索紹武：〈白壁無瑕卻有瑕——論《三國演義》中的趙雲〉，《西北民族學院學報》第 2 期，1984 年，頁 156。

事實上，《反三國》何嘗不是「得孟起與子龍同心經營，得沾王化矣」？趙云「首入許昌，再平吳會」（頁 587），異史氏甚至給了「比跡秦皇，追蹤漢武」（頁 587）的極高評價，顯示趙雲的形象已經再次產生移轉。那麼五虎將之中的關、張二人呢？從關雲長寫給馬超之信，可知：

> 以子龍之英武，元直之才略，某與翼德爲其後援，萬不致有蹉跌。（頁 511）

不過，周大荒絲毫未曾貶低二人，只是更喜愛趙雲、馬超罷了。周大荒甚至使二人結爲姻親，此爲後話，恕本節不表。據此，回到何以趙雲會在《反三國》中如此突出？沈伯俊〈論趙雲〉一文或可解答：

> 在今天的讀者心目中，關羽的形象已經大大降低了。相比之下，趙雲的英勇善戰和一系列美德，則更容易得到今天的讀者的理解和欣賞，並能被人們批判地吸收。〔註 47〕

沈伯俊此文發表於九〇年代，其文一開頭即說「日本的廣大《三國演義》愛好者在評選『你最喜愛的三國人物』時，也把趙雲排在第二位」，或許能稍稍解釋何以九〇年代後，《反三國》廣泛在中、日再版的原因。

何嘗只是今日的讀者喜歡趙雲？《反三國》所產生的「北洋時代」已然如此。若讀者熟悉魯迅的作品（魯迅僅長周大荒五歲），其 1920 年寫成的〈風波〉中亦有趙七爺「常常嘆息說，倘若趙子龍在世，天下便不會亂到這地步了。」〔註 48〕也就是說，沈伯俊之言，其實還能繼續上溯到《反三國》的近代，當然尚未有證據解釋「今日讀者」爲何會產生這樣的轉變，可能是政治、社會、文化以及消費模式（三國故事的商品化）等等因素，也可能有《反三國》推波助瀾的作用。

總而言之，「五虎將」結構，從史書、《演義》的接受歷程之中，再次因個人之主觀意識，而產生劇烈更動，由「關張馬黃趙」調整爲「趙馬關張黃」，周大荒的英雄觀乃是馬超與趙雲式的，若言《反三國》乃《馬超趙雲傳》亦無不可，或許亦能如此詮釋，「復仇」與「美德」看似兩者矛盾不一的品質，卻符合當時民間大眾的審美與情感需求。

〔註 47〕沈伯俊：〈論趙雲〉，頁 137～138。

〔註 48〕魯迅：〈風波〉，收入於魯迅：《魯迅全集（第 1 卷）》（北京：人民人學，2005 年），頁 494。

（二）時勢造「英雌」：「夫婦型」英雄的建構

《演義》向來被視爲男性文本，爲一群男性「英雄」演繹撥亂反正、爭霸天下的過程。〔註 49〕至於《演義》裡的「女性」多半爲陪襯或附屬品，《演義》共寫出一千二百三十位左右的人物，有名有姓者約千人，但女性僅六十位，且多數沒有完整姓名，譬如上述徐庶之母。無怪乎，有研究者要以「排斥女性的男性俱樂部」來稱呼《演義》裡的男性英雄世界。〔註 50〕《反三國》整體上仍是以男性爲主的戰爭文本，但《反三國》卻有兩個女性形象十分突出，令人印象深刻。一是馬超之妹馬雲騄，其後嫁與趙雲，另一則爲孔明之妻。兩者的出現，可謂將原本既有的「兄弟型」的英雄，進一步添補進「夫婦型」的英雄。〔註 51〕當然，以歷史角度來看自是荒謬，然而此節想談的並非荒謬本身，而是周大荒起心動念爲何？這反而是比較關鍵的問題。

1、姻親的戰爭結構：馬雲騄

上文曾分析出馬超、趙雲可視爲《反三國》最重要的三國英雄角色，周大荒更讓此二人結爲姻親，使馬超憑空添一親妹馬雲騄，嫁與趙雲。馬雲騄登場於第八回〈出潼關馬孟起報仇〉，年屆二十二歲，不僅品貌超群，更是武藝出眾，跟隨著馬超一路征戰中原報父仇，此時多爲後援守城，甚少出戰。遲至第十回〈馬孟起間道入西川〉，馬雲騄才眞正馳騁沙戰，並于歸途巧遇趙雲，引領趙雲與馬超二人初次見面，馬超亦於此時加入劉備陣營。其後，馬超與趙雲過從甚密，由劉備主婚，促使這場婚事。

此處，翻的是《演義》第五十二回，趙雲首取桂陽，與趙範結爲「兄弟」，趙範以嫂許婚，而子龍拒之的情節。事實上，《演義》不少欲以姻親來達到政治的目的，譬如王允的「連環計」、孫權的「進妹固好」、關羽言「吾虎女安肯嫁犬子乎？」（毛本，頁 1072）女性基本上都是被物化，以達成男性交易的政治目的，雙方隱藏的盡是「機心」。馬雲騄的情況稍稍不同，以雙方「情投

〔註 49〕湯用彤研究指出：「天下大亂，則需英雄。漢末豪俊並起，群欲平定天下，均以英雄自序。故王粲著有《漢末英雄傳》。當時四方鼎沸，亟須定亂，故曹操曰：『方今收英雄時也。』」見湯用彤：〈讀〈人物志〉〉，收入於湯用彤：《湯用彤全集（第 4 卷）》（河北：河北人民，2000 年），頁 7。

〔註 50〕孫紹先：《英雄之死與美人遲暮》（上海：社會科學文獻，2000 年），頁 51。

〔註 51〕「夫婦型」是我自己的說法。此說法是我借用並轉化馬昌儀〈文化英雄論析：印第安神話中的獸人時代〉所提到的英雄類型概念。見馬昌儀：〈文化英雄析論〉，《民間文學論壇》第 1 期，1987 年。

意合」爲前提結爲姻親，自此彼此互敬互愛，同時讓他也成爲馬超之妹婿，三人關係更加緊密且堪稱特殊。「西涼、荊州兩處軍隊，大家都是親眷，更兼無形的親密地結合了。」（頁 190）顯示了周大荒關注到一個相當重要的細節：各地區的軍隊之間，彼此亦可能不合，導致難以統御，周大荒嘗試透過此法，磨合兩軍之間的矛盾。

其次，馬雲騄不似孫尚香是孫、劉聯姻的政治籌碼，孫近武卻不曾上陣，反之，馬雲騄婚後即隨趙雲一同上陣，還員大敗甘寧、徐盛等一時名將，甚至斬殺胡車兒，成爲名符其實的三國「英雌」。異史氏評道：

> 三國時，女豪傑多矣，如徐母、曹后、北地王妃辛憲英等皆是，獨巾幗而雄英者則無。貂蟬近於英雄而不武，孫夫人雖近於武而不英雄。孫翊之妻，差可擬於英雄，而實節烈。若不添寫一人，眞令英雌短氣，且辜負如此好時勢也。今既全書翻案，自不妨乘時勢造一英雌，書中遂亦全部生動。（頁 156）

周大荒增補了馬雲騄一角，除了「以爲全三國中曾無一女英雄生色」之外，更象徵著三國「兄弟型」的英雄母題，出現了一道裂縫，周大荒看準並填補進了新的元素，這個破口的出現，其實自於周大荒的時代，也就是異史氏所言的「好時勢」，否則女性實不可能於三國時代上陣殺敵。馬雲騄之例，正透顯出「溫柔鄉」也能出英雌（女英雄）。所謂「好時勢」，即是「英雌」話語在清末民初密集出現，顯示女權意識早於晚清思想啓蒙運動中已被帶入中國，並且逐步改良了男女不平權的思想。〔註 52〕甚至出現了諸多新造詞語，包含英雌、巾幗人豪、金閨國士、女中大志士、英雄巾幗等等。〔註 53〕英雌不僅爲清末民初的知識菁英所想望和推崇，也是「新」中國主流意識形態的理想範式。〔註 54〕所以，周大荒順應此「好時勢」創造眞正能上場之「英雌」，並不足爲奇。

小說中，馬雲騄大敗甘寧，使甘寧仰天大嘆：「某家結髮從戎，大小數十餘戰，未曾敗北，今乃爲一女子所敗，豈非大憾！」周大荒繼承《演義》「論贊詩」的方式，贊曰：「女子從戎，竟敗錦帆之賊；男兒何用，徧輸玉貌之人。」

〔註 52〕夏曉紅：〈從男女平等到女權意識——晚清的婦女思潮〉，《北京大學學報（哲學社會科學版）》第 4 期，1995 年，頁 97～104。

〔註 53〕夏曉紅：《晚清文人婦女觀》（北京：作家，1995 年），頁 118～119。

〔註 54〕李奇志：《論清末民初思想和文學中的「英雌」話語》，華中師範大學中國現當代文學博士論文，2006 年，頁 10。

（頁 359）周大荒願意以此眼光，重新創造三國之女性，某種程度自然超越了劉備言「妻子如衣服，衣服破，尚可縫，手足斷，安可續？」（毛本，頁 186）的窠臼。那種「妻」作爲烘託兄弟聚義的催化劑不復存在，反倒是「妻」之地位將與「夫」匹配，也使得趙雲從《演義》因「兄弟之義」而拒婚，到現在終於情與義能「合爲一家」。這兩相對照之下，確實提醒了我們應該留意到，在女權意識高漲的當時，閱讀到《演義》裡這些相關「歧視」之段落時，讀者會做何反應？爲之氣結？故這應該也是新編緣由之一。饒富趣味的是，馬雲騄這個角色至今仍深受現代讀者的喜愛，馬雲騄不僅被日本漫畫家繪成漫畫，更成爲遊戲電玩角色，近來還被改編成古裝戲劇的女主角，這些恐怕都是周大荒始料未及的。〔註 55〕

2、「近妖」的吸納與轉化：武侯夫人

諸葛武侯之妻向來神秘，《襄陽記》僅僅記載「黃承彥者，高爽開列，爲沔南名士，謂諸葛孔明曰：『聞君擇婦；身有醜女，黃頭黑色，而才堪相配。』孔明許，即載送之。時人以爲笑樂，鄉里爲之諺曰：『莫作孔明擇婦，正得阿承醜女』。」〔註 56〕亦未標註名字。《演義》遲至第一百十七回，才借諸葛瞻出場透露蹤跡：「其母黃氏，即黃承彥之女也。母貌甚陋，而有奇才。上通天文，下察地理；凡韜略遁甲諸書，無所不曉。武侯在南陽時，聞其賢，求以爲室。武侯之學，夫人多所讚助焉。」（毛本，頁 1718）雖從有「才」進一步被渲染成「奇才」，卻不見何「奇」之有？奇者，爲孔明，而在《演義》亦有魯迅所言「多智而近妖」之形象。這兩點，在《反三國》獲得了調和：武侯夫人吸收了《演義》中孔明「近妖」的部分，使孔明更爲純粹地展示其智慧與謀略的才華，也就是說，《反三國》將《演義》裡的孔明形象析離出來，使之兩相純粹也相互輝映。

〔註 55〕日本漫畫如池上遼一的《超三國志》。電玩如日本光榮（KOEI）公司著名的現代三國電玩遊戲，包含《三國志 9》（2003）、《三國志 11》（2009）等作品。更詳細的跨國研究，可參趙瑩：〈彼三國非此三國〉，《作家雜誌》第 12 期，2011 年，頁 84～85。戲劇則是 2016 年上檔的《武神：趙子龍》，劇中人物「馬玉柔」一角，報導指出：「原型是民國文人周大荒所著《反三國演義》中的馬雲騄，爲馬騰之女，馬超之妹妹，趙雲之妻，自幼習武，槍法女中無雙。」見「新華網」網站：http://www.sc.xinhuanet.com/content/2016-04/12/c_1118597871.htm。檢索日期：2016.05.08。

〔註 56〕〔晉〕陳壽撰，〔宋〕裴松之注：《三國志・蜀書》，頁 929。

周大荒選擇讓武侯夫人展現「奇才」之處，在於將孔明七擒孟獲，改爲一擒足矣。在第三十六回〈大涼山孟獲怯神兵〉一回，周大荒將《襄陽記》所載細細鋪陳，同樣是南蠻犯境，孔明分身乏術，而成都城內人盡皆知武侯夫人奇才，請爲國事，前往平定。於是，武侯夫人星冠霞帔、佩著七星寶劍，夜駕繪雲雷車，展奇術、趨神兵、收人心，不用半月即平定南蠻。武侯夫人與馬雲騄同樣沙場征戰，後者對象是一般三國英雄，前者則在於化外之蠻夷，這些毛宗崗〈讀三國志法〉所謂的「漢相南征記，便抵得一部《西遊記》矣。」南征記，改由同爲「奇才」的武侯夫人來撰寫，而且兩者的性質反倒十分契合。異史氏即言：

> 蓋作者固謂演義之有鬼神風霧一類筆墨，只可語於婦人女子，則亦惟宜寫於婦人女子者耳。如武侯夫人者，演義卒不爲一書，是一方未免有意褻瀆武侯，一方更未免輕視女子，則作者之寫之也，誠甚惜筆墨，而又不惜筆墨，所以有本回武侯夫人之特寫歟！……不知翻的是《三國演義》、是《封神榜》，是近人胡寫之劍俠奇傳，眞奇妙至匪言可喻！（頁 498）

武侯夫人從《襄陽記》到《演義》再到《反三國》，是「才」到「奇才」再到「奇異」的流轉過程，《反三國》此舉除了滿足讀者對於武侯夫人的好奇，也間接扭轉了孔明的形象。然而，更不可忘記的是武侯夫人的身份——身爲蜀國丞相的妻子——所立的功勳是平蠻，關鍵性自然不在話下。

總而言之，周大荒不僅讓馬雲騄、武侯夫人沙場征戰、建立功勳，成爲名符其實的「英雌」，更在其倫理關係上多所著墨，而共通點都在於：妻不僅只爲「內助」，更可「外助」，與夫之間共同形成戰爭文本中相當特殊的圖像。這類「新編」從周大荒的時代風氣來理解後，便可發現它究竟試圖兌現、指涉或取代什麼樣的價值。

五、結語

平心而論，周大荒《反三國》一書「翻案」得並不算太差（修訂本又比原始本更佳），確實「應接眞爲不暇；文章熱鬧，好看煞人！」（頁 783）但也有不少明顯的缺點，然而周大荒（以及異史氏）具備高度的文學涵養，以及對三國史料、《演義》十分熟稔，倒是不必懷疑。《反三國》的出現，自然也透露了作爲「經典」（已成爲某種象徵性的菁英文本）與大眾文化之間，再度出現了價值的錯動，但並非刀劍相向、你死我活的「交鋒」，反而是「挹注」。《反三國》在諸多方面都作爲一種「補充」、「挹注」的文本而存在的。本章嘗試從創作意識、敘事特點及人物形象三方面，剖析周大荒《反三國》在《演義》接受史上的特殊及影響之處：

其一、在創作意識方面，周大荒試圖藉由《反三國》文本來承載自己的三國史觀、春秋筆意，最後塑造一個統一之世，這是對於北洋軍閥時代最深的想望。周大荒爲蜀漢翻案的過程之中，雖自言一切「不違時代，不入新知」，彷彿就能忠實呈現當時的三國世界，而不會顯露自己所處的時代印記。其結果恰恰相反，表面上看似毫無「新知」，但在情感層面卻存在著「共振」，因爲今人「新編」故事，已經是時代所給予的最大印記。周大荒彷彿唯有透過三國故事新編，才能自己稍稍安慰自己面對當代戰亂的無奈與痛苦。

其二、在敘事特點方面，《反三國》由時間轉向對空間、由天命轉向人事的側重、由「篡家國」轉向「保家國」均印證了周大荒是以當代「新」軍事的角度，重釐三國「舊」戰場。唯有掃除世人對於天命的迷信，才能重振戰亂中必重人事的思想決心。周大荒所建立的也絕非是一個大同世界，而是一個需要不斷進化的「國家」。

其三、在人物形象方面，《反三國》對於人物所下的「苦心」，偏重於挖掘《演義》相較邊緣的人物，周大荒的英雄觀乃是馬超與趙雲式的，若言《反三國》乃《馬超趙雲傳》亦無不可。而兩者各自代表「復仇」與「美德」，看似矛盾不一的品質，卻符合軍閥時代讀者的審美與情感需求。另外，則因應時勢也使得「英雌」誕生，使女性第一次眞正馳騁於沙場之上，原本既有的「兄弟型」的英雄，進一步添補進「夫妻型」的英雄，甚至影響了當代。簡單來說，它大膽地開拓了諸多小說元素，使得原本必須依史而存在的三國故事，走向了架空歷史的形式，奠定了後來諸多三國創作（已不限於文學作品）之契機。

另外，可以發現晚清民初三國故事最顯著的文化情緒就是：憤。在時局動亂、生死交關的當口，書寫三國故事是一種從悲憤（讀者）到發憤（作者）的情感歷程，書寫成爲論史、翻案、補恨的代名詞。身處軍閥時代的周大荒，藉由感知、回顧、重塑三國故事，冀望民初現實能有英雄人才的出世，同時又從馬超與趙雲身上，兌現一種復仇卻要懷有美德的傾向。周大荒之所以如此，或許正因爲他所要面對的生命，常常不是自然的消亡，而是被自己的同胞所殺的那種疑惑及困境，正是這種情緒糾結、無從抒發。所以，他的蜀漢統一天下後（復仇完成），對曹、吳後裔並不斬草除根（美德存有），因爲他們同是中國人啊，拉長歷史的格局來看，他們何嘗不是同胞血肉呢？

總而言之，在傳統文化與價值觀動搖的軍閥時代，《反三國》或許示範了一種書寫姿態，他重釐、新編、改造三國舊戰場，最後重建出一個完整的家園，正反映了晚清跨入民國的文人周大荒，試圖藉由「故」事「新」編來面對時代創傷、重建嶄新秩序、再現人性之「光明」的深層想望，而呈現虛構的同時正是奠基在當下的現實。《反三國》1930 年出版之後，事過境遷了嗎？周大荒何以在 1946 年又將《反三國》拿出來修訂？1946 年，不是因爲日本戰敗，而是中國又陷入了「國共內戰」。我彷彿看見了周大荒拿起了《反三國》，邊嘆息邊憤恨，或許還喃喃地念、喃喃地念：不是同胞血肉嗎？不是同胞血肉嗎？英雄何在？英雄何在？現實的不止識曾相似，而且是一再重複，而這也正是促使周大荒晚年重溫、修訂《反三國》的原因。

專題六・聲音與圖像

晚清京劇旗裝戲與旦行花衫的興起

劉汭嶼

（北京大學藝術學院）

形成於清代中晚期北京的京劇，吸收了大量北京本土的文化元素，滲透到京劇藝術的各個層面。傳世京劇劇目中，有一類作滿清時裝裝束、操京白口語的角色，在一眾穿著中國戲曲傳統服飾的角色中頗爲特別，被稱爲「清裝戲」或「旗裝戲」。

在戲曲行內，「清裝戲」泛指劇中角色作滿清裝束的戲，生旦男女不限；「旗裝戲」則一般專指旗裝旦角戲，即以梳旗頭、著旗服、穿旗鞋的典型旗籍女性形象爲主要角色的劇目。〔註 1〕「清裝戲」在清代早期即已出現，乾隆年間還一度遭禁；〔註 2〕「旗裝戲」或曰旗裝旦角戲創生則比較晚近，發展也比較順利。〔註 3〕與生行、淨行「清裝戲」角色不重要、藝術亦不入主流不同，「旗裝戲」是京劇旦角戲中非常重要的一支，對整個京劇旦行藝術的發展演進，有著極爲關鍵的影響。〔註 4〕

〔註 1〕清代戲曲服裝基本依照「男遵明制，女隨本朝」的原則，劇中男性主要角色的服飾穿戴，基本因襲明代所遺之傳統戲裝，因此戲臺上凡著「清裝」之男性角色皆爲配角甚至龍套；女性角色則無此限制，特意旗裝扮相（以示突出強調）者，多爲主角。

〔註 2〕關於清代戲曲中的「清裝戲」（尤其是清代中期以前戲曲舞臺出現的清裝角色）的起源及其發展概況，參見李德生《梨花一枝春帶雨：說不盡的旗裝戲》第一部分《旗裝戲考》之《最早的旗裝戲》、《禁演旗裝戲》、《旗裝戲的解禁》諸節（北京：人民日報出版社，2012 年）。

〔註 3〕旗裝戲在清宮的演出和接受情況，參見李德生《梨花一枝春帶雨：說不盡的旗裝戲》第一部分《旗裝戲考》之《清宮大演旗裝戲》、《太監伶人演出的旗裝戲》、《慈禧太后尤愛旗裝戲》諸節。

〔註 4〕參見李德生《梨花一枝春帶雨：說不盡的旗裝戲》第一部分《旗裝戲考・旦角獨擅的旗裝戲》。

京劇旗裝戲爲旦角設計旗裝扮相的初衷，是用來表現漢族以外的少數民族女性形象。在農耕文明的一般漢人眼中，作爲漁獵民族的滿洲，其生活習俗及文化上與作爲游牧民族的蒙古、契丹等多少有相似之處。中國歷史上匈奴、突厥、遼、金、蒙元等民族的服飾穿戴，不少已年久失考；而滿清婦女的旗裝，不但氣派美麗，而且製作方便，於是京劇舞臺遂藉此表示中國歷史上匈奴、突厥、遼、金、蒙、滿等一切北方少數民族女性的服飾。也即齊如山所說：「今日戲場演劇並無遼金元清之分，旗女服飾總以清代之服裝代之。究其原因，乃因滿清近代婦女之服裝，較之蒙古者殊覺美觀，時勢所趨，故不得不迎合社會之心裏〔理〕。」〔註5〕

關於旗裝旦角與旗裝戲的性質，一般來說，旗裝戲（尤其是該角穿著旗裝的場次）皆爲文戲，唱、念、做俱重；旗裝旦角的行當介於青衣與花旦之間，有時還兼刀馬旦，既可突出唱工，又可強調表演。但由於旗裝戲多飾演番邦異族女子，性情比較爽利外放，形象更近於花旦，語言動作都偏於生活化；旗裝衣飾本身的繁麗和相對修身，尤其是雙手露出袖管，也有利於加強做工。至於旗裝本身所帶來的時代感，「是時裝戲，一切身段說話都須活潑趨時」〔註6〕，也適合以花旦風格呈現。〔註7〕

作爲戲劇史術語的「旗裝戲」一詞，最早約出自國劇學會所辦刊物《國劇畫報》1932年9月16日第35期的《旗裝專號》——爲了紀念「九一八事變」東北領土的喪失，主編傅惜華等人策劃關於滿洲主題的戲劇專號，刊登晚清民國京劇旗裝戲劇照數十幅，聲勢浩大，引發強烈反響。隨後的《旗裝專號（二）》上，又登載清逸居士（著名京劇劇作家愛新覺羅・溥緒）的專文《旗裝戲考》，簡要梳理了晚清民國京劇旗裝戲的發展歷史，以同治年間四喜班班主梅巧玲去《雁門關》、《探母回令》之蕭太后所創穿清朝宮裝、梳「鈿

〔註5〕齊如山：《談劇：旗裝戲之研究》，《戲劇半月刊》1936年第1卷第10期。

〔註6〕齊如山：《探親畫像識語》，《國劇畫報》1932年9月23日第36期《旗裝專號（二）》。

〔註7〕隨著京劇旗裝戲在北京的發展盛行，民國年間，旗裝旦角的涵義範疇進一步擴大，不再限定於遼金元清等番邦異族女子，而變成帶有北京地方色彩的一種旦角扮相及表演風格。也就是說，隨著清朝統治結束，「旗裝」的象徵意義，從滿清貴族民族服飾逐漸泛化爲北京地方特色服飾。因此，只要不是傳統意義上的「正戲」、「正角」，特別是帶有一定喜劇、玩笑色彩的花旦角色，其具體的身份信息不重要，便可斟酌使用旗裝扮相呈現，以達到特殊的舞臺演出效果。

子頭」〔註 8〕的扮相，爲晚清京劇旗裝戲之濫觴。據《旗裝戲考》記載，晚清至民國三十年代京劇舞臺（主要是北京）流行的旗裝戲（包括有旗裝旦角參演的戲），主要有《雁門關》、《探母回令》（即《四郎探母》）、《梅玉配》、《閨房樂》、《探親》、《查關》、《兒女英雄傳》、《回龍閣》（即《大登殿》）、《珠簾寨》、《塞北奇緣》（即《萬里緣》）、《東皇莊》、《惠興女士》、《佛門點元》、《春阿氏》等。〔註 9〕本文選取在早期京劇史上最爲重要的《雁門關》、《探母回令》、《梅玉配》、《兒女英雄傳》等幾部大戲，討論晚清旗裝戲對於京劇旦行藝術發展變革的影響。

一、骨子老戲《雁門關》、《探母回令》

《雁門關》和《探母回令》兩部戲，誕生於京劇的創始期——道咸年間的北京，是遼宋「楊家將探母」故事系列的皮黃演繹，由早期徽班藝人編創。〔註 10〕不同的是，八本《雁門關》是連臺本戲，劇情曲折複雜，敘楊四郎與楊八郎流落遼邦，各娶遼國公主入贅，後楊八郎於楊家將發兵雁門關時，託妻子盜取蕭太后令箭至宋營探母，引發宋軍詐令開關、大敗遼軍、最後兩國議和之事，因此又名《八郎探母》、《南北和》；單本《探母回令》則簡單許多，單敘楊四郎求公主盜令探母，最後踐約回令、被蕭太后赦罪之事，因此又名《四郎探母》。〔註 11〕

《雁門關》、《探母回令》在創生初期都是老生戲，旦角戲份不甚重要。自四喜班名旦梅巧玲首創旗裝扮相去《雁門關》、《探母回令》之蕭太后，蕭

〔註 8〕鈿子，滿清貴族婦女冠狀頭飾，上穹下廣，外綴珠翠，整體形狀呈簸箕形；用於穿吉服時佩戴，是一種身份的標誌。

〔註 9〕據李德生統計，晚清民國的京劇旗裝戲還有《送盒子》、《混元盒》、《官得福》、《蓮花塘》、《思志誠》、《奇巧循環報》、《申氏》、《羅刹海市》、《珊瑚傳》、《難中福》、《白蓮寺》、《愛國血》、《孽海花》等等。參見李德生《梨花一枝春帶雨：說不盡的旗裝戲》第一部分《旗裝戲考・旦角獨擅的旗裝戲》，第 34 頁。

〔註 10〕關於晚清《雁門關》及《探母回令》兩劇的研究，參見海震《楊家將探母故事的形成及演變——以戲曲〈四郎探母〉、〈八郎探母〉爲中心的探討》（《戲曲研究》2010 年第 2 期），郝成文《京劇〈四郎探母〉與〈雁門關〉之關係辨》（《戲曲藝術》2012 年第 1 期），張春曉《兩宋民族戰爭本事小說戲曲故事演變》（廣州：暨南大學出版社，2013 年）等相關論著。

〔註 11〕八本《雁門關》和單本《探母回令》劇本，參見首都圖書館編《清車王府藏曲本》，《四郎回令全串貫》、《四郎探母全串貫》見第 6 冊第 35～49 頁，《雁門關總講》見第 7 冊第 1～65 頁（北京：學苑出版社，2001 年）。

太后一角才得凸顯。梅巧玲（1842～1882），字慧仙,號雪芬，江蘇泰州人；人稱「焦園居士」,自號「梅道人」；所居堂號「景和」，因之又有「景和堂主人」之稱。梅巧玲是京劇創始時期著名的旦角演員，四大徽班之四喜班班主，京劇花旦行當的奠基人，名列「同光十三絕」。他有著深厚的崑腔功底和全面的藝術素養，能戲相當之多，並且有著高妙的藝術品格與積極的開拓精神。由於身材豐腴（人稱「胖巧玲」）、扮相不夠俊美，梅巧玲潛心研磨演技氣質，精細雕琢本行當藝術，取得了相當高的聲譽。

梅巧玲爲塑造蕭太后的藝術形象，花費了不少心思氣力。首先是造型扮相，由於蕭太后的契丹族裔和女主地位，梅巧玲感到用傳統戲裝難於傳神，與宋軍主帥佘太君也不足區分；他因「與各邸第並內府顯宦交遊」，受到啓發，「故創宮裝」〔註 12〕，著旗裝、戴鈿子、穿旗鞋，借滿清旗人貴婦裝束以表現蕭太后特殊的身份氣度，一經推出即引起轟動。更複雜的是表演問題。由於「蕭太后這角色身份特殊，青衣應工嫌太過於板正，且劇中的蕭太后並不是以唱功爲主；以花旦飾演又容易流於輕浮，缺少女皇身份必不可少的威嚴和端莊；老旦則又少了英氣與政治家應有的膽略，且神情過於老邁」〔註 13〕，梅巧玲最終決定打破行當限制，從劇情人物出發，自主選擇京劇現有藝術體系中合適的表演程序，「把旦角家門的不同行當之不同特點及不同之表現功能溶〔熔〕於一爐，又跨行當借鑿『王帽』老生的某些表演程序，鎔鑄，提煉，融會貫通，遂形成肖〔蕭〕太后之富有王者氣派的身段動作和極富女性美的吳語念白；於是便由此進而構成獨特的舞臺藝術形象」。最後完成的蕭太后一角的表演體系，「其基本架構則爲青衣、刀馬旦以及王帽老生行當的『三合一』」〔註 14〕；這樣精妙到位的表演手法，與梅巧玲雍容華貴的個人形象氣度相得益彰，於是一個「胸懷文韜武略、統率鐵騎、親臨戰陣」，「智慧深沉、雍容嚴肅」〔註 15〕的番邦女主形象便塑造成功了。

梅巧玲所塑造的《雁門關》、《探母回令》中的蕭太后形象，無論在造型扮相還是表演藝術方面，都屬於京劇行當藝術史上的「創格」之作：不

〔註 12〕清逸居士:《旗裝戲考》,《國劇畫報》1932 年 9 月 23 日第 36 期《旗裝專號(二)》。

〔註 13〕康靜：《「同光十三絕」研究》，第 33 頁，蘇州大學戲劇戲曲學專業碩士學位論文，2010 年（導師：王寧）。

〔註 14〕於質彬:《開拓者的藝術——京劇花旦開山祖梅巧玲簡論》,《藝術百家》，1993 年第 1 期。

〔註 15〕出處同前二文。

但爲後世遼宋故事劇中蕭太后的基本形象定下圭臬，也開創了以旗裝扮相塑造少數民族婦女形象的傳統；更重要的是從內部打通了京劇各行當藝術之間的壁壘，表現出在塑造人物形象上既遵傳統法度、又能靈活運用程序的精神，因而得到業內外的一致肯定。《同光朝名伶十三絕傳略》敘其演出盛況：

> 妝雁門關之蕭銀宗，所著冠服，皆爲滿族福晉品級服色，首冠珠鈿，步搖雙插，瓔珞覆面，身著八團女褂，項綴朝珠，足踏花盆底女舄，每值繡簾一揭，巧玲左撚佛頭右擲採帕，款步而出，金容滿月，玉樹臨風，莊嚴妙相，四肢百骸無不具貴婦風範，四座驚眵，一時肅然，能使一戲視聽，不趨於公主粉侯，而專歸太后，亦云盛矣。〔註 16〕

《雁門關》和《探母回令》，因此成爲四喜班的看家劇目；梅巧玲去蕭太后的扮相，也被定格在清代畫家沈蓉圃所繪「同光十三絕」畫卷中。

梅巧玲所創之旦角旗裝戲，不但開拓了京劇行當和表演藝術，也在京劇的「老生時代」掀起一股旦角戲的熱潮，使得旗裝的「蕭太后」風靡京師，《雁門關》和《探母回令》因而成爲京劇旦行藝術史上的經典之作，經年上演不衰。在梅巧玲同時或稍後，擅演《雁門關》或《探母回令》蕭太后一角的，就有名花旦楊朵仙〔註 17〕、李寶琴〔註 18〕等人；但他們多傚仿梅巧玲路數，影響未超過創始者。到旦行新秀、三慶班名青衣陳德霖搬演《雁門關》及《探母回令》，「蕭太后」這一角色的藝術形象得到了提升和再創造。

陳德霖（1862～1930），字麓畊，號漱雲、瘦雲，小名石頭，原籍山東黃縣，爲漢軍旗人。陳德霖是京劇旦行史上第一位藝術生命長久、影響深遠的名角，是名副其實的「青衣泰斗」。他幼習崑腔，後入三慶班學京劇，文武昆亂不擋；加之天資優越，嗓音高亢剛亮，又精研咬字行腔，唱工卓絕，對青衣的唱腔藝術有著長足的推進，將旦角的唱工提升到新的境地。

1890 年，成爲京城旦行翹楚的陳德霖入選昇平署民籍學生，進清宮承差，頗得慈禧賞識。庚子後，陳德霖在宮中搬演《雁門關》、《四郎探母》之蕭太

〔註 16〕朱書紳：《同光朝名伶十三絕傳略》，學苑出版社編《民國京昆史料叢書》第一輯第 319～320 頁，北京：學苑出版社，2008 年。

〔註 17〕楊朵仙（？～1914），名桂雲，字朵仙，號蓮芬，安徽合肥人，「德春堂」主楊桂慶之子，清末著名花旦演員，尤擅《翠屏山》、《雙釘記》、《雙鈴記》等刺殺旦劇目，乃名琴師楊寶忠、名老生楊寶森之祖父。

〔註 18〕李寶琴（1867～1935），初字小華，後改玉珊，河北滄州人，名花旦孫彩珠之入室弟子；因身材豐腴，氣度雍容，外號「胖寶琴」。與名丑劉趕三合作頗多，擅旗裝戲《雁門關》、《珠簾寨》、《探親》等劇。

后。爲了翻新出彩，他運用自己的行當優勢，爲蕭太后增加唱工、革新唱腔，使其戲份愈發突出重要。此外，還在表演上著意經營，巧妙地將自己多年承差宮中所見的慈禧太后之身姿、步法、神態等日常細節，模仿化用到蕭太后的角色裏，使得遼邦女主蕭太后的舞臺形象得到更多實地的宮廷素材：「道白斬釘截鐵，氣象雍容華貴，活畫出一位手握兵權之辣手老婦」；「『回令』時斬四郎之作白，以其聲色俱厲之態度，他伶萬不能效顰」。這樣貼近現實的演繹，無疑在當時的清宮產生了巨大的反響：慈禧心中大悅，對陳德霖褒獎有加，對「蕭太后」一角也愈發喜愛和認同，移情投射愈重，以至下旨將演繹遼宋故事的清廷大戲《昭代簫韶》從崑腔改編爲皮黃（以陳德霖爲主要編排者），進一步自我標榜。在宮中得到殊榮後，陳德霖聲名日噪；他在宮外貼演《雁門關》、《四郎探母》也照宮內演法，不但演唱新腔，更向京城觀眾展示慈禧太后的身姿氣派。於是在這樣的機遇下，陳德霖引發強烈的市場效應，其所加工創造的蕭太后路數亦取得了當時的「正宗」地位，被認爲「蕭太后一角則非石頭不可，使他人爲之黯然無色矣」〔註 19〕。久之，甚至超過了原創者梅巧玲的影響，成爲新的經典，得到效法傳承。自此，《雁門關》、《四郎探母》蕭太后一角便從花旦應工變爲青衣應工，開啓了正工青衣去蕭太后的新傳統。〔註 20〕

同樣是對「蕭太后」的演繹，如果說花旦始祖梅巧玲奠定了角色的基本形象與表演路數，青衣泰斗陳德霖則突出了唱工唱腔，並藉機緣將《雁門關》和《探母回令》兩劇推到藝術與市場的高峰；那麼後起之秀王瑤卿——一位綜合青衣與花旦特長、集前輩之大成於一身的優秀旦行演員，則進一步深挖人物心理，雕琢表演細節，給「蕭太后」一角帶來了一些新的變化。

王瑤卿（1881～1954），原名瑞臻，字稚庭，號菊癡，藝名瑤卿，齋號「古瑁軒」；祖籍江蘇清江，名昆旦王彩琳（絢雲）之子。幼習武旦，因腰部受傷而改青衣，兼習刀馬旦，是旦行乃至整個京劇界不可多得的全能型人才。他天資聰穎，業餘對書畫文玩涉獵豐富，藝術涵養極其深厚，革新精神與膽魄無人能及，又廣收弟子遍傳技藝，被譽爲梨園「通天教主」。

〔註 19〕張謬子：《菊部劇談錄》，轉引自張扶直《青衣泰斗陳德霖》，《文史知識》2007 年第 12 期第 144 頁。

〔註 20〕陳德霖對「蕭太后」藝術形象的繼承發展，參見齊如山《談四腳：談陳德林》（「齊如山文集」之《京劇之變遷》輯，瀋陽：遼寧教育出版社，2008 年）。關於清廷大戲《昭代簫韶》從崑腔到皮黃的具體編演情形，參見郝成文《〈昭代簫韶〉研究》（山西師範大學戲劇戲曲學專業博士論文，2012 年，導師：車文明）。

王瑤卿年輕時嗓音寬亮溫潤，唱腔婉轉動聽，表演細膩傳神，不但身段豐富、表情生動，更重要的是懂得揣摩劇情和人物心理，講究「心戲」，注重「書情戲理」，表演十分精彩，演技尤一時無兩。因此選入昇平署，「入宮充供奉，尤得兩宮眷顧，恩遇嘗邁倫輩，更以時入禁闈，簾幕不隔，聲音笑貌服飾冠裳各皆歷歷心目中，且又時近滿洲貴邸，熟其氣度，於以狀飾旗族貴婦爲絕」〔註 21〕。其所去《雁門關》與《探母回令》之蕭太后，集前輩梅巧玲、陳德霖之大成，唱作俱佳又有自家面目，遂冠絕一時，成爲新的典範，不但得到清廷贊賞，亦得後世傳承。

除了進一步發展蕭太后一角的藝術形象，王瑤卿對《雁門關》、《探母回令》兩劇中的遼國公主碧蓮、青蓮、鐵鏡三位年輕女性形象的塑造，亦做出巨大貢獻：

《雁門關》、《探母回令》中的遼國公主，雖然承載了激烈的戲劇衝突和飽滿的情感張力，在梅巧玲至陳德霖的時代卻始終不占主角，不算正戲。究其原因，並不是前輩名旦們不識戲眼，而是現實鴻溝難以跨越——碧蓮、青蓮、鐵鏡三位公主在戲中不像蕭太后一樣戴鈿子，而是梳「兩把頭」〔註 22〕，且滿頭裝飾，髮式複雜，難度頗大；戲班中人不明就裏，始終梳不得法，一時竟成「技術難題」，只好每每潦草敷衍。〔註 23〕於是堂堂遼國公主一直委屈作配角，由二路旦角飾演，地位甚至低於四郎八郎的原配夫人。

王瑤卿有心，遂借內府走動之便，專門向滿洲皇親貴婦討教了當時時新的兩把頭——「大拉翅」的梳法，讓自己的梳頭夥計學會，京城戲班旗裝公

〔註 21〕 朱書紳：《同光朝名伶十三絕傳略》，《民國京昆史料叢書》第一輯第 354 頁。

〔註 22〕 「兩把頭」是滿洲婦女最具代表性的髮式，最初爲配合戴鈿子而設計，後來發展爲獨立髮式。原理是將頭髮自頭頂平分兩綹，以一支長扁髮簪（扁方）爲支架，左右纏結成一字平髻，再用髮簪固定，略類漢族少女之抓髻；這樣梳成的髮髻體積較小較鬆散，一般只能插戴鮮花絨花，不能承重，稱爲「小兩把頭」。乾隆末道光初，發展爲在頭上戴髮座髮架，將頭髮（或加入假髮）綰成位置更高體積更大、更緊實牢固的髻子，以插戴金銀珠翠等繁麗髮飾，稱爲「大兩把頭」（亦即「架子頭」）。到慈禧晚年，由於頭髮脱落難於成髻，遂發明模仿「架子頭」形狀、直接戴在頭上的黑色扇形髮冠（金屬骨架、布胎緞面），眞髮則在頭頂梳成小圓髻，用於佩戴髮座髮冠；此種髮冠高可達一尺，滿綴珠翠，富麗美觀又摘戴方便，稱爲「大拉翅」，是爲滿清婦女「兩把頭」髮式的最終衍化形式。

〔註 23〕 清逸居士《旗裝戲考》載：「因昔年戲班中扮旗裝梳兩把頭，不得樣，故當日凡笑旗人家婦女兩把頭梳不好，皆謂之『探母公主的頭』……後自王瑤卿在福壽班時，始將旗頭梳好。」《國劇畫報》1932 年 9 月 23 日第 36 期《旗裝專號（二）》。

主的髮型於是終於研製成功，形象大放光彩。〔註 24〕王瑤卿此舉，不但確定了《探母回令》中鐵鏡公主的扮相（標誌性「大拉翅」及「三花」），更大大提升了《探母·坐宮》（鐵鏡公主與楊四郎對坐宮中互訴心事）一折在整劇中的地位，並經常貼演，使得鐵鏡公主唱腔不斷增加、表演愈發講究〔註 25〕，戲份越來越重，逐漸成爲風靡全國的熱門戲（時諺稱「探不完的母，坐不完的宮」）；不但是旗裝戲，也成了整個京劇骨子老戲中的經典。而這樣成功的經驗，也爲王瑤卿創造其他旗裝旦角形象提供了便利。

二、劃時代的《梅玉配》

王瑤卿既有不錯的嗓音唱工，又有出色的表演能力，照理說是可以像前輩名旦余紫雲〔註 26〕那樣多少跨越行當限制、兼而出演青衣與花旦的。然而在當時，京劇旦行除了青衣，其他花旦、刀馬旦、武旦演員例須踩蹺，便是不容挑戰的行規——沒有蹺工，就動不了花旦戲。〔註 27〕而王瑤卿自幼年初習武旦受傷起，便放棄了整套蹺功的練習，因此無緣花旦角色，一身的刀馬旦工夫也難於展露，只能在傳統青衣戲中，比較節制地發揮表演才能〔註 28〕；

〔註 24〕參見李德生《梨花一枝春帶雨：說不盡的旗裝戲》第二部分《擅演旗裝戲的歌郎們·通天教主王瑤卿》中王瑤卿秘書田淞的回憶，第 96～98 頁。

〔註 25〕如鐵鏡公主的步法是外八字腳步，小臂隨步自然甩動，手向外撇，腰背立直同時注意脖子的角度（保持旗頭端正）；日常見禮則是「摸頭翅兒」，微微側身單舉右手，手背朝人，以中指觸碰自己大拉翅旗頭所插之耳挖子。這些姿態禮節的根據都來自清宮實況，參見中國戲曲學院程玉菁（王瑤卿大弟子）「說《四郎探母》」教學錄像。

〔註 26〕余紫雲（1855～1899），原名金梁，字硯芳（一說豔芬），又字昭兒，堂號「勝春」；湖北羅田人，名老生余三勝之子，梅巧玲入室弟子，曾掌四喜班掌班，亦位列「同光十三絕」。余紫雲兼擅青衣與花旦兩行，唱做俱佳，蹺工亦善，技藝十分全面；能打破行當界限，綜合運用青衣與花旦的表演技巧塑造人物（如二本《虹霓關》的丫鬟一角），在當時獨具一格，被譽爲「花衫」行當的先驅者。

〔註 27〕王瑤卿之前的晚清京劇旦行名角演花旦戲不踩蹺的，有記載的大約只有梅巧玲（及其子梅竹芬）；原因可能是他最初出身崑腔科班（崑腔旦角不踩蹺），且身材肥胖不宜練習蹺功。參見黃育馥《京劇·蹺和中國的性別關係（1902～1937）》第五章《蹺的廢棄：王瑤卿對〈兒女英雄傳〉的改革》第 69～70 頁（北京：生活·讀書·新知三聯書店，1998 年）。

〔註 28〕如《武家坡》王寶釧「跑坡」的水袖步法，《汾河灣》柳迎春進窯的身段，《失子驚瘋》胡氏的瘋癲步法和袖舞，《長阪坡》糜夫人的「跑箭」、「脫帔」等等。參見董維賢《王瑤卿》，史若虛、荀令香主編《王瑤卿藝術評論集》，第 296 頁，北京：中國戲劇出版社，1985 年。

再就是在《雁門關》、《探母回令》之類介於傳統青衣與花旦之間的旗裝戲中，潛心打磨細節演技，以過做工之「癮」了。

光緒乙巳年（1905 年），王瑤卿所搭之福壽班報散，轉搭譚鑫培所領之同慶班，開始了與「後三鼎甲」之首譚鑫培的親密合作，珠聯璧合，藝術修爲得到極大滋養，功力突飛猛進。兩人所演生旦「對兒戲」，有《戲妻》、《寄子》、《汾河灣》、《趕三關》、《跑坡》、《牧羊圈》、《打漁殺家》、《寶蓮燈》、《探母回令》、《斬子》、《南天門》、《法門寺》、《戰蒲關》、《御亭碑》〔註 29〕等數十出之多。由於做工表演出色，譚鑫培屢次提議王瑤卿爲之配演花旦，均被瑤卿拒絕——蹺工，始終是王瑤卿涉獵傳統花旦戲的障礙，也幾乎成了他的一塊心病。直到造型改良的《探母》公主戲越來越火，王瑤卿終於從中得到啓發：既然旦行既有子行當和傳統劇目壁壘森嚴，那麼作爲旦行「另類」的旗裝戲，正好繞開屏障「曲線救國」。而老戲《雁門關》、《探母》的創作空間已經有限，當務之急是推出旗裝新戲，尤其是帶有喜劇意味的、強調做工表演的戲。只是當時完全原創編寫新戲的條件、力量、風氣都尚不足夠，王瑤卿遂決定從近邊其他劇種移植改編，最後將目光鎖定於四喜班的崑腔兼吹腔老戲《梅玉配》。

《梅玉配》（一名《櫃中緣》）原爲清代傳奇，作者姓名已佚。敘明朝四川舉子徐廷梅赴京應試途中落難，爲京都客店黃婆收留。徐廷梅赴廟求籤，偶遇吏部尚書蘇旭之妹蘇玉蓮，一見鍾情，並於蘇小姐臨去時拾得其繡帕，回店遂生相思病。黃婆得知後願出力相幫，遂借賣珠花之名入蘇府探詢，迫使玉蓮應允與徐廷梅約見。其時玉蓮已許字周知府之子琪芳，黃婆遂趁周府過禮之日，引徐廷梅混入蘇府見玉蓮並還帕，卻意外被困在玉蓮閨房。玉蓮無奈將徐廷梅鎖入衣櫃，每日供食，二人守禮不相犯；但玉蓮神思焦愁舉止反常，終被其嫂韓翠珠窺破。韓翠珠藉故訪小姑閨房，當場識破櫃中玄機，徐廷梅與蘇玉蓮跪陳因由，求其寬釋。韓翠珠心生憐憫，思忖之後，決意成全小姑及徐生，遂傳黃婆上門，斥責之後與其定計，令其將玉蓮、廷梅認作幹兒女，趁夜帶二人出逃；自己則縱火焚玉蓮閨房，假作玉蓮被燒死，以塞責周家婚約。恰周琪芳因作惡多端暴斃，婚事遂罷。其後徐廷梅入試，得中高魁，歸拜主考蘇旭。韓翠珠暗中窺探師生言談，

〔註 29〕參見陳墨香《觀劇生活素描》第二部，潘鏡芙、陳墨香《梨園外史》附錄第 398 頁，北京：寶文堂書店，1989 年。

驗其爲櫃中徐生，遂接來黃婆及玉蓮，促使廷梅與玉蓮成婚，闔家團圓。〔註30〕

作爲傳奇崑腔劇本的《梅玉配》在誕生之後，因崑腔式微，並未在崑班中得到充分演繹。到四大徽班駐京，崑腔化入徽班藝術熔爐，《梅玉配》也被改編，雜糅花部唱腔，成爲崑腔、吹腔、秦腔等諸腔交織雜奏的劇本，才出現在京師戲曲舞臺。〔註31〕四喜班曾以之爲連臺本戲，梅巧玲去蘇少夫人韓翠珠，號稱獨家，《群芳譜》、《都門紀略》等清代筆記中都有敘及；其後由余紫雲繼承，上演不衰，韓翠珠遂成爲徽班花旦的經典角色之一。

爲了重新搬演《梅玉配》，王瑤卿委託旗籍票友松茂如〔註32〕將四喜班舊本《梅玉配》改編爲完全的皮黃格式，分爲《降香》、《遺帕》、《索帕》、《識破》、《放逃》、《滅跡》、《榮歸》、《團圓》八本（實際長度約相當於四本）〔註33〕，於1905年下半年在中和園推出〔註34〕，由王瑤卿去蘇少夫人韓翠蓮，郭際湘去黃婆，德珺如去小生徐廷梅，蘇小姐玉蓮則由二路旦角去之，大獲成功。

〔註30〕參見曾白融主編《京劇劇目辭典·明代題材·梅玉配》，第931頁，北京：中國戲劇出版社，1989年。

〔註31〕清車王府藏有抄於同光年間的《梅玉配》劇本（見劉烈茂等整理《車王府曲本選》第233～381頁，廣州：中山大學出版社，1990年），爲崑腔、吹腔、梆子等諸腔雜奏本（偶有西皮腔），應是傳奇崑腔本向花部衍化的過渡形態。參見康保成、黎國韜《晚清北京劇壇的昆亂消長與昆亂交融——以車王府曲本爲中心》一文對車王府藏《梅玉配》唱腔格式的分析（《京劇的歷史、現狀與未來暨京劇學學科建設學術研討會論文集》上冊第199～200頁，北京：中國戲曲學院研究所，2005年）。

〔註32〕松茂如簡介如下：「松茂如，旗人。初爲票友，後入梨園，習小生，不甚著名。魏家胡同戲館成立，茂如作後臺管事。時王瑤青年尚少，亦此班人材，松因出入其家。瑤青入同慶部，改《梅玉配》爲純粹皮黃，而不依四喜部昆亂合作老例。其造句，即出茂如之手。茂如年幾八十卒。」（吉水：《近百年來皮黃劇本作家》，原刊《劇學月刊》三卷八期，收入梁淑安《中國近代文學論文集·戲劇卷（1919～1949）》第389頁，北京：中國社會科學出版社，1988年。）

〔註33〕愚翁：《不爲滬人注意的梅玉配》（上），《戲劇春秋》1943年第27期，第1頁。

〔註34〕《梅玉配》的確切首演時間暫存爭議。查《申報》京劇戲單廣告，上海戲園對「傳統版」（崑腔、吹腔、梆子等諸腔雜奏）的《梅玉配》的演出，從1875年1月（丹桂茶園）持續至1905年6月（天仙茶園），其後數年完全中止，即可能是受北京王瑤卿改編皮黃本《梅玉配》風行的影響。直至1913年11月，海派京劇名旦馮子和在共和中舞臺推出「新排改良豔情好戲」《梅玉配》（可能倣仿王瑤卿皮黃版《梅玉配》），《梅玉配》戲曲才重回上海舞臺。其後二十年代，王瑤卿亦攜其《梅玉配》南下上海演出。

松茂如、王瑤卿版的《梅玉配》除了全用皮黃演唱外，進一步加重了蘇少夫人韓翠珠的戲份，將全劇的重心由徐廷梅與蘇玉蓮的愛情經歷轉移到蘇家的家庭倫理關係。而最重要的改編，就是將原本明代題材的故事改換到清代，並將韓翠蓮的身份設定爲旗籍——著旗裝、梳旗頭、穿旗鞋，儼然旗人命婦，同時借由蘇府上下人員，呈現晚清旗人貴族家庭的日常生活圖景。〔註 35〕這樣的處理，令「才子佳人」的戀愛線索居於次位，而強調由青年自由戀愛引發的旗籍士紳家庭危機及其處理，使得《梅玉配》成爲一部頗具意味的「家庭倫理劇」。而王瑤卿飾演的旗籍少婦韓翠珠，既有一家之主的精幹氣派，又有對小姑的眞切愛護，同時在丈夫面前又盡顯潑辣風趣，形象設定十分生動討喜。

在角色的具體演繹上，王瑤卿進一步發展《雁門關》、《四郎探母》的旗裝旦角表演路數，解放程序，大膽發揮，以口語化的京白、生活化的動作、細膩傳神的表情神韻，再配上精巧富麗的時裝（旗頭、旗裝）扮相，將韓翠珠刻畫得鮮活動人。時人評論「瑤卿演此，氣派固不論矣，其演技亦自屬精深」〔註 36〕，舉動做派一如當時京城旗籍貴家少婦，令觀眾大飽眼福。

例如「識破訊情」一場，韓翠珠經丫鬟提醒，發現小妹玉蓮閨房衣櫃中已經躲藏幾日的徐廷梅之後，「一副大驚失色後姑作鎮定之神情……審問徐梅庭〔廷梅〕底蘊一節，忽怒忽嗔，足稱聲容並茂。成全玉蓮名節，極〔及〕救徐生之性命，其胸懷磊落之表情，臺下座客無不爲之感動」〔註 37〕。高潮迭起張力十足，人物情緒心理層層推進，劇情精彩紛呈。而韓翠蓮的性情氣度，也在這場緊張的戲劇衝突中表現得淋漓盡致：儘管她對小姑私會書生之

〔註 35〕《俠公談劇：梅玉配戲中之周仲書》曾述及：「《梅玉配》分四本，原吹腔戲，通場不加皮簧；由老票友松茂如改翻，交王瑤卿在中和首次演唱時，王飾蘇夫人韓翠珠，其弟子狄畹齡配蘇玉蓮，及德珺如徐廷梅，郭際湘黃婆，馮金壽周仲書，爲翻皮簧改旗裝之始。是時蘇玉蓮梳大頭，不扮旗裝，迨王蕙芳偕榮蝶仙在丹桂演此，兩人均梳兩把頭，較王演變化，迄今靡不效法。」(《立言畫刊》1939 年第 46 期第 7 頁）事實上，自王瑤卿皮黃旗裝版《梅玉配》走紅之後，後續倣仿者不但爲蘇小姐玉蓮扮上旗裝，還爲其增加了唱詞，使其戲份與蘇少夫人韓玉蓮相當甚至超越，如四大名旦梅蘭芳、程硯秋、尚小雲演《梅玉配》都去蘇玉蓮，以之爲女主角。

〔註 36〕愚翁：《不爲滬人注意的梅玉配》（下），《戲劇春秋》1943 年第 27 期，第 1 頁。

〔註 37〕愚翁：《不爲滬人注意的梅玉配》（下），《戲劇春秋》1943 年第 27 期，第 1 頁。

事亦感不滿，對徐廷梅滯留蘇府進退兩難的情況亦覺棘手，但更多是同情關切玉蓮的感受和處境，因而開明大度，極有擔當；同時不失長嫂的身份，震驚思忖之中，亦不忘訓誡二人：「怪不得終日家總是愁眉不展的，敢則你這兒窩著這麼塊私貨哪！」〔註 38〕，「好，這才是念書人的心胸哪！」〔註 39〕既心疼不忍，又嘲諷嗔怪，分寸拿捏恰切。不僅如此，還幾番拿徐廷梅的舉子身份揶揄開玩笑：「幸虧你是『橘子』，要是蘋果，還捂爛了呢！」〔註 40〕倒是舉子，會鑽號筒。」〔註 41〕明快爽朗，令人發噱。這樣自然又貼切的科諢，一方面調侃安撫了一對驚惶窘迫的小兒女，一方面又調節了整場戲的節奏氣氛，深得喜劇三昧。

而在「追情定計」一場中，韓翠珠傳訊斥責黃婆，則完全是當家主子對「奸巧」僕婦的威嚴怒氣，言語犀利尖銳又義正詞嚴：

> 好個大膽的黃婆。你時常來到我府，因你是個女流之輩，並且往日間看你行動，倒有些忠厚正直的意思，故而由你出入自便，並無阻擋。你不該借事生端，私行引誘千金小姐，暗地勾串外姓男子，亂我門庭。你這個東西，該當何罪！

兩段唱也是鋒芒畢露，鏗鏘有力：「罵聲賤婢太欺心，引誘閨閣女釵裙。送到當官把罪問，王法條條不容情」；「我家待你恩情重，不該暗起害人心。借事生端來勾引，此事應當怎樣行？」〔註 42〕一通責難威嚇過後，再與黃婆道出所定計策，軟硬兼施，要求其爲事件負責，帶領小妹及徐生出逃，黃婆也就無有不允、盡心盡力了。

至於「設計放逃」一場的放火燒房，則動作性十足。從王派流傳劇本的舞臺提示「五更。韓翠珠『挖門』。放火介。牌子」〔註 43〕，可知這一場在鑼

〔註 38〕北京市戲曲編導委員會：《京劇彙編第十五集：梅玉配》（根據程玉菁藏本整理）第 71 頁，北京出版社，1957 年。

〔註 39〕北京市戲曲編導委員會：《京劇彙編第十五集：梅玉配》（根據程玉菁藏本整理）第 70 頁。

〔註 40〕北京市戲曲編導委員會：《京劇彙編第十五集：梅玉配》（根據程玉菁藏本整理）第 69 頁。

〔註 41〕北京市戲曲編導委員會：《京劇彙編第十五集：梅玉配》（根據程玉菁藏本整理）第 72 頁。

〔註 42〕北京市戲曲編導委員會：《京劇彙編第十五集：梅玉配》（根據程玉菁藏本整理）第 89～90 頁。

〔註 43〕北京市戲曲編導委員會：《京劇彙編第十五集：梅玉配》（根據程玉菁藏本整理）第 106 頁。

鼓伴奏中緊張繁密的身段動作，尤其是穿花盆底旗鞋的獨特步法，是全劇的彩聲亮點處。王瑤卿演至此，「向例卸去兩把頭，只存旗頭座於頂上，深合晚裝情景。況私自放走小姐，在匆忙慌亂之際，當然不能衣裝齊整」〔註44〕；「下鑰閉門縱火滅跡諸節，穩練之中而極見細膩，認眞之處，而毫不做作。描摹有見識、有膽略、義勇兼具一位賢慧少婦，不能見諸第二人也」〔註45〕。事實上，整部《梅玉配》的編排表演都貫徹了這樣注重動作性的特點，因此有論者認為，松茂如、王瑤卿版的《梅玉配》「在大量的刪去舊本那些敘述性描寫的同時，根據故事情節和人物性格的需要，加強了對劇中人物在行為動作上的設計。說唱對話的減少，視覺形象的加強，使京劇劇本既精鍊，又富於形象化，大大提高了演出效果」〔註46〕。

其他經典橋段，如徐廷梅中狀元之後「過府拜謁」房師蘇旭的一場，則是大事已定之後的輕鬆歡暢了。韓翠珠背後探聽調笑，幾次打斷師生晤談，把丈夫支使得團團轉，充分展示了觀眾喜聞樂見的「嚴妻憨夫」模式，諧趣滿滿喜慶熱鬧，成為頗受歡迎的一折玩笑戲，在堂會演出上常常被單點上演。

當時在同慶班與王瑤卿《梅玉配》大約同時排演的，還有老生李鑫甫演繹宋代澶淵之盟的歷史劇《孤注功》，但二者的反響迥別：

> 瑤卿的《梅玉配》，李鑫甫的《孤注功》，都是一年排出來的……《梅玉配》大紅大紫，《孤注功》算是白饒。旦角壓倒老生，這便是先例。本戲材料，男女香豔事跡，勝似軍國大事，這也是榜樣。寇萊公沒幹過蘇少夫人，李老四輪〔輸〕給王瑤卿了。瑤卿演唱近乎花旦的玩藝，這是個起點。〔註47〕

京劇的老生行當，幾乎是伴隨作為獨立劇種的京劇藝術一同崛起。自道咸年間「前三鼎甲」余三勝、程長庚、張二奎確立老生地位，同光年間「後三鼎甲」譚鑫培、汪桂芬、孫菊仙將老生藝術推向巔峰，老生牢牢佔據京劇行當藝術的核心，旦角無論從技藝、品格、影響力都無法與之匹敵，半個世紀以來一直居於次位。梅巧玲創格的旗裝戲則是一股「新風」，打破了老生壟斷劇壇的局面，貢獻出非常優秀的旗裝旦角劇目及形象，使得旦角戲在藝術和市場上首次有了

〔註44〕松聲：《梅玉配觀後記》，《三六九畫報》1942年第16期，第23頁。

〔註45〕愚翁：《不為滬人注意的梅玉配》（下），《戲劇春秋》1943年第27期，第1頁。

〔註46〕蘇移：《京劇二百年概觀》第七章《演出劇目與劇作家（二）》，第385頁，北京燕山出版社，1989年。

〔註47〕陳墨香：《觀劇生活素描》第二部，潘鏡芙、陳墨香《梨園外史》附錄，第399頁。

與老生相抗衡的資本，樹立了良好的口碑。梅巧玲開創的「旗裝傳統」經由陳德霖傳至王瑤卿，具體之於新編戲《梅玉配》，則可算是京劇旗裝旦角戲的「收穫時節」。《梅玉配》不但達到京劇旦行藝術的高峰，是溝通聯接青衣與花旦行當的橋梁，同時也是旦角戲勝過老生戲的伊始，預示了新時代的到來。

三、花衫開山《兒女英雄傳》

《梅玉配》的改編成功，給了王瑤卿進一步涉獵改革做工戲的信心。這一次，他試著擺脫對旗鞋旗服行頭實物的倚重，將目光投向了一部有些特殊的「旗裝戲」——事實上屬於武旦應工的晚清新編戲《兒女英雄傳》。

京劇《兒女英雄傳》，是晚清名士李毓如〔註 48〕根據文康之白話小說和梆子劇目，爲福壽班班主、名武旦余玉琴〔註 49〕量身定做的新編戲。因劇中主要人物身份都是旗籍，部分旦角有旗裝扮相（如安學海之妻安太太飾演者李寶琴，即以旗人命婦形象出現，甚是尊貴大氣），因此亦屬晚清旗裝戲一員。

由於余玉琴有著高超的蹺功和武藝，因此福壽班《兒女英雄傳》的排演，著力展現余的蹺功〔註 50〕，同時穿插不少專屬武旦的高難特技〔註 51〕，表演頗爲驚險精彩。因此，1893 年《兒女英雄傳》在崇文門外廣興園首演即大獲成功，《兒女英雄傳》成爲福壽班拿手好戲，余玉琴的「十三妹」也成爲當時京劇武旦行當的經典角色。而王瑤卿少年搭班福壽班時，亦曾參與《兒女英

〔註 48〕李毓如（？），名鍾豫，號江淮散人，因眇一目，又號了然先生；江蘇揚州人，同光年間著名書畫家及劇作家。代表作有《兒女英雄傳》、《十粒金丹》、《粉妝樓》、《蕩寇除奸》、《龍馬姻緣》等；所編劇本故事繁複、情節曲折、結構緊密，用詞錯落多變，並能因人設劇，因而頗受歡迎。

〔註 49〕餘玉琴（1868～1939），譜名潤卿，字蘭芬，號紅霞，小名莊兒；安慶潛山人，著名武旦及花旦演員，蹺工及武藝卓絕。自幼隨父在江南學藝，後於上海出臺；二十歲入京，先搭四喜班，後自組福壽班。其表演風格妍媚，藝術上文武貫通，自成一派，將武旦與花旦的表演路數融合，開創京劇旦行新路，在武旦藝術史上頗有影響。

〔註 50〕余玉琴版「十三妹」踩蹺的安排，符合小說原著的描寫：出身滿洲鑲紅旗的文康由於對漢族女子「三寸金蓮」的迷戀，在小說中將漢軍旗少女何玉鳳設計爲纏足形象——雖裹著民間小腳卻武藝高強的旗籍俠女。這樣的設定雖然多少脫離了生活現實，卻爲京劇舞臺的呈現提供了「合法依據」。

〔註 51〕如在《能仁寺》一折中拿頂筋斗翻桌越牆、上欄杆「倒掛金鐘」射彈弓等，參見黃育馥《京劇・蹺和中國的性別關係（1902～1937）》第五章《蹺的廢棄：王瑤卿對〈兒女英雄傳〉的改革》第 75～77 頁（北京：生活・讀書・新知三聯書店，1998 年）。

雄傳》的演出，爲余玉琴配張金鳳。但他十分喜歡「十三妹」這個俠女形象，也親眼目睹了《兒女英雄傳》的演出盛況，心中頗有觸動，留下了深刻的情結。

1909年，王瑤卿因與譚鑫培失和，離開同慶班，轉入東安市場丹桂茶園，掛頭牌唱大軸，是爲京劇旦角在京挑班之起點。〔註 52〕成爲領班的王瑤卿獲得更多自主權，於是在丹桂推出一系列旦角戲，其中就包括《兒女英雄傳》中經典的《悅來店》、《能仁寺》兩折——然而是出演主角「十三妹」何玉鳳，而非以往的配角張金鳳，引起轟動。其後1911年，王瑤卿轉入西珠市口北文明茶園（北京首個賣女座的戲園），又進一步推出全本的《兒女英雄傳》，將「十三妹」一演到底。〔註 53〕

王瑤卿版的《兒女英雄傳》基本遵照李毓如的劇本，但卻繞開余玉琴的演繹，而是結合自己的專長，按照劇情與人物個性，重新設計「十三妹」形象。余、王版本的「十三妹」扮相及表演，其區別改動大致如下：〔註 54〕

	余玉琴	王瑤卿
服飾扮相	打衣紮腳褲，外罩花旦褲襖（淡青色），腰巾（白色），綢子包頭；背彈弓，挎腰刀	戰裙戰襖、面牌，腰巾，生角風帽（全身大紅，與小說原著第六回十三妹之服飾顏色相近）；挎彈囊，背刀弓，執青絲馬鞭（「烏雲蓋雪」驢兒）；眉間點朱砂紅痣
戲鞋	木製蹺鞋	紅色繡花小蠻靴
步法	踩蹺小碎步，站立時踏步或雙腳緊靠	配合平底靴的大腳步，站立用丁字步（借鑒生角）
特技	拿頂筋斗、上欄杆倒掛金鐘等	無高難特技，武打重功架，偏於刀馬旦
念白	尋常京白	王派「京韻白」
演技	做工略粗，不甚講究表情演技	做工細膩，表情傳神，人、戲合一，人物形象豐滿動人
行當	武旦	刀馬花衫（花衫開山之作）

〔註 52〕陳墨香：《觀劇生活素描》第二部，第404頁。

〔註 53〕王瑤卿搬演《兒女英雄傳》「十三妹」一角的具體經過，參見黃育馥《京劇・蹺和中國的性別關係（1902～1937）》第五章《蹺的廢棄：王瑤卿對〈兒女英雄傳〉的改革》第79～88頁，以及附錄王瑤卿侄孫王榮增來信（北京：生活・讀書・新知三聯書店，1998年）。

〔註 54〕下表參照黃育馥《京劇・蹺和中國的性別關係（1902～1937）》第五章《蹺的廢棄：王瑤卿對〈兒女英雄傳〉的改革》第83頁表格，經筆者參考其他資料增刪修改而成。

由上表可見，在人物的服飾扮相上，王瑤卿完全改掉了余玉琴的普通花旦扮相，讓喪父丁憂的十三妹著大紅戰裙戰襖、紮紅腰巾、插紅面牌、戴紅風帽，身上的彈囊、弓背、刀鞘也都是紅的，眉間還點一顆朱砂紅痣，渾身火紅熾烈，似一株「出水紅蓮」，「不妖不豔，亭亭玉立，恰是一個英姿颯爽的剛烈女俠模樣」〔註 55〕。如此精心的設計，不但視覺上光彩奪目，而且「以喜遮憂」，極富張力，體現出人物精神上的負重感，把十三妹那份身負重仇、飽經風霜以至有些與世決絕的悲憤，用浪漫而直觀的方式呈現出來，讓人一眼即窺見其神韻，同時奠定了全劇壯美熱烈的基調。如此新奇大膽的創意，令人不得不佩服王瑤卿的藝術品位，以及對人物的理解深度。

當然，王瑤卿版「十三妹」最重要最具爭議的革新，就是廢棄蹺鞋，根據武生之薄底靴，爲十三妹設計繡花的平底小蠻靴。這是自早期名旦梅巧玲之後，晚清京劇藝術舞臺上首次出現不踩蹺的花旦/刀馬旦，於是引發整個京師梨園的震動。身無蹺功的王瑤卿，終於勇敢踏出這一步，在旗籍俠女十三妹的身上，實現了做工戲不踩蹺的理想。穿靴的十三妹雖不合「行規」，卻在體格氣質上更爲剛健英武，人物形象因而更加飽滿統一；由此所傳達出的精神氣韻及美感，與踩蹺者不可同日而語。〔註 56〕

戲曲演員腳底的戲鞋，不僅關乎角色扮相，更是身段表演的直接道具和根本支點；由木蹺到平底靴的改革，從技術上撼動了武旦行當的根基，必然帶來角色整個表演的改變。王瑤卿版十三妹在做工上，去掉了武旦過於繁難驚險的武功特技，武打動作講究功架氣勢，向刀馬旦方向靠攏；並適當引入武生步法，首創旦角的丁字步站姿。同時時刻注意姿態、表情、神韻，以花旦細膩演技出之，表演更趨生活化。比如十三妹上場的「趟馬」和亮相，要求表現出一個「飽經風霜、隱居山林、伺機報仇的俠女」形象，「趟馬出場亮相要走的『脆』、『帥』（也就是乾淨利落、節奏鮮明）。亮相的眼神又要運用剛健的『放神』（甩頭，變臉，眼神快速地像箭離弓弦一樣放出去，盯住目標），

〔註 55〕史若虛：《革新精進的先驅，繼往開來的宗師——紀念王瑤卿先生誕辰一百週年》，史若虛、荀令香主編《王瑤卿藝術評論集》，第 29 頁。

〔註 56〕關於踩蹺與不踩蹺的京劇旦角形象及美學與文化意涵的變化，參見黃育馥《京劇・蹺和中國的性別關係（1902～1937）》第四章《蹺的功能分析》和第六章《從蹺看京劇中女性形象的變化》。

面部的神氣要沉著、剛毅」〔註57〕。至於十三妹手中象徵其坐騎「烏雲蓋雪」驢兒的馬鞭，用法也是十分精心細巧，要求演員心中時刻想像一頭眞驢在旁，極盡「以物（鞭）狀物（驢），以物（驢）襯情（人）」〔註58〕之妙。

而到了悅來店準備試探安公子時，十三妹先在眾人喧嘩之中一力將石墩搬進安驥房間，繼而反客爲主，心安理得坐定屋中，一邊抖弄後背刀柄上的綢子（正好垂落胸前），不耐煩地扇風歇息，一邊冷眼打量安驥形狀——這一系列搬石頭、放石頭、抖綢子、搬椅子、落腿坐定再抖綢子的動作，非常細膩傳神。〔註59〕十三妹如此瀟灑豪放的做派，加上不露聲色的表情與冷峻銳利的眼神，起到了極佳的威懾作用，頓時把呆憨幼稚的安驥嚇得六神無主，跪地求饒，於是整場戲的喜劇感噴湧而出。

整部《兒女英雄傳》念多唱少，「念工」頗重。但王瑤卿既不用端莊文雅的青衣韻白，也不用當時花旦（尤其是玩笑旦）嘴裏流行的普通京白（極其口語化，嘴口不講究）；而是學習當時貴族旗人口語，精細雕琢咬字、發聲、氣口等細節，以藝術化的形式出之。這樣設計的念白，出口嗆辣又講究，要求口齒伶俐吃勁、嘴皮子工夫了得，難度遠甚於一般旦角念白。同時特別擅用「啊、呀、咦、呢、嘛、哦」等虛字，不但語氣豐富韻律動人，語調亦宛轉自然搖曳生姿。最重要的是結合戲中情境，配合身段表情，「注意把握住見義勇爲的女英雄身份。何玉鳳雖然年歲不大，但歷經滄桑，待人接物，穩重成熟。她出身官宦人家，知書達禮，又闖蕩江湖多時，在豪俠中要有書卷氣，要區別於佔山爲王的女大王，當然更不能演成個女光棍」〔註60〕。

〔註57〕荀令香：《姓名香馨滿梨園——回憶王瑤卿先生》，史若虛、荀令香主編《王瑤卿藝術評論集》，第68頁。關於十三妹在《悅來店》中的做工、功架與表演路數，還可參見謝銳青《活用程序的典範——憶向王瑤卿老師學戲》（史若虛、荀令香主編《王瑤卿藝術評論集》，第203～204頁），謝銳青《向王瑤卿老師學〈十三妹〉（上）》（《戲劇報》1986年第10期）以及馮海榮《由京劇〈十三妹〉看王（瑤卿）派表演特色及理念》（《戲曲藝術》，2013年第1期）三文中的具體記述。

〔註58〕彤馬：《王瑤卿先生談十三妹的「驢」》，史若虛、荀令香主編《王瑤卿藝術評論集》，第280頁。關於王瑤卿《兒女英雄傳》中十三妹騎驢的詳細身段表現，可參見此文。

〔註59〕參見荀令香《姓名香馨滿梨園——回憶王瑤卿先生》（史若虛、荀令香主編《王瑤卿藝術評論集》，第69～70頁）一文中，關於十三妹搬石墩進客房一系列身段的具體描刻。

〔註60〕謝銳青：《向王瑤卿老師學〈十三妹〉（上）》，《戲劇報》1986年第10期第48頁。

仍以《悅來店》爲例。十三妹在安驥房內與他周旋盤問，安驥心中畏懼，想要掩瞞實情，卻呆憨十足不會編謊，因此顛三倒四錯漏百出，把十三妹惹得又氣又惱又覺可笑，情緒變化與二人關係的張力，在對話的語音語調中表現得淋漓盡致：

> 「這你是賞給我的？破費您了」，這是帶點陰碴的（話裏有話，「我才不是爲這倆錢來的哩」），聲不能太高。下面的「哎呦，我當是怎麼個人兒哪，敢情是個沒出過遠門的呆公子啊！」也要輕輕地念，不能大聲喊叫。這是她心裏的話，既覺得這公子呆得有點可笑，可又很同情他，因此自言自語……「呆公子」這三個字，一定要清楚。嘴皮子要有勁，聲音要壓低，但勁頭不能低……要用丹田之氣……「我瞧你呆頭呆腦，性命眼前不保，還敢在我跟前抖機靈撒謊嗎？」要快，但要一字一字吐清楚。〔註61〕

整套念白輕重疾徐錯落有致，抑揚頓挫聲韻動人，因此明明是作爲「散白」的京白卻似被韻律化，有了很強的音樂性，於是被譽爲「京韻白」，成爲王派京白的代表作，極大地推動了京劇旦行、尤其是花旦念工的發展，開拓了旦行藝術對人物的表現手段，也使得類似身份與個性的旦角形象在此後得到了充分開發，王派「京韻白」從此在舞臺上流傳不絕。

時人評價王瑤卿的表演，「兼取花衫花旦刀馬旦諸工演之，以意趣科白勝，意趣則流麗大方了無俗韻，科白則簡潔清脆渾無點塵，雖片語數言亦能如哀梨並剪入耳醉心，偶作激昂亢爽之調，則又如銅琶鐵板唱大江東去，元氣渾淪局度高朗，斬釘截鐵俠骨仙心」〔註62〕，「十三妹」就是其中典範。因此，王瑤卿版的《兒女英雄傳》風靡京師大受歡迎，幾乎完全取代了余玉琴的武旦版「十三妹」〔註63〕，成爲「王派」傳世經典劇目，在王瑤卿六十壽

〔註61〕謝銳青：《活用程序的典範——憶向王瑤卿老師學戲》，史若虛、荀令香主編《王瑤卿藝術評論集》，第204頁。關於十三妹在《悅來店》中的念工，還可參見荀令香《姓名香馨滿梨園——回憶王瑤卿先生》（史若虛、荀令香主編《王瑤卿藝術評論集》，第65～67頁），謝銳青《向王瑤卿老師學〈十三妹〉（上）》以及馮海榮《由京劇〈十三妹〉看王（瑤卿）派表演特色及理念》三文中的具體記述。

〔註62〕朱書紳：《同光朝名伶十三絕傳略》，《民國京昆史料叢書》第一輯第354頁。

〔註63〕王瑤卿之後，榮蝶仙、芙蓉草、宋德珠、荀慧生等有蹺工的演員演《兒女英雄傳》之十三妹，也都放棄踩蹺，拜師或私淑，學習採用王瑤卿的路數。

辰時，還成爲弟子們合演的慶賀戲戲碼。1931 年，王瑤卿已經塌中倒嗓，長城公司仍爲其灌製《悅來店》與《能仁寺》的唱片，以爲紀念。〔註 64〕

考察《兒女英雄傳》的編排，王瑤卿可謂全面繼承和發揚了旗裝旦角始祖梅巧玲的藝術風骨與創新精神，將自己的技藝功力和藝術理念發揮表達得淋漓盡致；而整部戲表現出的豐富精神意涵與深厚文化底蘊，以及濃鬱飽滿的審美力量，不愧爲近代戲曲史上大師級的作品。王派「十三妹」廢蹺改靴，打破了行當壁壘，融合青衣、花旦、刀馬旦的表演特色，唱、念、做、打兼容並蓄全面發展，亦成爲京劇行當史上的創格之作，達到旦行藝術乃至整個京劇藝術的高峰。其影響極其深遠廣泛，不但掀起京劇旦行的廢蹺風潮〔註 65〕，還開創了「花衫」〔註 66〕這一新行當的藝術道路，從而爲京劇的「旦角時代」揭開序幕。陳墨香曾言：

> 庚子以前，北京梆子班旦角吃香……宣統年間，瑤卿獨當一面，旦腳勢力漸增……民國紀元，蘭芳崛起，才把老生給壓扁了。徽班也是旦角佔最上一層。〔註 67〕

〔註 64〕長城公司 1931 年所灌王瑤卿《悦來店》5 面、《能仁寺》1 面，安驥一角由名小生程繼仙去之。《悦來店》一折，21 世紀初有王門再傳弟子宋丹菊（名武旦宋德珠之女）的配像表演（屬於「中國京劇音配像精粹」工程二期項目），可以略窺王派「十三妹」風采。

〔註 65〕王瑤卿終其一生亦未曾涉足正工花旦核心劇目，京劇旦行「廢蹺」的改革於是停留於刀馬旦/花衫領域。後來梅蘭芳繼承王瑤卿事業，在豐富花衫行當劇目及表演藝術的基礎上，於 1918 年正式廢蹺改鞋搬演花旦經典戲《梅龍鎮》，以「大腳片」之李鳳姐獲得觀眾肯定，廢蹺運動終於深入到花旦行當內部。此後，花旦踩蹺的嚴例逐漸鬆動，越來越多花旦演員放棄踩蹺，觀眾對不踩蹺的花旦戲的接受度亦日漸提高。但武旦（短打武旦）一行由於特殊技藝的需要，則未被王瑤卿——梅蘭芳之廢蹺運動影響，在晚清民國始終保持踩蹺傳統。清末民初京劇旦行廢蹺運動的具體過程，參見黃育馥《京劇・蹺和中國的性別關係（1902～1937）》第六章《從蹺看京劇中女性形象的變化》。

〔註 66〕梅蘭芳對「花衫」行當的具體定義如下：「王瑤卿先生和我感到以往青衣和花旦的分工過於嚴格，拘限了人物的性格和表演藝術的發展，因此，根據劇情需要，嘗試著將青衣、花旦的表演界限的成規打破。使青衣也兼重做工，花旦也較重唱工，更吸收了刀馬旦的表演技術，創造了一種角色——花衫，使他們能更多地表現不同的婦女性格。」（梅蘭芳《中國京劇的表演藝術》，《梅蘭芳全集》第三卷第 41 頁，石家莊：河北教育出版社，2000 年）具體來說，花衫行當又可分爲兩種，偏重唱工、表演風格更接近傳統青衣的叫「青衣花衫」，偏重做工、表演風格更接近傳統刀馬旦的叫「刀馬花衫」。作爲花衫開山的王瑤卿《兒女英雄傳》「十三妹」一角，就屬於「刀馬花衫」。

〔註 67〕陳墨香：《觀劇生活素描》第三部，潘鏡芙、陳墨香《梨園外史》附錄第 409 頁。

而在旦角興起的過程中，王瑤卿及其旗裝新戲的功績可見一斑。

縱觀《雁門關》及《探母回令》、《梅玉配》、《兒女英雄傳》幾部經典的旗裝戲作品，晚清京劇旗裝戲從最初表現「異域風情」的新花樣，逐漸成為承載旦行藝術革新演進的「試驗田」，其中原因不僅是旗裝戲行當歸屬界限上的模糊，還有旗裝戲風情美感與時代趣味、地域文化的契合，因而造成藝術表現和發展空間的深遠寬闊。自梅巧玲搬演《雁門關》、《探母回令》開創旗裝旦角傳統，到陳德霖進一步完善和發揚旗裝旦角藝術，再到王瑤卿以《梅玉配》完美融合青衣與花旦、以《兒女英雄傳》完美融合花旦與刀馬旦，完成對京劇旦行藝術的調整、改革、創新、突破，正式創立花衫行當，旗裝戲無愧京劇行當藝術內部組合陞降的轉捩關鍵。

京劇旦行從分離隔絕的青衣、花旦、刀馬旦等子行當融合演化至花衫，革新的不止是行當名稱和外在表現形式，更昭示著京劇內部根本的美學觀點、藝術思維的進化演變——京劇藝術發展進程中的日常（生活）化、精細化、綜合化趨勢，符合整個傳統藝術發展的自然規律。「花衫」的出現，為清末的京劇藝術貢獻了最具生產力和影響力的行當，標誌著京劇旦行藝術發展的里程碑，開啓了京劇旦角時代和京劇藝術全盛時代的到來。而應運而生、緊合時勢的旗裝戲，不但自身留下了傑出的藝術作品，對晚清旦行乃至整個京劇藝術的發展也有著不可磨滅的貢獻，在近代戲曲史上具有非凡意義。

參考文獻

1. 《申報》
2. 《國劇畫報》
3. 《立言畫刊》
4. 《圖畫劇報》
5. 北京市戲曲研究所主編：《京劇彙編》，北京出版社，1957 年。
6. 史若虛、荀令香主編：《王瑤卿藝術評論集》，北京：中國戲劇出版社，1985 年。
7. 張次溪：《清代燕都梨園史料》（正續編），北京：中國戲劇出版社，1988 年。
8. 曾白融：《京劇劇目辭典》，北京：中國戲劇出版社，1989 年。
9. 蘇移：《京劇二百年概觀》，北京燕山出版社，1989 年。
10. 陳墨香：《觀劇生活素描》，潘鏡芙、陳墨香《梨園外史》附錄，北京：寶文堂書店，1989 年。

11. 北京市藝術研究所，上海藝術研究所主編：《中國京劇史》，北京：中國戲劇出版社，1990 年初版，1999 年修訂版。
12. 黃育馥：《京劇．蹺和中國的性別關係（1902～1937）》，北京：生活．讀書．新知三聯書店，1998 年。
13. 陳志明主編：《陳德霖評傳》，北京：文津出版社，1998 年。
14. 遼寧教育出版社輯「齊如山文集」系列，瀋陽：遼寧教育出版社，2005 年～2010 年。
15. 學苑出版社編：《民國京昆史料叢書》（一至八輯），北京：學苑出版社，2008 年。
16. 梅蘭芳著，梅紹武、屠珍等編：《梅蘭芳全集》，石家莊：河北教育出版社，2000 年。
17. 傅謹主編：《京劇歷史文獻彙編．清代卷》，南京：鳳凰出版社，2011 年。
18. 李德生：《梨花一枝春帶雨：說不盡的旗裝戲》，北京：人民日報出版社，2012 年。
19. 宋丹菊配像王瑤卿：《悅來店》（1931 年演出錄音），「中國京劇音配像精粹」工程二期項目。

（原刊《戲曲藝術》2015 年第 4 期）

古典戲曲的再造與時代話語的重構——論梁啓超《新羅馬傳奇》與田漢《新桃花扇》對孔尚任《桃花扇》的改編

盧敏芝

（香港理工大學專業進修學院）

一、引言

在過去的中國現代戲劇研究中，一直存在一個值得深思的現象：從微觀的作品分析到宏觀的戲劇史敘述，長期以來皆一直以建基於西方範式的話劇作爲研究核心，鮮見傳統戲曲的身影。此一論述方向，或可視爲與從十九世紀中葉以來至今中國如何接受西方「現代性」的思潮密切相關：自晚清、「五四」乃至抗戰時期，戲劇此一藝術形式被提升到前所未有的高度，地位有增無減，在過去的論述中，這是由於在西方戲劇以對話形式和闡述思想爲主的嶄新範式下，話劇得以與「新民」、「啓蒙」和「救亡」等政治話語連繫起來，一改此前傳統戲曲的面貌。後來的戲劇研究乃至戲劇史敘述，便是在此歷史判斷的前提下延續相關的研究方向，話劇遂幾乎壟斷了中國現代戲劇發展的整個論述。至於二十世紀傳統戲曲的研究，則一直以來或被視爲古典戲劇研究的延伸，或被視爲現代戲劇研究的旁支，長期以來並未得到足夠的重視。從上述二十世紀中國現代戲劇的研究圖景，我們或會得出以下印象：對於西方「現代性」的追求，從另一角度而言便是對傳統的否定和揚棄，「傳統」與「現代」呈現爲割裂、斷層，乃至互不相干的面貌。

事實上，從晚清以來，儘管知識分子不斷強調戲劇的改良和改革，大規模地引入新式的西方話劇，「五四」前後《新青年》同人更曾就傳統戲曲作過激烈的攻擊，〔註 1〕戲曲在相當長時間裏被新文藝家（包括戲劇家）摒棄在視野之外，加上戲曲界的保守勢力也仍然相當頑固，〔註 2〕話劇看似大獲全勝，但傳統戲曲其實仍擁有相當重大的文化影響力，一些劇人和知識分子亦始終正視和思考傳統戲曲在現代的轉換、改造和融合的問題。過往，我們一直強調這些在中國現代戲劇史上舉足輕重的人物如何引入西方戲劇資源、開闢新天的貢獻，卻忽略了他們對傳統文化資源的回望和挪用，若從這個角度重新梳理他們對於戲劇發展的思考和實踐，大概我們對二十世紀知識分子如何處理「傳統」和「現代」的問題，也能有一個重新的理解。

在芸芸傳統戲曲中，《桃花扇》是一部與眾不同的作品。《桃花扇》乃清初孔尚任（1648～1718）的傳奇劇本，與《西廂記》、《牡丹亭》、《長生殿》同被譽爲「四大名劇」。儘管《桃花扇》同樣沿用中國傳統戲曲慣用的才子佳人模式，即以男女主人公的愛情爲主線展開故事，然而《桃花扇》卻開創了後來戲劇發展的兩個重大方向。如《桃花扇》中試一齣〈先聲〉所言，全劇旨歸在於「借離合之情，寫興亡之感，實事實人，有憑有據」，〔註 3〕一是劇本一開始便將兒女之情與歷史興亡結合起來，個人的命運是與國家的命運緊密連繫的；二是劇本建基於眞人眞事，《桃花扇》的主線是明末易代文人、復社名士侯方域和秦淮名妓李香君的愛情故事，並藉此敘述南明王朝覆滅的歷史滄桑。《桃花扇》用戲曲作史筆，連繫政治興亡，是中國古代戲曲史上唯一一部嚴格意義上的歷史劇，〔註 4〕對後世影響深遠。

梁啓超（1873～1929）是中國首倡「戲劇改良」的人物，而田漢（1898～1968）則是中國重要的現代戲劇家，兩人在中國現代戲劇史上均是先驅型的重要人物，而在他們的戲劇生涯中皆不約而同地能夠找到與《桃花扇》密切

〔註 1〕1917 年至 1918 年間，《新青年》曾展開過「舊劇評議」，新文化運動的先驅者如周作人、錢玄同、胡適等對中國傳統舊戲發動了猛烈的攻擊，批判傳統舊戲包含充滿儒教與道教思想毒素的封建性內容，主張要多創造「西洋派」的戲。參見錢理群、溫儒敏、吳福輝著：《中國現代文學三十年》（北京：北京大學出版社，1998 年），頁 128～130。

〔註 2〕胡星亮：〈論二十世紀中國戲曲的現代化探索〉，《文藝研究》1997 年第 1 期，頁 50。

〔註 3〕孔尚任著，王季思校注：《桃花扇》（北京：人民文學出版社，1959 年），頁 1。

〔註 4〕翁敏華：〈前言〉，《桃花扇選評》（上海：上海古籍出版社，2004 年），頁 3。

相連的線索。在晚清和民國鼎革的不同時期，他們曾各自把《桃花扇》作不同方向的改編：1902 年起，梁啓超創作《新羅馬傳奇》；1915 年，田漢創作《新桃花扇》，從中不但可見傳統戲曲與現代劇人之間深刻的文學淵源，更可見現代劇人如何藉著古典戲曲述說現代議題，乃至對於古典戲曲現代化的深切思考。

本文以《桃花扇》爲系譜，分別梳理梁啓超《新羅馬傳奇》和田漢《新桃花扇》對於孔尚任《桃花扇》這部經典戲曲作品的詮釋和改編，乃至各自的創新與推進。梁啓超和田漢何以在芸芸傳統戲曲中，皆不約而同地選擇了《桃花扇》，而不是其他作品作爲改編的經典藍本？兩人的改編展現了怎樣的時代話語和戲劇觀？把對《桃花扇》的兩部改編作品各自放於兩人的創作脈絡中，可以爲我們重新理解兩人帶來甚麼啓示？若我們把從孔尚任《桃花扇》，到梁啓超《新羅馬傳奇》，到田漢《新桃花扇》三者梳理成一個脈絡，會爲我們理解中國現代戲劇帶來甚麼意義？本文嘗試從以上幾個角度，分別探析梁啓超《新羅馬傳奇》和田漢《新桃花扇》對孔尚任《桃花扇》的改編。

二、梁啓超《新羅馬傳奇》

在進入本節的分析前，這裡先交代《新羅馬傳奇》的一些背景：《新羅馬傳奇》自 1902 年 6 月起發表於《新民叢報》第 10 號，分別連載「楔子一齣」、第一齣「會議」、第二齣「初革」、第三齣「黨獄」、第四齣「俠感」和第五齣「弔古」，第六齣「鑄黨」發表時卻已延至第 20 號，第七齣「隱農」更因梁在 1903 年 2 月的出遊北美而延至第 54 號才刊出，此後《新羅馬傳奇》便告夭折。〔註 5〕即使連同原擬爲第七齣的「緯憂」（後題爲《俠情記傳奇》），〔註 6〕《新羅馬傳奇》在四十齣的規劃下卻僅寫成九齣。另外，撰寫《新羅馬傳奇》時的 1902 年，梁啓超正處於流亡日本的時期，《新羅馬傳奇》的情節本源於梁啓超同年稍早發表的外國名人傳記《意大利建國三傑傳》，〔註 7〕而

〔註 5〕飲冰室主人：《新羅馬傳奇》，《新民叢報》第 10～13、15、20、54 號（1902 年 6 月至 11 月、1904 年 11 月），收入《梁啓超全集》（北京：北京出版社，1999 年）第 19 卷，頁 5650～5661。

〔註 6〕飲冰室主人：《俠情記傳奇》，《新小說》第 1 號（1902 年 11 月），收入《梁啓超全集》第 19 卷，頁 5662～5663。有關《俠情記傳奇》原爲《新羅馬傳奇》第七齣之考證，參見夏曉虹：〈梁啓超曲論與劇作探微〉，《閱讀梁啓超》（北京：生活・讀書・新知三聯書店，2006 年），頁 92。

〔註 7〕飲冰室主人：《意大利建國三傑傳》，《新民叢報》第 9～10、14～17、19、22 號（1902 年 6 月至 12 月），收入《梁啓超全集》第 3 卷，頁 827～857。

《意大利建國三傑傳》乃根據日人平田久（1872～1923）編譯的《伊太利建國三傑》、《近世世界十偉人》中所收松村介石（1859～1939）的《嘉米祿・卡富爾》和其他書籍補充而成。〔註 8〕以上背景之重要性有二：流亡日本時期的梁啓超對意大利建國歷史傾注無限熱情，先寫人物傳記仍不心足，復撰戲曲作品重新表述，但自梁出遊北美後，對此歷史的興趣即驟然下降；《新羅馬傳奇》之故事梗概已定，作者如何將人物傳記轉化爲戲曲作品爲最可觀處。

梁啓超畢生的戲劇思想和實踐受《桃花扇》影響殊深，這點歷來論者已有所注意。梁啓超十分推崇《桃花扇》，如於〈小說叢話〉中提及自己東渡日本時「篋中挾《桃花扇》一部，藉以消遣，偶有所觸，綴筆記十餘條」；〔註 9〕晚年在清華大學授課時亦常唱《桃花扇》。〔註 10〕至於梁啓超與《桃花扇》淵源最深者，首推其晚年對《桃花扇》的批注，〔註 11〕開卷並撰〈著者略歷及其他著作〉一篇，使他成爲中國近代爲《桃花扇》作注的第一人，更開啓了系統研究《桃花扇》的先河。儘管過往論者留意到梁啓超與《桃花扇》之間的關係，卻主要是以《桃花扇》爲中心，探討梁啓超批注本的得失，又或從中所體現的梁啓超的歷史觀；〔註 12〕直至近年，隨著論者逐漸重視梁啓超在

〔註 8〕〔日〕松尾洋二：〈梁啓超與史傳——東亞近代精神史的奔流〉，載〔日〕狹間直樹編：《梁啓超・明治日本・西方》（北京：社會文獻科學出版社，2001 年），頁 259～261。

〔註 9〕飲冰語，〈小說叢話〉，《新小說》第 7 號（1903 年 9 月）（實爲 1904 年 1 月以後出刊，下同）。

〔註 10〕如據梁啓超學生吳其昌回憶，當時每星期在清華大學的水木清華廳上總是有一次師生同樂的晚會舉行，而當談論完畢後舉行餘慶節目時，梁啓超總喜唱《桃花扇》中的「哀江南」。吳其昌：〈王國維先生生平及其學說〉，收入陳平原、王風編：《追憶王國維》（北京：生活・讀書・新知三聯書店，2009 年），頁 219。

〔註 11〕梁啓超《桃花扇注》刊行版本有：上海中華書局於 1936 年輯入《飲冰室合集》，列爲專集第九十五種；1940 年用《合集》紙型出版單行本，分上下二冊；1941 年在昆明再印；1954 年文學古籍刊印社據中華書局紙版重印；1989 年北京中華書局出版《飲冰室合集》，列入專集之九十五；2011 年鳳凰出版社（原江蘇古籍出版社）出版了《梁啓超批注本《桃花扇》》。參見丁潔宇：《梁啓超《桃花扇注》研究》，江西師範大學碩士論文，2012 年，頁 3。

〔註 12〕井維增：〈梁啓超注《桃花扇》得失談〉，《齊魯學刊》1986 年第 2 期，頁 119～121；沈崇照：〈梁啓超注《桃花扇》研究〉，《戲劇藝術》1991 年第 2 期，頁 40～50；井維增：〈從史可法的結局談起——讀梁啓超注《桃花扇》〉，《岱宗學刊》2000 年第 4 期，頁 62～63；丁潔宇：《梁啓超《桃花扇注》研究》，江西師範大學碩士論文，2012 年。

中國現代戲劇方面的先驅性角色，才追溯梁啓超與戲劇的淵源，〔註 13〕並開始關注到梁啓超與《桃花扇》之間的文學關係。〔註 14〕

在發表於 1903 年的〈小說叢話〉中，梁啓超詳細地提出了他對《桃花扇》的看法和評價，其中有許多值得注意之處。當中除了可見梁啓超對《桃花扇》的盛讚，「以結構之精嚴，文藻之壯麗，寄託之遙深論之。竊謂孔雲亭之《桃花扇》，冠絕前古矣」，〔註 15〕更值得注意的是他對《桃花扇》的精神旨歸的總括，其中使用了一些與現代觀念密切相關的用語：

> 《桃花扇》於種族之戚，不敢十分明言，蓋生於專制政體下，不得不爾也。然書中固往往不能自制，一讀之使人生故國之感。〔……〕讀此而不油然生民族主義之思想者，必其無人心者也。〔註 16〕
>
> 中國文學，大率最富於厭世思想，《桃花扇》亦其一也。而所言，尤親切有味，切實動人，蓋時代精神使然耳。〔註 17〕〔按：引文底線爲筆者所加。〕

由以上兩段引文，我們可以看到梁啓超對《桃花扇》的讀後感實際上包含兩個時空：一個是作者孔尚任所身處的清初，另一便是讀者梁啓超所身處的清末，而後者從前者的作品中找到了可以貫通時空的歷史感喟。孔尚任作《桃花扇》時，自然不會有源於西方的「專制政體」、「民族主義」等現代概念，而後來的讀者卻可以從作者在某一時空局限中所寫的作品中抽取出其「時代精神」，並置換成屬於當世的概念。在梁啓超的解讀下，《桃花扇》從原來只屬於小道末流的戲曲，一下子提升到與政治興亡、時代精神互通，甚至可令讀者油然產生「民族主義」的覺醒意識。另一方面，此一解讀可謂下開了日

〔註 13〕夏曉虹：〈梁啓超曲論與劇作探微〉，《現代中國》七輯（2006 年 6 月），頁 1～22，後收入《閱讀梁啓超》（北京：三聯書店，2006 年），頁 101～112；張璞：《梁啓超戲曲理論及創作研究》，濟南大學碩士論文，2008 年；范方俊：〈覺世與救心：梁啓超清末戲曲改良及其「過渡」性質〉，《中國人民大學學報》，2011 年第 4 期，頁 148～154。

〔註 14〕王亞楠：〈論梁啓超對《桃花扇》的接受與研究——以《小說叢話》爲中心〉，《江漢論壇》2014 年第 7 期，頁 102～106；王亞楠：〈論梁啓超對《桃花扇》的接受與研究——以《桃花扇注》爲中心〉，《寧夏大學學報》（人文社會科學版）2014 年 11 月（第 36 卷第 6 期），頁 98～103。

〔註 15〕飲冰語，〈小說叢話〉，《新小說》第 7 號（1903 年 9 月）。

〔註 16〕飲冰語，〈小說叢話〉，《新小說》第 7 號（1903 年 9 月）。

〔註 17〕飲冰語，〈小說叢話〉，《新小說》第 7 號（1903 年 9 月）。

後的歷史劇借古代歷史興亡來影射當世政治的創作和評鑑路向。通過梁啓超的解讀，《桃花扇》可說已具備了現代戲劇中獨有的政治動能的潛質。

以上對梁啓超如何解讀《桃花扇》之分析，有助於我們理解梁啓超的戲劇創作，尤其是與《桃花扇》關係殊深的《新羅馬傳奇》。有關《新羅馬傳奇》與《桃花扇》的文本關係，早在梁啓超連載該作之時，他的同學韓文舉（1855～1937）（別號扪虱談虎客）的批注中已指出楔子一齣「全從《桃花扇》脫胎」。〔註 18〕此外，夏曉虹亦指出，《新羅馬傳奇》的撰作本擬訂爲四十齣，此一規模正與《桃花扇》相同。〔註 19〕近年亦有論者將《新羅馬傳奇》和《桃花扇》兩作比對分析，如王亞楠通過比對印證《新羅馬傳奇》無論在曲白、關目、化用詞句、所押韻腳方面都對《桃花扇》有摹仿和借鑑之處。〔註 20〕在此，筆者希望更進一步指出《新羅馬傳奇》與《桃花扇》在思想精神上的連繫。從題材而言，《新羅馬傳奇》與《桃花扇》相去甚遠，《新羅馬傳奇》的故事內容是根據梁啓超的小說作品《意大利建國三傑傳》改編而成，〔註 21〕取材自意大利 1849 年獨立時瑪志尼（Giuseppe Mazzini，1805～1872）、加里波的（Giuseppe Garibaldi，1807～1882）、卡富爾（Camillo Benso Conte di Cavour，1810～1861）三人的事跡，以意大利人民反對神聖同盟鬥爭爲題材，痛斥奧地利帝國首相梅特涅（Klemens Wenzel von Metternich，1773～1859）的專制統治，歌頌燒炭黨人的英雄鬥爭，具有明顯的宣揚君主立憲的政治目的。然而，以上借古諷今的寫作手法卻是受教於《桃花扇》——以歷史上的眞人眞事爲幌子，影射當下政治，而且梁啓超還首開了以外國歷史事跡進入戲曲來評議中國政局的寫法，以西方現代題材和觀念與中國戲劇形式互相迸撞而產生新的火花，傳統戲曲在此可說是遭遇了內容上的現代化。

《新羅馬傳奇》的楔子一齣沿用了《桃花扇》試一齣〈先聲〉的形式，後者借原在南京太常寺供職的老贊禮之口，述說「明朝末年南京近事」，〔註 22〕

〔註 18〕扪虱談虎客《新羅馬傳奇》「楔子一齣」批注，《新民叢報》第 10 號（1902 年 6 月 20 日），收入《梁啓超全集》第 19 卷，頁 5651。

〔註 19〕夏曉虹：〈梁啓超曲論與劇作探微〉，《閱讀梁啓超》（北京：生活·讀書·新知三聯書店，2006 年），頁 106。

〔註 20〕王亞楠：〈論梁啓超對《桃花扇》的接受與研究——以《小說叢話》爲中心〉，《江漢論壇》2014 年第 7 期，頁 102～106。

〔註 21〕飲冰室主人：《意大利建國三傑傳》，《新民叢報》第 9～10、14～17、19、22 號（1902 年 6 月至 12 月），收入《梁啓超全集》第 3 卷，頁 827～857。

〔註 22〕孔尚任著，王季思校注：《桃花扇》（北京：人民文學出版社，1959 年），頁 1。

而前者則借意大利詩人但丁（Dante Alighieri，1265～1321）的靈魂，述說「意大利建國事情」。〔註23〕梁啓超評《桃花扇》時，嘗言「《桃花扇》之老贊禮，雲亭自謂也。處處點綴入場，寄無限感慨」，〔註24〕以此而言，則《新羅馬傳奇》中的但丁實爲梁啓超之化身，但值得留意的是，但丁更聯同「兩位忘年朋友，一個係英國的索士比亞，一個便是法國的福祿特爾」（即莎士比亞和伏爾泰），同去瞧聽中國的「飲冰室主人」在上海愛國戲園開演的《新羅馬傳奇》。〔註25〕此一情節設計，揭示了梁啓超比孔尚任更大的文學野心。

首先，梁啓超借但丁之口陳述心中之志：「咳，老夫生當數百年前，抱此一腔熱血，楚囚對泣，感事唏噓，念及立國根本，在振國民精神，因此著了幾部小說、傳奇，佐以許多詩詞歌曲，庶幾市衢傳誦，婦孺知聞，將來民氣漸伸，或則國恥可雪」，〔註26〕在此，但丁的形象與梁啓超在《劫灰夢傳奇》中對伏爾泰的描述相當一致，「你看從前法國路易十四的時候，那人心風俗不是和中國今日一樣嗎？幸虧有一個文人叫做福祿特爾，做了許多小說戲本，竟把一國的人從睡夢中喚起來了」，〔註27〕在梁啓超的描述中，這些大文人同樣把戲曲視爲喚起民眾國家意識的工具。此外，在梁啓超主編的近代小說雜誌期刊《新小說》中，曾預告將會推出傳奇體小說，「欲繼索士比亞、福祿特爾之風，爲中國劇壇起革命軍，其結構詞藻決不在《新羅馬傳奇》下也」，〔註28〕當中可見梁啓超心目中的傳奇小說或戲曲，既注重結構辭藻，亦注重內容上的革命性。梁啓超以但丁、莎士比亞和伏爾泰自比，可見對他而言，文學家並不是一個單純的角色，而是同時還扮演著思想啓蒙家，乃至政治領袖的角色；文學也並不單純是一部純供賞玩的作品，而是與國民精神、民族興亡連繫起來。因此，他對於文學性質濃厚的作品，如《西廂記》、《牡丹亭》並不能感到滿意；〔註29〕卻獨對連繫歷史，

〔註23〕飲冰室主人：《新羅馬傳奇》，收入《梁啓超全集》第19卷，頁5650。
〔註24〕飲冰語，〈小說叢話〉，《新小說》第7號（1903年9月）。
〔註25〕飲冰室主人：《新羅馬傳奇》，收入《梁啓超全集》第19卷，頁5650。
〔註26〕飲冰室主人：《新羅馬傳奇》，收入《梁啓超全集》第19卷，頁5650。
〔註27〕梁啓超：《劫灰夢傳奇》，收入《梁啓超全集》第19卷，頁5649。
〔註28〕新小說報社：〈中國唯一之文學報《新小說》〉，《新民叢報》十四號，1902年，收入陳平原、夏曉虹編：《二十世紀中國小說理論資料（第一卷）1897～1916》（北京：北京大學出版社，1989年），頁63。
〔註29〕「想俺一介書生，無權無勇，又無學問可以著書傳世，不如把俺眼中所看著那幾樁事情，俺心中所想著那幾片道理，編成一部小小傳奇，等那大人先生、

乃至國家興亡的《桃花扇》深感認同，其原因便不難明白了。

除了楔子一齣中的但丁、莎士比亞和伏爾泰外，《新羅馬傳奇》中的多組角色也甚少以單人匹馬的情況出現，往往以「三」的數目出之。奸角有奧地利帝國首相梅特涅與俄羅斯王亞歷山大和普魯士王腓力特烈一同出現，而正角則有瑪志尼、加里波的和卡富爾互相輝映。在第四齣〈俠感〉中，瑪志尼是以思想家和文學家的姿態出現，他「精研哲理之科，篤信唯心之論」，「倚馬文章，空貴洛陽之紙」，「忍淚吞聲，做個詞人」；〔註 30〕在第五齣〈弔古〉中，加里波的則是以軍事家和歷史家的姿態出現，「叵奈俺粗莽情懷，不喜那陳腐教理，因習些算學、天文、航海、兵法等學科，雖非專門，卻有心得」，「小生向讀國史，目注心營」。〔註 31〕儘管梁啓超原擬讓卡富爾於第六齣登場，但因韓文舉給予「三傑平排，未免板笨，且加富爾可表見之事跡，不妨稍後，故商略移置第八齣」的意見，〔註 32〕故卡富爾未及出場，而《新羅馬傳奇》於第六齣刊載後便戛然而止；但從以上對瑪志尼和加里波的之描述，可見梁啓超對文學、思想、軍事、歷史等多方面的遠大志向。在梁啓超的生平事跡中，我們的確可見他在以上各方面均各有重大成就。儘管單從某一方面，例如文學而言，我們難以說梁啓超是一位超卓的文學家，但他的這種廣泛的志趣和涉足，銳意打破專門化的文學觀和人生觀，卻對後來現代戲劇的發展產生了深遠的影響。可以說，由於梁啓超對各方面事業的才華、涉獵和融貫，導致他對於文學專屬於美學的看法不能滿意，因而畢生事業乃是把文學、思想、軍事、歷史、政治等各大範疇互相貫通。這種態度反映在他對文學的態度中，便成爲日後影響深遠的文學改良思想和實踐。

除此之外，儘管論者多引用梁啓超等人在〈小說叢話〉中斥傳統小說和戲曲爲「語怪、誨淫、誨盜」，〔註 33〕從而論證梁啓超對傳統戲曲的否定，但

兒童走卒，茶前飯後，作一消遣，總比讀那《西廂記》、《牡丹亭》強得些些，這就算盡我自己面分的國民責任罷了。」梁啓超：《劫灰夢傳奇》，收入《梁啓超全集》第 19 卷，頁 5649。

〔註 30〕飲冰室主人：《新羅馬傳奇》，收入《梁啓超全集》第 19 卷，頁 5657。

〔註 31〕飲冰室主人：《新羅馬傳奇》，收入《梁啓超全集》第 19 卷，頁 5659。

〔註 32〕捫虱談虎客《新羅馬傳奇》第六齣「鑄黨」批注，《新民叢報》第 20 號（1902 年 11 月），收入《梁啓超全集》第 19 卷，頁 5661。

〔註 33〕定一語，飲冰等：〈小說叢話〉（節錄），《新小說》第十三號，1905 年，收入陳平原、夏曉虹編：《二十世紀中國小說理論資料（第一卷）1897～1916》（北京：北京大學出版社，1989 年），頁 97。

從《新羅馬傳奇》的結構和遣詞造句，實際上可以發現梁啓超對傳統戲曲研究之深。可以說，梁啓超的傳奇創作對傳統戲曲並非採取否定的態度，而是以一種「借屍還魂」的方法，通過對傳統戲曲的「改造」或「改良」，重新達致他所希望的廣泛而深遠的目的。儘管梁啓超曾強烈表示對作爲傳統戲曲中以才子佳人故事爲主線的代表作品《西廂記》和《牡丹亭》的不滿，認爲它們與他心目中可盡「國民責任」、乃至付諸實踐的戲劇主題相距甚遠，〔註 34〕然而在眞正下筆創作戲劇的時候，梁啓超卻是處處有意以《西廂記》和《牡丹亭》入文。正如在《新羅馬傳奇》中的韓文舉批注中，除了指出此劇深受《桃花扇》的影響，亦不時指出當中的文句和情節如何脫胎自《西廂記》和《牡丹亭》。韓文舉言，「作者爲文無他長，但胸中有一材料，無不捉之以人筆下耳。《桃花扇》、《牡丹亭》，與本文相去何啻萬里，亦竟被他捉去了，咄咄怪事。」〔註 35〕從內容而言，《桃花扇》、《牡丹亭》等作品與《新羅馬傳奇》相去何只千里，然而從文句而言，後者卻對前者多所繼承，並由此翻出意想不到的新意。

在第三齣〈黨獄〉中，講述燒炭黨人在受到處死前對梅特涅作出大快人心的痛罵，韓文舉批注認爲此齣直逼《西廂記》中紅娘罵老夫人的〈拷艷〉一節，又指出此節中「罵人之筆，已奇極矣；最奇者，文中連篇累牘，堆滿香奩語：『羅袂生寒』、『芳心自警』、『辜負香衾』、『封侯夫婿』皆係痴情兒女嬌態語，豈可以入革命史？更豈可以入黨獄記？乃經作者舞文鍛鍊，竟自生氣勃勃起來」，〔註 36〕其中「羅袂生寒，芳心自警」句便是來自《西廂記》，而梁啓超竟將此句化爲「鼾沉沉睡虎千年瞑，教我羅袂生寒芳心警」，〔註 37〕把小兒女語與民族存亡之呼籲連繫起來。其他如化用李商隱詩〈爲有〉「辜負香衾」句和王昌齡詩〈閨怨〉「悔教夫婿覓封侯」句的「我便衝起那三千丈無明業火，辜負香衾事血腥。我是個嬌滴滴的閨秀兒，生來不解道夫婿封侯怨」，〔註 38〕把燒炭黨女首領的形象生動勾畫出來，可說是開啓了後來中國現代戲劇中革命女性的形象，把傳統戲曲的佳人形象與政治掛勾。

〔註 34〕梁啓超：《劫灰夢傳奇》，收入《梁啓超全集》第 19 卷，頁 5649。
〔註 35〕飲冰室主人：《新羅馬傳奇》，收入《梁啓超全集》第 19 卷，頁 5657。
〔註 36〕飲冰室主人：《新羅馬傳奇》，收入《梁啓超全集》第 19 卷，頁 5657。
〔註 37〕飲冰室主人：《新羅馬傳奇》，收入《梁啓超全集》第 19 卷，頁 5655。
〔註 38〕飲冰室主人：《新羅馬傳奇》，收入《梁啓超全集》第 19 卷，頁 5656。

此外，第四齣〈俠感〉引出意大利建國三傑之首瑪志尼，韓文舉批注點出化用了《西廂記》名句的「繫春情短柳絲長，隔花人遠天涯近」，〔註 39〕梁啓超原句爲「叫一聲我國民，哭一聲我國民，怕不怕英雄氣短柳絲長，恨只恨自由人遠天涯近。從今後誓做個男兒本分，愛國精神」，〔註 40〕竟以《西廂記》中的小兒女語連繫國民責任和愛國精神的概念。第五齣〈弔古〉引出另一位三傑之一加里波的，竟以洛陽比擬羅馬，韓文舉批注一方面指出「作者生平爲文，每喜自造新名詞，或雜引泰東泰西故事，獨此書入西人口氣，反全用中國典故，曲中不雜一譯語名詞，是亦其有意立異處」，點出作者如何有意把意大利獨立事跡與中國當時政局互相連繫，一方面又指出「作者少年善爲綺語，故雖憂國之文，亦往往以美人芳草出之，不可不謂文人結習；然其所以哀感頑艷者，則亦以此」。〔註 41〕從這點而言，「以美人芳草」來寫「憂國之文」，使讀者備感「哀感頑艷」，正是《桃花扇》之特色。

梁啓超以《桃花扇》爲中國戲曲之首，認爲其寫法具有現代意義與時代精神，因而沿用其立意和形式來創作《新羅馬傳奇》，把傳統戲曲的題材內容擴寬，尤其著重其政治動能，甚至把《西廂記》、《牡丹亭》等戲曲亦作一番改造，以當中著名的哀感艷語裝載革命信息，可說是爲傳統戲曲的現代化開啓了一條嶄新的道路。

三、田漢《新桃花扇》

本節以田漢寫於 1915 年發表於上海《時報》的院本戲曲《新桃花扇》作爲研究對象。〔註 42〕《新桃花扇》是田漢於年僅十七歲時寫成，是他可考的第二部戲劇作品，第一部爲京劇《新教子》，「由京戲《三娘教子》改編的。寫一個漢陽之役陣亡軍人的窮妻教訓她的兒子繼他的父志爲國家民族盡力的故事」，〔註 43〕而《新桃花扇》則是對孔尚任《桃花扇》的第一齣〈聽稗〉的

〔註 39〕 飲冰室主人：《新羅馬傳奇》，收入《梁啓超全集》第 19 卷，頁 5658。

〔註 40〕 飲冰室主人：《新羅馬傳奇》，收入《梁啓超全集》第 19 卷，頁 5658。

〔註 41〕 飲冰室主人：《新羅馬傳奇》，收入《梁啓超全集》第 19 卷，頁 5660。

〔註 42〕 漢兒：《新桃花扇》（院本），《時報·餘興》（上海：1915 年 5 月 26 日至 29 日），後收入《餘興》雜誌第 16 期（上海：有正書局，1916 年 5 月）。本文引用版本爲《田漢全集》編輯委員會：《田漢全集》（石家莊：花山文藝出版社，2000 年）第 7 卷，頁 11～19。

〔註 43〕 田漢：〈創作經驗談〉，載郁達夫等：《創作經驗談》（上海：光華書局，1933 年），收入《田漢全集》第 16 卷，頁 345～346。

改編。《新桃花扇》發表時署名「漢兒倚聲」，「漢兒」是田漢的自稱，「倚聲」就是依調塡詞。

1916 年，田漢赴日留學，自此開啓了接觸西方戲劇的契機，以及往後的話劇創作生涯。故此，《新桃花扇》這部戲曲作品是我們研究田漢早期思想和戲劇創作的重要依據。過往論者的專文討論亦只曾稍爲討論這部作品的主題形式，〔註 44〕儘管這是一部並不成熟的少作，但從中我們可以看到現代戲劇在草創階段的一些議題，以及田漢日後創作理念的一些雛型。

在 1933 年的〈創作經驗談〉中，田漢回顧《新桃花扇》的創作動機和背景：

> 由改編京戲而至改編曲本，那便是投稿到上海《神州日報》〔按：田漢誤記上海《時報》爲《神州日報》〕，居然蒙他們登載了送了我一些有正書局的書券的《新桃花扇》。這時是袁世凱要稱帝，連我們校長都有些動搖，我們青年學生慨嘆「國事日非」因而借《桃花扇》的調子譏刺時政的。裏面的詞句雖是費了許多工夫，現在一點也記不得了。
>
> 在長沙時，歐陽予倩氏和他的朋友回湘組織「文社」在文廟裏演《熱血》等戲，我們的體操教員蔣某是參加的。校長徐先生也曾對我特別介紹過。但我因爲窮，事實上只看過放在外面的他們的布景，沒有眞看過他們的演戲。新戲還是我高不可攀的東西。我長期是在梁啓超的《新羅馬傳奇》的影響下。〔註 45〕

田漢的這段自述爲我們分析《新桃花扇》提供了幾個重點。首先，《新桃花扇》之創作源於袁世凱稱帝和簽訂《二十一條》的時代背景。第二，當時田漢就讀於湖南長沙第一師範學校，而長沙在政治和戲劇兩方面均可說是得風氣之先：1897 年，梁啓超到長沙辦時務學堂，使長沙的政治風氣爲之一變；1913 年，當時最具代表性的文明戲團體春柳社應長沙社會教育團的邀請，在長沙演出《家庭恩怨記》、《運動力》等文明新戲；隨後，春柳社的部分演員歐陽予倩（1889～1962）等人又以「文社」的名義單獨演出《熱血》、《不如歸》、《猛回頭》等劇目，這種講白話、用布景的通俗戲劇，在數月間盛演不

〔註 44〕張向華：〈談田漢早期戲曲劇作《新桃花扇》〉，《上海戲劇》1984 年第 2 期，頁 47～48。

〔註 45〕田漢：〈創作經驗談〉，《田漢全集》第 16 卷，頁 346。

衰。〔註 46〕儘管田漢因沒錢看戲而只看到擺在劇場外的新式布景，未及接觸新式戲劇，卻由此生出無限嚮往。在此事上，田漢竟已在無意間同時與兩代現代戲劇的重要人物——梁啓超和歐陽予倩存在著某種間接的關係。至於田漢與兩人之間的直接關係更是值得一說：田漢自日本回國後，與歐陽予倩相識，共同推動現代話劇的發展，歐陽予倩更曾參與田漢所創立的南國社的戲劇活動，這是後話；至於與梁啓超的關係，田漢在以上引文中一語道出《新桃花扇》與《新羅馬傳奇》的關係，更說自己長期受到梁啓超這部作品的影響。更進一步，三人同曾駐留日本，又同爲中國現代戲劇的重要代表人物，又同曾改編傳統戲曲《桃花扇》。以上各種線索的縱橫交織對於我們重新審視中國現代戲劇的草創歷程應可帶來相當啓示，本文因篇幅所限，暫不討論歐陽予倩對《桃花扇》之改編和其他相關議題，僅集中討論《新桃花扇》此一文本。

《新桃花扇》沿用了《桃花扇》的故事人物，利用了後者的南朝之感與當下政局互相連繫。這裡所指的並不單是中國歷代國家興亡的普遍議題，還可以看到田漢如何以南京串連起南明與民國的歷史命運：由於南明以南京爲都，《桃花扇》遂以南京太常寺老贊禮啓首，述「明朝末年南京近事」；而民國鼎革之際亦同樣以南京爲都，兩個歷史時空因此而得以互相連結，而侯方域等人的靈魂重臨金陵，便倍添歷史滄桑之感。是以，《新桃花扇》起始便盡以與南京相關的歷史典故入文，除了是使侯方域等人重臨南京、評斷歷史的情節合理化，從中更可見田漢於古典戲曲之早慧與不凡手筆：

> 【戀芳春】（老生儒扮上）孫楚樓邊，莫愁湖上，繁華已遍香塵。偏是天涯去，住著個吟魂，猶向新亭弄影。嘆飄墮南朝金粉，漫思想，張緒當年，芳訊難尋！〔註 47〕

「孫楚樓」、「莫愁湖」、「新亭」、「南朝金粉」、「張緒」皆爲南京的著名景點或相關的重要典故，在此短短數句中，卻已盡數入文。南京既是故都，同時也是昔日的繁華之地，但民國鼎革以後的南京從政治和經濟兩方面看卻均較南明更爲遜色，劇中陳應箕對吳次尾言：「你看這金陵古地，豈非我輩數百年前載酒掃花之所？」〔註 48〕若我們連繫當時南京的實際情況，此前袁世凱不

〔註 46〕張耀杰：《影劇之王田漢——愛國唯美的浪漫人生》（太原：山西教育出版社，2003 年），頁 18。
〔註 47〕田漢：《新桃花扇》，《田漢全集》第 7 卷，頁 13。
〔註 48〕田漢：《新桃花扇》，《田漢全集》第 7 卷，頁 14。

願在南京就職，而是在北京成立北洋政府，乃至稱帝和與日本簽訂《二十一條》，可見《新桃花扇》刻意呼應《桃花扇》對南京的強調，實是出於對袁世凱的譏諷和不滿。

論者已指出田漢的《新桃花扇》在形式上如何承襲梁啓超的《新羅馬傳奇》，《新桃花扇》開頭寫侯方域的靈魂在幾百年後重訪1915年的南京，並邀復社文友陳應箕、吳次尾去聽柳敬亭演唱由一張宣傳愛國思想的「揭帖」改編的鼓詞，其構思正與《新羅馬傳奇》開頭但丁的靈魂邀莎士比亞和伏爾泰，同到幾百年後的中國觀飲冰室主人的傳奇戲曲相當一致。〔註49〕在形式的影響以外，我們更可說田漢早年深受梁啓超的戲劇觀所影響，而這是過往論者並未充分注意的。從《新桃花扇》的立意而言，我們可以看到田漢許多繼承乃至推進梁啓超《新羅馬傳奇》之處。一是「戲劇救國」的思想。《新桃花扇》的內容與《新羅馬傳奇》同樣承載了沉重的社會背景和政治任務，而且在表達方式上有過之而無不及。《新羅馬傳奇》尚且是以歷史劇的面貌呈現於觀眾面前，而《新桃花扇》則活脫成了一次政治宣傳演講。劇中柳敬亭呼籲人們要「救國儲金、提倡國貨」，如此才能使中國「兵力精、實業好、教育良」。〔註50〕孔尚任《桃花扇》的試一齣〈先聲〉，可說是開啓了「化裝演講」的戲劇手法，如果南京太常寺老贊禮是孔尚任的化身，但丁是梁啓超的化身，則柳敬亭成了田漢的化身。在《新桃花扇》中，柳敬亭被讚譽爲「端的是那西洋的福祿特爾之流」，〔註51〕伏爾泰的比擬固然是從梁啓超而來，而柳敬亭既是田漢的化身，則可見田漢渴慕以戲劇作爲啓蒙民智的工具，當中實繼承自梁啓超的思想。

田漢的早期創作《新教子》和《新桃花扇》皆不約而同以改編的方式進行創作，當中可見與他日後的戲劇主張的連繫。梁啓超雖認爲戲曲的題材不無可議之處，但他採取的是「改良」的方式，如以戲曲形式裝載西方歷史故事，或以戲曲小兒女語述說革命理想，中西兩種文化的衝擊遂碰撞出新的火花。相對而言，儘管當時田漢因未受西方戲劇的洗禮而以傳統戲曲的形式進行創作，從《新桃花扇》中熟練使用鼓詞、院本等民間傳統戲曲形式，以及膾炙人口的《桃花扇》故事來宣傳政治主張的做法，可見他早已意識到戲曲

〔註49〕董健：《田漢評傳》（南京：南京大學出版社，2012年），頁40～41。
〔註50〕田漢：《新桃花扇》，《田漢全集》第7卷，頁16。
〔註51〕田漢：《新桃花扇》，《田漢全集》第7卷，頁18。

與民眾的關係，乃至戲曲大眾化與政治宣傳的可能。自三十年代起，田漢投身左翼戲劇運動，並重新回到傳統戲曲的創新與改革，可以說是接續了早年對戲曲創作的理念和實踐，借傳統戲曲達致戲劇大眾化的廣泛影響，以此作爲政治宣傳的手段。現代戲劇的此一發展進程，實際上有跡可循，可以追溯到田漢早年的戲劇活動，乃至梁啓超的戲劇改良主張。

四、總結

本文以孔尚任《桃花扇》爲貫穿線索，考察了梁啓超《新羅馬傳奇》和田漢《新桃花扇》兩部中國現代戲劇中的早期作品，從中可以看到兩位中國現代戲劇的重要奠基人物的一些戲劇理念。《桃花扇》開創了在原屬小道末流的戲曲中述說國家興亡的主題模式，梁啓超《新羅馬傳奇》把《桃花扇》的此一特點發揚光大，打破了戲曲的純文學/美學定位，以戲曲承載西方歷史、政治綱領、革命思想、現代觀念等不同內容，使戲曲的主題得以大大擴闊，實踐了「戲劇改良」的主張。田漢《新桃花扇》沿用了《桃花扇》南朝興亡的感喟主題，借南京事跡諷刺袁世凱政府，並繼承了梁啓超《新羅馬傳奇》以戲劇說政治的立意，從這部少作中並可見日後田漢戲劇生涯的一些濫觴，如以戲劇進行左翼的政治說教，以戲曲進行抗戰主題的宣傳等。

除了梁啓超和田漢外，歐陽予倩亦是另一位著名的《桃花扇》改編者，由於篇幅所限，本文未及把他在抗戰時期改編的京劇和話劇版《桃花扇》一併納入論述版圖。然而，從梁啓超、田漢和歐陽予倩對《桃花扇》的改編，我們卻可發現目前有關中國現代戲劇的研究尚存在許多值得更進一步發掘的問題，例如古典戲曲的改編與戲劇現代化，乃至其與政治的關係；日本對中國現代戲劇的影響；長沙與近代政治與戲劇的關係等。

1962 年底，在中國逐漸政治化的環境下，孔尚任《桃花扇》受到嚴重的否定，被指謫爲「主要講的是歷史不是戲，是政治而非藝術」，〔註 52〕連帶電影《桃花扇》等其他改編作品同樣遭受否定，《桃花扇》在此後十多年間從舞臺上、銀幕上、古典文學的研究和教學中被掃除。〔註 53〕若單從當時的時代背景而言，《桃花扇》之被否定固然是政治因素所造成的錯誤結果，然而通過

〔註 52〕穆欣：〈不應當替投降變節行爲辯護——評劉知漸《也談侯方域的「出家」問題》〉，《光明日報》，1962 年 12 月 29 日。

〔註 53〕傅繼馥：〈桃花扇底看左傾——《桃花扇》評價問題〉，《江淮論壇》1979 年第 1 期，頁 118。

本文的考察，從田漢《新桃花扇》中的政治說教，上溯到梁啓超《新羅馬傳奇》的政治宣傳，再回溯到孔尚任《桃花扇》，當中可見後人的改編不斷強調原著中的政治議題和動能，而把原著中的藝術成分逐漸撇除，《桃花扇》在之後被指謫爲「主要講的是歷史不是戲，是政治而非藝術」，大概對時人來說並非毫無道理的。孔尚任《桃花扇》中的興亡之感，在現代史上被多次挪用，成爲晚清和民國鼎革時期民族主義的政治化時代話語，在後人的詮釋和改編下逐漸走向政治單一化的主題，甚至反過來導致原著在數百年後受到批評。一方面，這印證了現當代文學的政治化在古典文學中其實有跡可循；另一方面，這也印證了在中國現代戲劇的研究中，古典戲曲的因素實際上佔據相當重要的地位，值得在此方面深入探究。

介紹者的資格：王文顯與《北京政變》

李匯川

（北京大學中文系）

一

王文顯在中國現代戲劇史的地位毋庸置疑。一方面，他爲中國現代話劇培養了一批優秀人才，如洪深、李健吾、曹禺等。另一方面，他個人的戲劇創作在當時也達到了相當高的水準，張健就認爲「提到中國現代的風俗喜劇，不能不提到王文顯的名字。」〔註 1〕王文顯的兩部英文喜劇作品《委曲求全》（*She Stoops To Compromise*）和《北京政變》（*Peking Politics*，又名《夢裏京華》，統一起見，後文統稱《北京政變》）經李健吾翻譯，對當時和後世的中國現代話劇皆有深遠影響。

除了《北京政變》與《委曲求全》，目前學術界普遍認爲王文顯還有五部作品佚失。這一看法的來源是李健吾在《〈夢裏京華〉跋》中所敘：

> 我所能夠說的，僅僅是王文顯先生並不冷酷，至少我陸續讀到他的長短作品這樣告訴我。《北京政變》，《白狼計》，《獵人手冊》，《老吳》，《媒人》，《皮貨店》，甚至於《委曲求全》未嘗不是作者最好的說明。〔註 2〕
>
> 在這些小說和劇本之中……

〔註 1〕張健，〈中國最早的大型英文劇及其作者王文顯〉，解放軍外語學院學報 1993 年第 4 期，77 頁。

〔註 2〕李健吾，〈《夢裏京華》跋〉，《新文學史料》1983 年第 4 期。

依文中所言，《委曲求全》與《北京政變》顯然是劇本，而另外五部之中，則或有小說。其中《白狼計》與《媒人》確是獨幕劇，並曾被清華戲劇社曾排演過。這一點有 1929 年李健吾在《清華週刊》上發表的《戲劇社本屆公演的前後》爲佐證。〔註 3〕然而在《王文顯劇作選》出版時，李健吾在後記中又提到王文顯有五部獨幕劇遺稿：

> 他（王文顯，引者注）的大女兒王希琰（原來叫王碧仙）嫁給一個劉某爲妻，可能她並未保存她父親的五個獨幕劇遺稿，這可算是一件憾事。

這句話頓時令王文顯的作品數量變得撲朔迷離。倘若「五個獨幕劇」即指《白狼計》、《獵人手冊》、《老吳》、《媒人》和《皮貨店》五篇，則其體裁與《〈夢裏京華〉跋》中所寫有衝突。如果「五個獨幕劇」的說法僅僅包括了《〈夢裏京華〉跋》中記錄的其中一部或幾部作品（如《白狼計》和《媒人》），爲何餘下劇目的名字從未出現在任何與王文顯有關的文章中？而說到《獵人手冊》，則不得不提 *Chinese Hunter* 這本書。*Chinese Hunter* 由美國紐約 John Day 公司出版，於倫敦印刷。該書出版後，在國外引起了一定的反響，國內文化界也並非一無所知〔註 4〕。1941 年其法語版 *Souvenirs d'un chasseur chinois*〔註 5〕在巴黎出版。這本書有可能即是李健吾提到的《獵人手冊》一書，但其並非劇本或小說，而是帶有遊記性質的狩獵回憶錄。儘管此書的正文內容並非本文所論述的重點，鑒於其很少被論者提及，大多數人或許並不瞭解此書，筆者翻譯引用 1940 年發表於 *The Royal Geography Society* 第 95 卷第 2 期上署名 E.T.的一篇短評，作爲粗略的介紹：

〔註 3〕參見李健吾，〈戲劇社本屆公演的前後〉，《清華週刊》1929 年 4 月 13 日，第 456 冊。值得注意的是，由於王文顯的佚作全部用英文寫作，因此其劇名的翻譯問題一直存在爭議。僅《白狼計》的英文原名便有三種說法，一爲 Bandit cut Bandit，一爲 The White Trail，李健吾在文中使用的劇名爲英文：The Go Between 及 The white wolf trap。後者詞意淺白，應爲《白狼計》的眞正原名。因此《媒人》的英文原名爲 The Go Between，而不是有些論者認爲的 Love and Marriage。有資料顯示王文顯的確寫過一本名爲 Love and Marriage 的書，共 22 頁，1915 年於天津出版。根據《清華大學校史稿》，這兩部劇本被翻譯爲《兩者之間》和《設計誘陷》。

〔註 4〕1940 年第二卷第一期的《中國文藝》（北京）上曾刊登過一篇署名陳迎的〈文藝枝談：王文顯擅長狩獵：近著「中國的獵人」已出版〉。

〔註 5〕直譯爲「中國獵人的紀念品」。

> 王文顯先生是一位任教二十餘年的大學教授，他所在的清華大學由「庚子賠款」而來，位於北平城內。酷愛射擊運動的中國人實不多見，而王先生恰是這樣一位槍械愛好者。該書記敘了他在中國北方的遠行狩獵經歷。北部中國素來爲外國冒險者所熟知，包括有著適合潛伏射獵之沼澤的北平近郊，遍地是野雉、斑羚、野豬和麈在遊蕩的山西省的深山之間，還有岩羊與大角盤羊出沒的蒙古邊境。
>
> 林語堂先生爲此書撰寫序言，向讀者們介紹了王文顯先生。在因戰火而被迫離家以前，王先生是清華大學裏研究莎士比亞戲劇的教授，同時也是一位愛槍成癮的人。他的英文姓氏 Quincey 由戈登將軍所授，緣於他父親的祖籍在崑山。大部分讀者或許會認同林語堂先生的觀點，即在王文顯的敘述中，有關北京與西山附近的環境、事物和人的觀察與描述，遠遠比他記錄的狩獵成果更加吸引人。這得利於他質樸而有說服力的寫法，以及他卓越的英語文字水平。
>
> 王先生的這些回憶，定然會讓許多曾在北平居住過的人們想起北平城牆外那誘人的冬季光景，和在妙峰山的狩獵旅行。南口那崎嶇的野地，山巔那如蜿蜒長蛇一般的長城，以及山西深山間一片片打獵的樂土——無不迴蕩著那永遠被時間帶走了的美妙憶想。

據王文顯在書中自述，*Chinese Hunter* 的寫作時間在 1937 年戰亂爆發，清華南遷之後。當時作者帶著家人「顛沛流離，四處碰壁」〔註6〕，在艱苦的條件下，僅用數月時間便寫就了該書初稿。之後王文顯並未去西南聯大，而是到了上海聖約翰大學任教，李健吾此時恰也在上海，並「常到聖約翰大學去看望王先生和王師母」〔註7〕，他有可能在這期間看到了該書的書稿，並誤記其爲小說。當然，這並不能排除王文顯另有一部名爲《獵人手冊》的小說或戲劇作品的可能性。

正因上述這些一時難以獲得答案的懸疑，諸多學者但凡論及王文顯，只能以《委曲求全》和《北京政變》的中譯本爲文本，在有關一位中國現代文

〔註 6〕原文爲「In the course of its perperation my family and I have been driven from pillar to post as refugees from the war.」見 *Chinese Hunter* 第 15 頁。

〔註 7〕李健吾，〈《王文顯劇作選》後記〉，《王文顯劇作選》，人民文學出版社 1983 年 10 月版，183 頁。

學史上的「默默無聞的戲劇開拓者」〔註 8〕的研究領域裏，這不能不說是一件憾事。而對這兩部作品的討論與研究，似乎大多以喜劇性更強的《委曲求全》爲盛。在相關材料稀缺的條件下，作者的身份隱藏於迷霧之中，研究者不能知人論世，而僅能分別對兩個文本進行解讀，有所側重的論述儘管略顯蒼白卻無可厚非。

值得一提的是，造成這一現象的另一原因，或許與曾任王文顯助教，後來活躍在話劇和電影界的張駿祥對《北京政變》的評論有一定關係：「老實說，他不過是抓住一點聽到的時事，藉以施展他從歐美戲劇中學來的編劇技巧。」〔註 9〕這一觀點，恐怕是從「作者是在國外長大和求學的，回國後又長期住在郊外的校園裏，深居簡出，對當時社會很少接觸。」〔註 10〕推斷而來，試圖說明王文顯對中國社會和歷史掌故並不瞭解，只是借題發揮，一展藝術技巧罷了。

對這個問題，李健吾顯然遠比他看得清楚：

> 僅僅從這一點介紹眞正的現代中國的心力來看，白克教授的盛意已然只得感激。當然，王文顯先生的心力——那似乎不爲中國人感到，然而實際卻爲中國人爭光的心力，也不見得就是浪費。〔註 11〕

李健吾此語，所承接的是其文中引用的當時《紐約時報》所錄王文顯在耶魯進修時的導師，著名戲劇理論家喬治·貝克（George Pierce Baker）的談話：

> 「自從西方接觸中國以來，外人曾經努力表達各方面的中國生活；傳教士，官員，遊歷者和小說家，在文學和舞臺上，出奇制勝，刻畫中國，因爲並不公正，結局大多數人於中國人形成一種定性的看法：刺戟，邪惡，古怪，但是《北京政變》努力表現中國人民的生動的風俗人情，可能盡一分力克服西方人士的誤解。」〔註 12〕

貝克的這段話，從旁觀者的角度點明了《北京政變》的寫作用意，即「表現中國人民的生動的風俗人情，可能盡一分力克服西方人士的誤解」。而這一成

〔註 8〕張駿祥，〈《王文顯劇作選》序〉，《王文顯劇作選》，人民文學出版社 1983 年 10 月版。

〔註 9〕張駿祥，〈《王文顯劇作選》序〉，《王文顯劇作選》，人民文學出版社 1983 年 10 月版。

〔註 10〕張駿祥，《〈王文顯劇作選〉序》，《王文顯劇作選》，人民文學出版社 1983 年 10 月版。

〔註 11〕李健吾，《〈夢裏京華〉跋》，《新文學史料》1983 年第 4 期。

〔註 12〕李健吾，《〈夢裏京華〉跋》，《新文學史料》1983 年第 4 期。

果並非作者在進行藝術探索過程中的無心插柳，而是實實在在的有的放矢。1928 年 5 月 31 日和 6 月 1 日，《北京政變》在耶魯大學劇院演出，同年 9 月的一篇英文報導中，王文顯有如下自述：

「In applying Western dramatic technique to the writing of plays dealing with Chinese life, I have set before myself a twofold aim. First I desire on a modest scale of a modern Chinese drama. Secondly, by writing in English I wish to present to the West a real picture of the Chinese as they supposed to be. I am not a propagandist, no true artist can be that.

I believe that like other peoples, the Chinese have vices as well as virtues, and the virtues predominate, otherwise the Chinese could not have survived as a nation. I am not afraid of advertising the weakness of the Chinese character or the abuses of Chinese life. What I desire is only to present a true picture of the Chinese with such slight modifications as will make them intelligible to Western audiences.

I think that the battle for a fair representation of the Chinese that is either sensational or fantastically romantic and unreal.to correct this false and deep-rooted impression will call for the labour of a genius. But someone must make a beginning, however small and weak.」〔註 13〕

參考譯文：

「在以西方戲劇技巧寫作這樣一部表現中國生活的劇本時，我爲自己設立了兩個目標。首先，我希望找到一種最合適的尺度來進行中國戲劇的現代化嘗試。其次，之所以用英文寫作，緣於我想向西方世界展示切實的中國人的形象。但我不是宣傳員，任何眞正的藝術家都不可能是宣傳員。

我認爲，中國人和其他任何民族一樣，既有美德也有惡習，美德是占支配地位的，否則中國人無法作爲一個民族延續下來。而在展示中國人的性格弱點與苦難生活這方面，我亦並無猶豫和擔憂。

〔註 13〕引自 *Developing the Drama in China Teaching the West*，*South China Morning Post*，1928 年 9 月 27 日第六版。

> 我所唯一想做的，是向西方觀眾展示一幅眞實的中國圖景，當然，爲了便於他們理解，我也做了輕微的調整和藝術加工。
>
> 我想，爭取公平而眞實的自我展現對中國人來說，是一場漫長而艱巨的鬥爭。富有想像力的西方作家已然以虛構的方式，描繪了聳人聽聞的中國人形象：或者是荒誕不經的墮落者，或者是不食人間煙火的浪漫家。要糾正這樣根深蒂固的錯誤觀念，或許需要有奇才降世才行。但總要有人邁出第一步，無論這第一步看起來是多麼的微小與乏力。」

如王文顯眞如張駿祥所說，是個在海外成長，而立之後方歸國任教的華僑，這一番自述似乎顯得有些不自量力。於是，其家世背景以及早年成長經歷究竟若何，便成爲了亟待解決的問題。

二

有關王文顯的出身和早年經歷的中文史料不多，其中較爲人所熟知的一部分是他人的回憶或轉述。如張駿祥在〈《王文顯劇作選》序〉中這樣寫：「王文顯先生，江蘇崑山人。大約因此英文名字叫做 Quin-cey。他幼年就到英國讀書。……作者（指王文顯，引者注）是在國外長大和求學的……」〔註 14〕又如曾在清華外國語文系就讀的李忠霖的回憶：

> （王文顯語）「我的英文名字『Quincey』就是爲了紀念故鄉『崑山』而提的，英國不是有位有名的文人『De Quincey』嗎？他老人家爲我提這個名字，也希望我成爲一個有名的文學家呢！」王太太端了一杯茶，走過來插嘴說：「王教授的父親，還有一段傳奇式的故事呢！那是太平天國革命時期，他老人家還是一個孩子，不知怎麼回事，和家長們散失了！一個人就在路上（今陸家浜車站左近）啼哭，突然所謂的『洋槍隊』到達他身邊附近，而帶領這支隊伍的正是戈登，戈登看到這種情形，就把這個孩子帶上兵車，作爲小侍應生用。由於這個孩子聰明伶俐，在戈登『功成』回國的時候，竟被一起帶回英國。後來王教授的父親在倫敦取了個華僑女子，成家立業，而且生了王文顯教授。王教授在倫敦大學畢業後，他父親就設

〔註 14〕張駿祥，〈《王文顯劇作選》序〉，《王文顯劇作選》，人民文學出版社 1983 年 10 月版。

法把兒子送回中國，1915年王教授就進入清華大學外語系當教授。」〔註15〕

從這些材料看來，王文顯生長於英國的，畢業於倫敦大學。他的英語水平非常優秀，口語尤其流利地道，甚至曾令林語堂驚歎，足有歸國華僑的水準。然而1925年第24卷第5期《清華學報》上的「職教員介紹」一欄裏所記錄的資料，卻和張駿祥與李忠霖的記述大相徑庭：

（王文顯）先生生於香港，時西曆一八八七六月。幼時卒業於上海Foreign Public School，遂入北洋專門學校，後留英。一九一四在倫敦大學得學士學位……〔註16〕

毫無疑問，王文顯的兩部代表作《委曲求全》和《北京政變》是用英文寫作的，而這兩部中國題材的英文戲劇究竟出自一個生長在中國的戲劇家之手，還是由自幼接受英國教育成長的作者寫就，這個問題無論對王文顯本人或其作品的文學史定位，都有著不可忽視的影響。

所幸，「外國人比一般中國人更清楚他」〔註17〕，在1910年代至1950年代的英文史料中，與王文顯有關的材料至少有50條，有了這些資源，可以更爲全面的瞭解王文顯其人。

而在此之前，首先需要解決一個小問題，即王文顯的英文名之正誤。1935年，溫源寧在短文〈王文顯先生〉（李健吾譯）中稱他爲「Wong Quin-Cey」〔註18〕；而李健吾在1943年出版的《夢裏京華》之跋文中則說是「J.Wong Quincey」〔註19〕；在國外數據庫中搜索王文顯的書文時，亦有「John Wong Quincey」、「J.Wong-Quincey」之別，國內研究者亦有以「Quincey Wong」稱之者。在筆者看來，王文顯的英文名的正確寫法爲John Wong-Quincey，即John爲名，而Wong-Quincey爲姓，而非通常認爲的Quincey爲名，Wong爲姓。可以作爲證據的是在1932年7月25日的*The China Press*報紙上刊登了一則

〔註15〕李仲霖，《一位有異國情調的同鄉前輩——懷念業師、中國話劇啓蒙導師王文顯教授》，《清華校友通訊》復10期，1984年10月版。馬明在《王文顯與中國現代話劇》一文中顯然誤讀並錯記了這段話。

〔註16〕這裡提到的Foreign Public School從名字推測，應爲英國公學，即所謂的英式貴族學校。

〔註17〕原句爲：「一般中國人顯然不及外國人清楚他」，見李健吾文〈《夢裏京華》跋〉，《新文學史料》1983年第4期。

〔註18〕參見《新文學史料》1983年第4期。

〔註19〕參見《新文學史料》1983年第4期。

訃告，逝者為 Patrick Wong-Quincey。Patrick 有五位兄弟，這與王文顯在 *Chinese Hunter* 中的自傳吻合〔註 20〕，而 John 的名字也以逝者親屬的書寫方式（即只稱名而未提姓氏）出現在了出席葬禮的賓客名單上，據此推斷，逝者極有可能是王文顯的兄弟之一，而 Wong-Quincey 則應是他們兄弟共有的姓氏。

前文提到的 *Chinese Hunter* 中，第二章 *Mainly Autobiography* 的主要內容分為兩部分。其一是作者以作為一項體育運動的狩獵為中心，論述了中國人在過去幾百年裏身體素質的變化，與之類似的問題，他在留學英國期間曾撰寫過一篇名為 *The Eclipse of Young China* 的文章裏曾有所論述〔註 21〕。其二則是關於槍支伴隨他成長的自述——儘管如溫源寧等曾提及王文顯愛好射擊，但讀者似乎仍然很難把這位生長於擁有「私人軍火庫」的家庭的，近乎「槍癡」的自述者，與作為清華教授及戲劇大師的王文顯聯繫起來。

關於這篇自傳裏精彩並驚人的槍支故事，本文不作論述。通過對該文的梳理，關於王文顯的家庭背景及早年經歷大致有如下補充：

1860 年代早期，尚是孩童的王父被送到英國，在英國軍隊裏度過了青少年時期：

> In the early 'sixties of the last century my father was sent to England when he was a mere boy to spend many of his most impressionable years with the British Army.

王父於 1870 年代回到中國，憑藉自己在英國接受的軍事訓練成為一名香港警察並任職二十餘年，期間曾任犯罪調查部門的領導：

> When in the 'seventies he return to China from England with a military education,the army was not yet in the mood for modernization and the Government had therefore no employment to offer him.My father joined the Hong Kong police and served with that force for over twenty years,during the later part of which he was head of the Criminal Investigation Department.

王文顯出生於 1887 年的香港，兄弟六人中他排行第五，另有五位姐妹：

〔註 20〕參見 John Wong-Quincey：*Chinese Hunter* 第 59 頁。紐約 John Day 公司 1939 年出版。

〔註 21〕該文 1914 年發表在王文顯自己創立並編輯的 *The Chinese Review* 雜誌上。參見 *The Far Eastern Review*，1914 年 5 月刊。

> The size of our family tended towards the same end.We were six boys ,of whom I was the youngest but one,and five girls.

約 1895 年前後，在王文顯九、十歲之間，其父受邀至上海，奉中國政府之命組建並領導一支新的警察隊伍：

> Later on my father and we moved to Shanghai, where the local Chinese authorities had invited him to organize and command a new police force.

大約在 1905 年和 1906 年之間（此時王文顯已進入北洋大學就讀並很快肄業〔註 22〕），王文顯父親調至天津，負責與上海類似之職務：

> After a few years we went to Tientsin, where my father was given a similar mission⋯When we moved to Tientsin I had become a college student and soon attained the status of a university undergraduate.

又數年，因緊急調令，王父攜家庭遷至濟南府，任務仍然是在當地組織並領導新的警察隊伍。不久因年齡較大，王父回到上海，在與鐵路警察相關的部門做了一份高薪卻清閒的工作：

> A few years later we moved to Tsinanfu on the urgent call for my father to organize and head a new police force in that city. By that time my father was getting a little old for active service .He returned to Shanghai but even there he was given a sinecure in connection with the railway police.

王文顯於 1908 年由上海赴英國倫敦大學上學，當時王家剛抵達濟南不久。他沒有聽從家裏人的建議，執意選擇了語言文學專業。1913 年夏天，爲了複習期末考試，他在蘇格蘭高地逗留了一段時間，閑暇時間的娛樂活動是打高爾夫球和射擊。之後他去往德國進行短期的深造，並在歐洲大部分地區廣泛遊歷，於冬季回到中國。不到兩個星期，王文顯收到邀請參加在歐洲的某項外交活動〔註 23〕。1914 年他返回中國時，取道蘇伊士運河，去新加坡探望親戚，

〔註 22〕據《科羅拉多斯普林斯報》（*The Colorado Springs Gazette*）1920 年 10 月 5 日刊文《清華學校系主任引起校園關注》（*Dean of Tsing Hua College is Notable in School World*）記載，王文顯於 1906 年畢業於北洋大學。Undergraduate 一詞既有大學在讀生和大學肄業生的含義，但從他的具體表述以及後文在談到赴英留學時所用的「完成學業」（Finish Education）這一說法，可以推斷他並未在北洋大學獲得學士學位。

〔註 23〕據《清華週刊》記載，該外事活動應爲隨時任財政部長陳錦濤赴歐。

回國後的幾個月，他繼續研究文學。1915 年，成爲清華學堂教師，直至 1937 年因戰亂離開北京：

> Soon after reaching Tsinanfu it was decided by our family to send me to Europe to finish my education. In 1908 I left Shanghai for England, Where I studied at the University of London for the next five years. Against the advice of our family I specialized in language and literature. I graduated in 1913, studied in Germany, and travelled extensively in Continental Europe…
>
> I spent the summer of 1913 in the Highlands of Scotland,with the sole purpose of reading for my final examination…I worked most of the time but amused myself by playing golf and by a little shuooting…
>
> In the winter of 1913 I returned to China,but immediately received an appointment to join a diplomatic mission in Europe…In August 1914 the World War broke out and our mission was ordered to return to China…In1914 I returned once more to China where I spent the next few months in literary work.On my way back to China via the Suez Canal I broke the journey at Singapore to visit some relatives…
>
> In 1915 I received my appointment as a university teacher.For the last twenty –two years,until 1937,I have served continuously in Peking as an educational administrator and as a professor of literature.〔註 24〕

關於王文顯之父與戈登將軍（Charles George Gordon）的關係，王本人並未在自傳中提及。前文所引李忠霖文中王文顯妻子所說的故事，不易證實。而一位關注中國，曾寫過一本名爲 *What's wrong with China* 的英國人 Rodney Gilbert，在其對 *Chinese Hunter* 一書的評論中，提到了一個類似的故事：

> 據我所記得的故事，一個因戰爭而成爲孤兒的中國小男孩，在躲避叛軍時闖入了常勝軍的營帳，被戈登將軍收養教育。無論如何，Quincey 這個名字大概是戈登爲這個年輕人取的……〔註 25〕

〔註 24〕參見 John Wong-Quincey，*Chinese Hunter* 第 55～80 頁。紐約 John Day 公司 1939 年出版。

〔註 25〕參見 *Keen Sportsman in North China*，*New York Herald Tribune*，1939 年 12 月 24 日版。有關王父被戈登收養的記敘，多次出現在與王文顯有關的英文報刊中。

而林語堂在爲 *Chinese Hunter* 作的序中，也提到了王父與戈登的關係，卻似乎知之不詳：

> 事實上，我們都很喜歡他，因爲在教職員會議上，他僅用自己字正腔圓的英語口音就能讓那些美國同事啞口無言。這讓我大爲震驚。我想，這樣純正的口音恐怕得益於他所接受的徹頭徹尾的英式教育吧。我瞭解到他的父親認識戈登將軍，或曾與戈登將軍工作過。而他的名字 Quincey，也是戈登將軍取的……〔註 26〕

三個人的敘述或轉述大致相近，細微處卻又有出入。如李忠霖文中王文顯妻子所說，王父是與親人失散，Gilbert 文則稱他在是孤兒。而據王文顯本人在自傳中所寫，他的父親是被送到英國，而非被帶到英國，似乎暗示了另一種可能。從戈登的履歷看來，他從中國返回英國，到離開英國赴埃及工作的這十年，大致與王父在英國的時間相同，但並無進一步證據證明「收養」與「命名」兩個故事的眞實性。

可以肯定的是，王文顯在 1908 年赴英國留學之前，他隨家庭輾轉香港、上海、天津和濟南等地，並非出生或成長於英國。而縱覽他早年的求學經歷，林語堂說他所接受的是「徹頭徹尾的英式教育」〔註 27〕，恐怕也並不完全是謬語。除去李健吾翻譯出版的兩部話劇，王文顯所發表的皆爲英文作品，包括前文提到的 *The Eclipse of Young China*。1915 年，*The great World War from the Chinese standpoint* 在上海某出版社出版〔註 28〕，同年，他在一本英譯名爲 *China's Young Men* 的刊物上發表了一篇名爲 *The Far Eastern Championship Games*〔註 29〕的文章。1916 年他於 *Peking Gazette* 上發表了一篇有關教育學的論文 *The Montessori Method and the possibility of its adaptation to Chinese needs*。〔註 30〕早在進行戲劇創作之前，這些作品已然爲他在英語世界博得了聲望，就職於清華前，他

〔註 26〕參見 John Wong-Quincey，*Chinese Hunter*，紐約 John Day 公司 1939 年出版，第 10 頁。

〔註 27〕林文原句爲「thorough British education」，參見 John Wong-Quincey：*Chinese Hunter* 第 10 頁。紐約 John Day 公司 1939 年版。

〔註 28〕資料來自 FirstSearch 數據庫（http://firstsearch.oclc.org/）

〔註 29〕該文被 Andrew Morris 於 2000 年 3 月發表在 *Journal of Southeast Asia Studies* 雜誌上的文章 *Native Songs and Dances: Southeast Asia in a Greater Chinese Sporting Community*,1920～48 所引用，見 49 頁腳註 2。

〔註 30〕除此之外，王文顯還有一些留學指南類的作品，如 1921 年在上海出版的 *Educational guide to the United States for use of Chinese and other oriental students*。

曾於 1914 年任中國赴歐經濟委員會成員，並在同年被選爲英國新聞記者協會成員〔註 31〕。1932 年，他在爲推舉美國作家厄普頓‧辛克萊（Upton Sinclair）獲得當年諾貝爾文學獎提名的推薦書上簽字，其影響力可見一斑。

在對王文顯的早年經歷和 *Chinese Hunter* 一書的大致內容有所瞭解之後，反觀張駿祥之語，以及李健吾在他因《委曲求全》而遭受非議時爲他辯白的言論——「但是他本人酷嗜戲劇，過的卻是一個道地的教書生涯，習慣上雖不說是一個中國式的書生，實際上仍是一個孤僻的書生而已」——便顯得不那麼準確了。

三

《北京政變》以及貝克與李健吾之語大多爲研究者所忽視，筆者認爲原因有二：其一是作者被很多人誤認爲是生長於海外的歸國華僑，理所當然的對中國當時的社會狀況不夠瞭解，這齣劇的題材超出了作者的生活範圍，只是以道聽途說的奇聞軼事爲素材，施以西方戲劇技法敷衍成文，儘管在戲劇形式上對中國現代話劇有所推動，文學價値卻不及《委曲求全》；另一原因，則或許是多數論者對以袁世凱、蔡鍔和小鳳仙這樣的人物爲原形的戲劇，到底能在多大程度上表現中國的風俗人情，持保留態度。

作者的明確表態，無疑爲重新解讀《北京政變》提供了新的角度。既然作者在寫作時便思路清晰地希望藉此劇在普遍意義上展示中國人的性格形象，爲何偏偏選擇了「袁世凱稱帝」這一看似離普通人的日常生活萬里之遙的故事來塑造劇中人物？

攜此問題細讀文本，不難發現所謂 politic 也好，政治或政變也罷，在劇中並未佔據太重的份量。政治鬥爭中的勾心鬥角，劇中被大大簡化了。例如獨裁者王承權決定稱帝，是由於被兒子王傳寶以及下屬楊向辰、梁景範二人欺瞞蒙蔽，認爲全國上下一致贊成他改元登基；又如將軍唐世龍決定幫助義軍領袖蔡同逃離王承權的殺害，原因僅僅是爲了換取傾慕已久的方珍與自己相好，以及可笑地認爲王傳承「官星要往西沉」，而蔡同「洪福齊天，貴不可言」。作者顯然志不在影射政治，並頗具匠心地爲劇中的主要人物安排了多重身份與情理困境，藉此勾勒他們的形象。

〔註 31〕參見 *Tsing Hua College Bulletin of information NO.3*，1915.9～1916.9,1916 年清華學校出版，第 15 頁。

例如以袁世凱爲原型的王傳承，在軟禁並試圖殺死蔡同時展現了一個獨裁者的鐵腕與冷血，而在面對自己的兒子王傳寶時，又顯然是一位語重心長的慈父：

王傳寶　爸爸，您忙吧？

王承權　傳寶，你來看我，我總喜歡見你的。

王傳寶　爸爸，您決意接受臣民的要求了沒有？

王承權　傳寶，你知道，我是爲你才這樣做的。

王傳寶　那麼，我就是太子殿下了。

王承權　你開心了吧？

王傳寶　還不是仗著爸爸。

王承權　怕的是你將來做不到半年皇帝，你就要怨恨自己不該生在帝王家了。

……

王傳寶　爸爸，我想告訴您點兒事。

王承權　什麼事？

王傳寶　我私下裏好久就準備著治理天下了。

王承權　治理天下？

王傳寶　我用了好些年研究政治原理。

王承權　（笑）政治原理？

王傳寶　爸爸，您是笑我嗎？

王承權　好孩子，我不是笑你。政治原理是教書先生的玩藝兒，你學它幹什麼？

王傳寶　爸爸，請您告訴我，您統治中國成功的秘訣。

王承權　你年紀輕，我怕你不懂事。〔註32〕

作爲一位有著多位配偶的男人，王承權在面對兩個妻子爭做皇后而爭吵時，先是表示「隨他們吵去」、「這幾十年她們倆簡直把我吵暈了。索興讓她們倆今天吵個明白也好」。終於兩位太太動起手來，並打得愈發不可開交，沉默許久的王承權忽然暴怒，喝退在場的所有人，顯得無奈並滑稽。而在得知唐世龍強姦方珍之後，儘管知道方珍是蔡同一黨，而唐世龍至少在表面上是支持

〔註32〕王文顯著，李健吾譯《夢裏京華》，《王文顯劇作選》，人民文學出版社 1983年10月版。

自己稱帝的將軍，王承權仍然在盛怒之下當即處死了唐世龍，並有這樣一段臺詞：「她（指方珍，引者注）父親是我的好朋友。他的女兒就是我的女兒。誰欺負他的女兒，差不多就是欺負我的女兒。（越說越氣）這叫我死後有什麼臉跟他講話！」就此場景看來，王承權又是個重情重義的人。

作者便著力刻畫王承權性格中的多種面向，這便使得這個人物形象顯得豐滿而立體，不落臉譜化之窠臼。而他的創作野心似乎並不止於此，而希望在這個人物身上展示一些中外歷史上的掌權者的風采，例如這樣一段臺詞：

> 王承權　一個人幹到我這步田地，不下就得上。我並不想結怨，可使是幹來幹去，我的仇人好像越來越多。我就是要下也下不得。我得顧到我和我一家人的安全。我要是現在或者隨便什麼時候交出政權的話，我那些數不清的仇人會把我和我一家人處死。你能說我這番話不對嗎？你是明白人，你設身處地替我想想看。
>
> ……
>
> 王承權　好秉忠，我何嘗不想聽你的話，我何嘗不想有一天解甲歸田，優遊園林，享受幾天晚年的清福？可是我不能夠，我辦不到。〔註33〕

此語究竟是否王承權的眞實心意，作者未寫，論者不好妄言。但至少三國時期曹操在《讓縣自明本志令》中便有類似言論：

> 然欲孤便爾委捐所典兵眾以還執事，歸就武平侯國，實不可也。何者?誠恐已離兵爲人所禍也。既爲子孫計，又己敗則國家傾危，是以不得慕虛名而處實禍，此所不得爲也。

當然，西方戲劇之中的類似刻畫亦不在少數，以此斷言王文顯對中國傳統文化的理解，或《北京政變》對中國傳統戲曲的傳承，尚無足夠的說服力。

再觀義軍高歌猛進，王承權即將倒臺之時，他親手殺死了自己最寵愛的六姨太與尚在襁褓的親生孩子。掌權者窮途末路之時殺妻殺子的行爲，歷史上並不鮮見：《三國志》記載，漢末軍閥公孫瓚在兵敗已成定局之時，「盡殺其妻子，乃自殺」；明崇禎帝在亡國之時，據說也有持劍砍殺妻女的舉動。

〔註33〕王文顯著，李健吾譯，《夢裏京華》，《王文顯劇作選》，人民文學出版社 1983 年 10 月版。

王承權以外，蔡同是另一位被作者著重書寫的主要人物。他同樣在劇中扮演了多種身份，他是反對王承權稱帝的義軍領袖，是方珍的戀人，是馮執義、李方仁的好友。方珍爲了救蔡同脫險，對唐世龍虛與委蛇卻難逃被強行玷污的命運，儘管義軍得勝，但因種種原因不得與蔡同結緣；李方仁被王承權的爪牙以自由爲條件施以利誘，要求他提供蔡同等人的「罪證」，他搖擺不定，似已動心，卻又不願犧牲友情。蔡同當機立斷決定要將其滅口。馮執義挺身而出，毒殺李方仁之後忍受了唐世龍的百般折磨，至死不曾出賣蔡同。在這些情節之中，讀者與觀眾所看到了蔡同的果決、方珍的堅忍，以及馮執義的爲了理想與友情不畏死亡這些偉大品格；也看到了唐世龍的見風使舵、仗勢妄爲，李方仁的軟弱猶豫、貪生怕死等等人性弱點。甚至連衛兵與侍從這樣的人物，作者節省筆墨，卻並不吝惜筆力，於三兩句臺詞之中，或寫其恪守職責，或寫其仗勢欺人，皆給人躍然紙上之感。

《北京政變》情節跌宕起伏，人物鮮活可信，基本達到了王文顯的寫作目標。此劇在耶魯大學公演之後，反響極佳。貝克曾評價道：「《北京政變》是耶魯戲劇史上的特例，這或許是第一次有中國人在美國的舞臺上爲中國代言，向美國觀眾展示中國。」而演出結束十天之後，有美國報紙以「《北京政變》是一場壯觀的盛會」爲題刊發了報導。〔註 34〕

儘管《北京政變》中不乏帶有喜劇或鬧劇意味的場面，例如王承權的兩位太太在排演登基儀式時互相咒罵甚至大打出手的情節。但歸根結底，它是一齣情節劇（melodrama），以激烈的矛盾衝突和跌宕起伏的情節設置爲主要特色，甚至有將活人與死人一同釘在棺材裏這樣令人不寒而慄的場景。在《北京政變》獲得成功之後，王文顯開始尋找戲劇創作中新的突破口，他發現美國的戲劇多是情節劇與喜劇，其他類型的劇種似乎很難找到市場，而喜劇之中則缺少富有諷刺性的佳作。這一觀點，1927 年王文顯在日本東京的一次演講中有所表達：

> Americans like their "mellerdramer" and their comedy but care very little for other forms of dramatic literature. America has barely made a start in the drama but nevertheless drama is the most advanced of any branch of American literature⋯ American comedy while it

〔註 34〕參見 "*Peking Politics*" *is spectacular pageant*，*The Springfield Sunday Union and Republican*，1927 年 6 月 12 日第 11 版。

provokes a good deal of laughter, does not have the satire which is the basic of true comedy.〔註 35〕

參考譯文：

美國人喜歡他們的情節劇和喜劇，但並不太在意其他形式的戲劇文學。美國戲劇才堪堪起步，但已然領先美國其他所有文學類型一籌。……美國的喜劇，儘管有著不少笑料，卻缺少眞正喜劇必不可少的諷刺性。

或許因爲意識到了美國戲劇界當時的狀況，王文顯的下一部劇作，正是諷刺性很強的喜劇《委曲求全》。從《北京政變》到《委曲求全》，王文顯嘗試向西方世界展示眞實中國的同時，也在試圖塡補美國戲劇市場的空白。以此角度來看，或許他認爲通過這種方式，能夠使自己的戲劇作品眞正在美國乃至西方戲劇界立足，從而讓更多西方人瞭解眞正的中國及中國人。

主要參引文獻

1. 王文顯，《王文顯劇作選》，北京，人民文學出版社，1983 年 10 月。
2. John Wong-Quincey，*Chinese Hunter*，紐約，John Day 公司，1939 年。

（原刊《漢語言文學研究》2017 年第 1 期）

〔註 35〕參見 *JAP Discusses Drama of U.S. Professor Criticizes American Comedy*，*Cleveland Plain Dealer*，1927 年 8 月 4 日刊，第 23 頁。

民國時期徐悲鴻、張大千、傅抱石對「山鬼」圖像的重構

楊　肖
（美國西北大學）

一、古代〈山鬼圖〉系譜

「若有人兮山之阿」，《楚辭・　九歌》第九篇以文辭刻畫的「山鬼」是特別受中國歷代畫家青睞的一個形象。目前可考的〈九歌〉題材繪畫始自北宋，且歷代〈九歌〉圖卷中均有對「山鬼」形象的視覺呈現。現存最早的版本是舊傳爲北宋李公麟所繪的幾種宋元佚名摹本〈九歌〉圖卷（圖 1、2、3）。〔註 1〕戴寶華（Del Gais）的研究認爲，舊傳李公麟所作的版本均採用了系列成套、圖文並茂的手卷形式，他早期所作的〈九歌〉圖卷版本是以「敘述性」方法來表現這一題材（圖 1），而他後來再次描繪此題材時，則採用了更爲「抒情」的風格（圖 2）。〔註 2〕雖然李公麟〈九歌〉圖卷原作早已不傳，但從現存的文字描述和元代摹本，後世畫家可以想像性地窺見它們的風貌。在張渥（活動於約 1340～1365）於 1361 年以「鐵線描」筆法所繪的〈九歌〉圖卷（圖 4、

〔註 1〕《宣和畫譜》著錄了李公麟所作〈九歌圖〉，但僅錄畫名而無詳細的描述文字。明代張丑在《清河書畫舫》中說：「古今畫題，遞相創始，至我明而大備。兩漢不可見矣。晉尚故實，如顧愷之《清夜遊西園》故實之類。唐飾新題，如李思訓《仙山樓閣》之類。宋圖經籍，如李公麟《九歌》、馬和之《毛詩》之類……」。

〔註 2〕Deborah Del Gais,「Li Kung-lin's *Chiu-ko t'u*: A Study of the Nine Songs Hand-scrolls in the Sung and Yuan Dynasties,」Doctoral Dissertation, Yale University, 1981.

5、6，局部）中，可看到所謂抒情性風格的特徵。從張渥這個白描摹本可推知，李公麟後期〈九歌〉圖卷中將諸主人公形象描繪得較高大，而且是精細的特寫，通過近距離表現主人公來引導觀者不僅僅是被動地觀看敘事，還有可能與主人公們神交。然而，另一方面，畫中這些主人公疏離的眼神與姿態透露出他們並未與觀眾產生直接的交流。〔註3〕東漢時期王逸的《楚辭章句》作爲最早的《楚辭》完整注本，以漢儒解《詩經》「比興」之法逐句解《楚辭》，至宋代經洪興祖補注，將《楚辭》解讀爲一個被國君疏遠的忠臣的「冤結」與「風諫」。王逸認爲〈九歌〉是屈原在流放之時根據楚國民間祭祀歌謠改寫而成的。〔註4〕實際上，東漢以前並無以「經」解《楚辭》的記載，在西漢時爲屈原立傳的司馬遷看來〈離騷〉也只能被定位在「國風」和「小雅」之間。南宋朱熹《楚辭辯證》曾指出《楚辭》中《九歌》的辭與意間的矛盾：「比其類，則宜爲三〈頌〉之屬；而論其辭，則反爲《國風》再變之〈鄭〉、〈衛〉矣」，不甚符合《楚辭》其他篇章中屈原的「區區忠君愛國之意」。但朱熹仍以「君臣之義」解〈九歌〉，認爲是「以事神不答而不能忘其敬愛，比事君不合而不能忘其忠赤。」元代張渥的摹本顯示，作爲在北宋時期對宮廷繪畫產生重要影響的文士畫家李公麟，其後期〈九歌〉圖卷所營造的觀者與圖中主人公間的關係令人失意而沮喪，彷彿在提示觀者儒家學者所論述的〈九歌〉中的象徵寓意。〔註5〕

自李公麟創樣以來，〈九歌〉題材受到歷代畫家（尤其是文人畫家群體）的青睞。除了張渥所作的幾個版本，現存的〈九歌〉圖創作尚有舊傳北宋張敦禮〈九歌〉圖卷（圖 7）、舊傳爲趙孟頫款的明代佚名〈九歌〉圖卷等。除書畫作品外，明清時期取材於〈九歌〉的成套版畫中成就最高、流傳最廣的是明代陳洪綬爲來欽之所撰《楚辭述注》所作卷首附圖（圖 8），以及明代蕭雲叢所作（清代門應兆補齊）的〈九歌圖〉（圖 9）。人們對〈九歌〉的圖像詮釋不斷融入時代的風格與認識，「山鬼」圖像的圖式風格更是不斷發生變化。

〔註 3〕Deborah Del Gais, *Chang Wu: Study of a Fourteenth-Century Figure Painter*, *Artibus Asiae* 47, no. 1（1986）：5～50.

〔註 4〕王逸《楚辭章句·九歌序》中追溯《九歌》創作過程：「沅湘之間，其俗信鬼而好祀，其祠必作樂鼓舞以樂諸神。屈原放逐，竄伏其域」，屈原「見其詞鄙陋，因爲作《九歌》之曲，上陳事神之敬下，以見己之冤。」

〔註 5〕參見 Deborah Del Gais, *Li Kung-lin's Chiu-ko t'u: A Study of the Nine Songs Hand-scrolls in the Sung and Yuan Dynasties*. Ph.D. dissertation, Yale University, 1981.

在山鬼的造型方面，舊傳李公麟〈九歌〉圖卷之一（圖 1、3）、張敦禮的九歌圖卷（圖 7）和蕭雲叢的版畫（圖 9）中的山鬼被畫成肩披薜荔的漢裝女子形象。其他版本則將山鬼表現爲幾乎性別難辯的半裸人物，張渥的版本之一則明確將山鬼表現爲男子（圖 6）。歷代〈九歌〉圖均採用書畫結合的長卷，以〈九歌〉各篇劃分單元，先書錄〈九歌〉第一篇文字，後繪以此篇爲題的圖畫，以此按篇章順序類推。清以前〈九歌〉圖卷的圖式基本遵循兩種類型：一種是更強調敘事性的版本，山水樹石背景齊備，人物穿行其間，如舊傳李公麟的佚名〈九歌〉圖（圖 1）；另一種則是更側重抒情性的版本，以人物爲主體，不著背景，有的僅勾勒簡單的雲水爲襯托，以元代張渥的〈九歌〉圖（圖 4）爲代表。不同於「山鬼」總是作爲〈九歌〉圖卷中一個部分的繪製模式，清代羅聘所作的〈山鬼圖〉（圖 10）以單幅立軸畫表現山鬼。羅聘以喜作鬼趣圖著稱，但此圖中的山鬼被表現爲一個符合明清仕女畫審美範式的秀美女子形象。如果不是身上繪有薜荔，身後伴有猛虎，則會被看成是一位明清時期的閨秀。

在二十世紀以前的「山鬼」圖像傳統中，明崇禎年間陳洪綬爲來欽之《楚辭述注》所作〈九歌〉插圖有不少獨具匠心之處。來欽之《楚辭述注》於崇禎十一年（1638）付梓時，請同窗好友陳洪綬作二十幅插圖附於卷首,付諸木刻附於卷首，影響極大。〔註 6〕陳洪綬把「山鬼」（圖 8）畫成了一個手持桂旗、翹首遠眺的男性形象，這可能是一種對儒家學者以「山鬼」爲忠臣自喻的最直觀呈現方式。陳氏所爲配圖的來欽之《楚辭述注》繼承前代經學視野，將「山鬼」篇解作「託意於君臣之間而言」，認爲「『若有人兮』謂山鬼也」，「山鬼」爲忠臣自喻，認爲《山鬼》之前的《九歌》諸篇「皆爲人慕神之詞，以見臣愛君之意」，而「此篇鬼陰而賤，不可比君，故以人況君，鬼喻己（臣），而爲鬼媚人之語也。」又解「子慕予兮善窈窕」中的「『子』則設爲鬼之命人，而『予』乃爲鬼之自命也。」所以「子慕予兮善窈窕」是「言人（君）悅己（臣）之善者也。」並述陳闢生曰：「薜荔女蘿含睇宜笑是言其被服之芬芳，容色之美，以自明其志，行之潔與才能之高，子慕予兮善窈窕是又追念懷王始之珍巳。下章赤豹文狸，辛夷桂旗，石蘭杜衡，則又自表其車乘從列輿夫被帶幽之美。」又述南宋末年詞人劉辰翁曰此篇寫山鬼「若思若怨，駘蕩飄搖」。

〔註 6〕來欽之《楚辭述注》初刊於崇禎十一年（1638），重刊於清康熙三十年（1691）。

本文重點關注民國時期出現的三幅現代中國畫中的「山鬼」圖像。中國二十世紀藝術史上的三位重要畫家——徐悲鴻、張大千、傅抱石——都曾在四十年代以「山鬼」爲題作畫（圖 11；圖 12；圖 13）。「山鬼」在這些作品中均以女性形象出現。不同於當時的木刻版畫或漫畫等更爲大眾化和通俗化的藝術傳播媒介，這些作品均被繪製於紙本，使用的主要是傳統書畫的水墨和毛筆作爲工具材料，被作爲精英藝術範疇內的現代中國畫在四十年代國統區的畫家個展和友朋雅集中被創作與觀看（解讀）。相應地，其觀眾（解讀者）大多爲民國時期的政界與文化界不同思想陣營的知識分子。尤其是在傅抱石的案例中，自畫家 1943 年初次畫「湘夫人」、1945 年初畫「山鬼」開始，這兩個取材於《楚辭》的女性形象不僅頻繁出現在他四十年代中後期的創作中，並且與他自三十年代初以來與左翼知識分子郭沫若之間的交往互動存在緊密聯繫。〔註 7〕作爲圖像，「她們」被創作和觀看（解讀）的過程與機制至少涉及兩個層面的圖文關係：一、藝術家對〈山鬼〉篇本身文字的選擇接受和圖像轉換；二、藝術家對民國時期非繪畫媒介傳播的有關屈原《楚辭》的時代學術的選擇接受和圖像轉換。

下文首先通過圖像志和技巧等方面的分析，簡要比較民國時期三家對「山鬼」外形特徵和精神內涵的塑造如何反映了他們各自有關「現代中國畫」的審美現代性觀念。隨後聚焦於傅抱石的案例，進一步通過對其 1946 年「山鬼」圖像的美學特徵進行分析，探討藝術家對「山鬼」這一古典文學藝術形象的視覺重構與抗戰以來民國文化政治領域對屈原與《楚辭》的重新闡釋之間存在的關聯。

二、民國三家筆下的「山鬼」：小窺「現代中國畫」探索中的個體差異

徐悲鴻 1943 年所作〈山鬼〉（圖 11）在服飾特徵上與舊傳李公麟所作的

〔註 7〕萬新華 2010 年發表的研究論述了傅抱石在抗戰時期所作歷史人物畫《屈原》和 1943 年的《湘夫人》與郭沫若之間的關係。正如萬新華所指出的，自 1942 年以來，傅抱石在重慶、成都舉辦了多次個展和聯展，都取得了良好的社會效應。參見萬新華，〈中國繪畫在大時代：傅抱石抗戰時期歷史人物畫之民族意象研究〉，《藝術評論》第二十期（2010），167～212。本文的後半部分將嘗試探討作爲四十年代中後期傅抱石作品中另一個經常被表現的《楚辭》題材女性形象，「山鬼」與民國時期思想界有關屈原的時代學術（尤其是四十年代文化政治領域郭沫若的屈原研究和歷史劇創作）之間可能存在何種關聯。

佚名〈九歌〉圖卷（圖 2）有相近之處，將「山鬼」畫作「被薜荔」「帶女蘿」的半裸女性。但在造型觀念和技法層面，他的〈山鬼〉與民國時期以前出現的〈山鬼〉圖很不同。在徐悲鴻畫中，「山鬼」的面容與身形不再雌雄難辨，而是一個主要以歐洲十九世紀學院派訓練中最爲強調的模仿式寫實造型觀念繪製而成的女性人體。其新穎之處主要在造型觀念和技法上，是以西畫造型觀進行「中國畫改良」的中西融合式實驗。雖以中國水墨和宣紙爲材料，但講求以素描爲基礎的歐洲文藝復興時期構建起的造型原則，通過透視法、光影法等技法「科學客觀」地呈現符合解剖學原理的人物形象。基於從「中西融合」的文化理念出發對中國傳統神話母題進行重塑的目的，徐悲鴻在畫〈山鬼〉（1943）時，除面相特徵部分借鑒了中國古代仕女畫的圖式外，「山鬼」的植物頭飾和身體配飾等方面特徵似乎部分地借鑒了歐洲文藝復興時期希臘神話題材油畫中的「酒神」造型，如收藏於盧浮宮的〈酒神巴卡斯（Bacchus）〉（另一說爲〈聖約翰像〉，圖 14）。這種造型上的選擇很可能受到了蘇雪林有關山鬼是「儀山酒神」的學說啓發。自二十世紀 20 年代以來，蘇雪林對《楚辭》所進行的研究一直受到法裔英國東方學家拉克佩里 19 世紀末提出的「中國文明西來說」影響，〔註 8〕認爲整部《楚辭》都具有異域文化色彩。民國初期從歐洲舶來的神話學、民族學、民俗學等現代學術領域中，拉克佩里學說影響下的「泛巴比倫」文明單一起源論風行一時，中國學界以希臘神話與悲劇之義重解中國古代文獻者並不少見。蘇雪林在希臘神話學視野之下解〈楚辭・九歌〉，她認爲「『山鬼』與希臘酒神狄倭儀蘇士（Dionysus）有很多相似之點」，「Dionysus，這個詞語前半部分的 Dio 是神之意，後半部分的 nysus 是儀山的意思，那麼它的意思是儀山之神。」〔註 9〕從聞一多 1940 年發表的〈怎麼讀九歌〉一文可見蘇雪林的神話學解讀在當時頗具影響。聞一多認爲：「蘇雪林女士以『人神戀愛』解釋〈九歌〉的說法，在近代關於〈九歌〉的研究中，要算最重要的一個見解，因爲他確實說明了八章中大多數的宗教背景。

〔註 8〕Albert Etienne Jean Baptiste Terrien de Lacouperie 在其著作 *Western Origin of the Early Chinese Civilization, from 2300 B.C. to 200 A.D.*（London, 1894）中主張中國民族的始祖黃帝是從巴比倫遷來。有關此說的詳細介紹可見於蔣智由：《中國人種考》，（上海：廣智書局，1906）。這種中國文明西來說自拉克佩里之後繼續此主張的中國學者不乏其人，如林惠祥，《中國民族史》（上海：商務印書館，1936）上冊，50～57。

〔註 9〕蘇雪林，〈《楚辭九歌》與中國古代河神祭典的關係〉，《現代評論》第 8 卷第 204～206 期（1928）。

我們現在要補充的，是『人神戀愛』只是八章中的宗教背景而已，而不是八章本身。換言之，八章歌曲是扮演『人神戀愛』的故事，不是實際的『人神戀愛』的宗教行爲。」聞一多區分了「神話的九歌」與「《楚辭》的九歌」，認爲「神話的九歌，一方面是外形固守著僵化的（原始社會時期巫師表演迎神祭歌的）古典格式，內容卻在反動的方向發展爲教誨式的『九德之歌』一類的九歌，一方面是外形幾乎完全放棄了舊有的格局，內容則仍本著那原始的情慾衝動，經過文化的提煉作用，而昇華爲飄然欲仙的詩——那便是楚辭的〈九歌〉。」〔註 10〕徐悲鴻仿傚歐洲文藝復興時期的藝術家，以世俗肉身理想化的人體（nude）體裁來表現神話題材，把山鬼畫成了豐滿妖嬈的裸體女子、一個楚國原始神話中「人神戀愛」故事的女主人公。

張大千 1945 至 1946 年間所作〈九歌圖〉中也有一幅「山鬼」，此粉本定稿（圖 13）完成於 1946 年。1945 年 8 月，日本戰敗投降以後，張大千攜他所收藏的元趙孟頫〈九歌書畫冊〉（今多認爲是趙孟頫書配明代佚名圖卷）回到北京，居住在頤和園養雲軒。在好友溥心畬的建議下，欲以唐風重寫〈九歌圖〉。張大千所參考的古畫版本除了趙孟頫版本，還有從琉璃廠收集來的張渥〈九歌圖〉白描本（圖 4）。他認爲張渥〈九歌圖〉是臨摹李公麟的作品，因此較之趙孟頫版本更接近唐風。〔註 11〕不過，從〈山鬼〉粉本定稿看，與其說其主要參考了元代張渥作品，不如說其展現的是張大千在 1941 年至 1945 年間遠赴敦煌莫高窟臨摹唐風佛教壁畫之後的人物畫創作風貌。〔註 12〕與張大千 1945 年所畫的〈拈花大士〉粉本（圖 15）對照可見，張氏所繪山鬼從面容特徵、身材造型到線條風格，都明顯受敦煌莫高窟菩薩及飛天造像健美飛揚的造型審美範式影響。據曾克耑經張大千口述筆錄的〈談敦煌壁畫〉可知，張大千認爲，敦煌壁畫在民國時期的重新被發現對中國畫壇具有十大影響：一是佛像、人物畫的抬頭；二是線條的被重視；三是勾染方法的復古；四是使畫壇的小巧作風變爲偉大；五是把畫壇的苟簡之風變爲精密了；六是對畫

〔註 10〕聞一多，〈怎麼讀九歌〉，《國文月刊》第 1 卷第 5 期（1941, 1, 16）。

〔註 11〕〈九歌圖〉，收於朱介英編，《美麗的粉本遺產——張大千仕女冊》（北京：北京師範大學出版社，2008），115～117。

〔註 12〕1941 年 5 月，張大千攜三夫人楊宛君（後二夫人黃凝素加入）、兒子張心智、侄兒張彼得、學生肖建初和劉力上及幾個裱工，後又聘請藏畫家索南丹巴的四個弟子等赴敦煌考察研究石窟壁畫，面壁兩年七個月，臨摹了十六國、兩魏、北周、隋、唐、五代、宋、兩夏、元等歷代壁畫作品 200 餘幅。

佛與菩薩像有了精確的認識；七是女人都變爲健美；八是有關史實的畫走向寫實的路上去了；九是寫佛畫卻要超現實來適合本國人的口味了；十是西洋畫不足以駭倒我們的畫壇了。張氏所談到的第一、二、七點影響，在其〈山鬼〉圖中得到了形象的體現。張大千 1946 年創作的〈山鬼圖〉雖然在畫法上追求「復原」唐風，與徐悲鴻的藝術觀念和審美理想不同，但在對「山鬼」文化內涵的理解上，他與徐悲鴻似乎差異不大。

1946 年 4 月 4 日傅抱石在重慶西郊金剛坡居所創作的一幅〈山鬼〉（圖 13）是一幅高 1.63 米、寬 0.828 米的立軸。由於傅氏客居金剛坡時期所居住的茅屋屋頂低矮，且室內狹窄而光線昏暗，因此他不得不在白天將桌案搬到屋外的空場上作畫。故而當時傅氏作品尺寸普遍不大，大多數高（或長）不超過 1.38 米、寬不超過 0.69 米。〔註 13〕也就是說，相對於傅抱石這一時期的大多數作品，〈山鬼〉是一幅尺幅頗大的作品。畫面右下方的題識先以篆書題「山鬼」，再以行楷小字錄〈九歌・山鬼〉篇全文，並落款「丙戌三月初三日，並書於金剛坡下山齋。傅抱石。」雖然傅抱石 1945 年即有以「山鬼」爲題的畫作，但相較於其他幾幅同題作品，他顯然對此作格外滿意，故題：「余所寫，此爲較愜，豈眞有鬼也？」畫上除了幾個姓、名章和表明創作地點的「金剛坡下」外，還鈐有兩方朱文方印：「抱石得心之作」和「其命維新」。

從本文開篇追溯的系譜可見，「山鬼」這個形象在北宋以來的士人畫和文人畫傳統中往往被表現爲一個並不合乎雅正的儒家審美規範的原始鬼怪或是美人形象。不同於這些傳統圖式，亦區別於其同時期藝術家，傅抱石將「山鬼」描繪成了一個基本符合中原儒家傳統士大夫審美的漢裝仕女，其身形頎長、衣帶飄搖的典雅造型取樣自舊傳東晉顧愷之〈女史箴圖〉中的仕女圖式（圖 16，局部）。儘管 1943 年傅抱石所作的〈湘夫人〉是唯一一幅作者在題跋中明確指出其對〈女史箴圖〉有所借鑒的女性人物畫（圖 17），但從這幅傅抱石 1940 年代最具代表性的〈山鬼〉來看，其服制（包括細長的朱紅衣帶的色彩選擇）與大英博物館藏〈女史箴圖〉中的西漢宮廷女性的服飾風格接近。儘管不難看出「山鬼」的臉形、五官及妝容特徵應該部分借鑒了唐代仕女畫（如〈簪花仕女圖〉中的點唇染紅「留三白」畫法）以及繼承平安時代「女繪」傳統（〈源氏物語繪卷〉中的「引目勾鼻」點紅唇畫法）的現代日本畫（如

〔註 13〕許禮平，「傅抱石的假畫」，2013 年 12 月 15 日發表於蘋果日報。http://hk.apple.nextmedia.com/supplement/columnist/許禮平/art/20131215/18551195

川崎小虎在1920年於日本第二回帝國美術展覽會展出的〈傳說中將姬〉或1925年所作〈狐火〉）中的人物造型，但「山鬼」幽怨之中不失清新古樸的微妙氣質很大程度上是通過其挺拔的身姿和回眸的眼神來呈現的，依然最接近於〈女史箴圖〉中所描繪的西漢貴族女性原型。因此，畫中的「山鬼」具有一種脫去脂粉之氣的「林下之風」，既雅正端莊又風神飄逸。

與徐、張兩人頗具野性的「山鬼」形象不同，傅抱石通過對顧愷之風格的化用爲「山鬼」披上了體現中原漢文化儒家傳統審美觀的「上古衣冠」。〔註 14〕這體現出他對「畫的探求」與「史的癖嗜」之間的交織關係。不同於徐悲鴻和張大千，傅抱石在 1942 年於重慶舉辦個展之前並非以畫家身份在中國廣爲人知。二十世紀三十年代，他是中國美術史這一新興現代學術領域中最爲活躍的學者之一，只是在業餘時間從事篆刻和山水畫爲主的藝術創作，且很少將作品示人。抗戰爆發以來，自 1939 年 4 月至 1946 年下半年，傅抱石在重慶西郊金剛坡居住，此期間（從 1939 年 8 月起）也在中央大學藝術系教授中國美術史課程。據傅益瑤（傅抱石三女）回憶，過去擅長山水的傅抱石是從抗戰時期避難重慶金剛坡起才開始大量創作人物畫。他在〈壬午重慶畫展自序〉中自述：「我已說過，我對畫是一個正在虔誠探求的人，又說過，我比較富於史的癖嗜。因了前者，所以我在題材技法諸方面都想試行新的道途；因了後者，又使我不敢十分距離傳統太遠。」〔註 15〕傅抱石〈山鬼〉所體現出的藝術觀念與文化內涵方面都與其同時代其他兩位畫家的「山鬼」圖像迥異。畫家將表現人物神態的重點聚焦於描繪女性人物的雙眸眼神，他用細筆先以淡墨輕描細長眼形，繼而勾勒眼黑，再用焦墨點睛。這種注重通過眼部刻畫以傳神的方式，依然體現了傅抱石對東晉時期顧愷之爲代表的人物畫審美價值的推崇。被他視爲中國繪畫發展史上「樞紐」式人物的顧愷之有云：「四體妍媸，本無闕少於妙處，傳神寫照，正在阿睹。」而且，無論是 1943 年的〈湘夫人〉還是 1946 年的〈山鬼〉，傅抱石筆下的這些取材於《楚辭》的女性形象均以相傳代表了東晉畫家顧愷之人物畫線描風格的「遊絲描」勾勒而成，其線條圓而細長，沒有明顯的粗細輕重變化或方折，富於柔韌性。

〔註 14〕「上古衣冠」是傅抱石此時期常用來鈐在其人物畫上的一方印章。
〔註 15〕傅抱石，〈壬午重慶畫展自序〉（1942），收於葉宗鎬編，《傅抱石美術文集》（上海：上海古籍出版社，2003），333。

1942年傅抱石在重慶舉辦首次國內畫展，他在〈壬午畫展自序〉中說：「我對中國畫史上的兩個時期最感興趣，一是東晉與六朝（4世紀至6世紀），一是明清之際（17、18世紀）。前者是從研究顧愷之出發，而俯瞰六朝，後者我從研究石濤出發，而上下擴展到明的隆萬和清的乾嘉。十年來，我對這兩位大藝人所費的心血在個人是頗堪慰籍。東晉是中國繪畫大轉變的樞紐，而明清之際則是中國繪畫花好月圓的時代，這兩個時代在我腦子裏迴旋，所以，拙作的題材多半可以隸屬於這兩個時代之一。」〔註16〕據他回憶，自己最初開始畫人物畫的目的有二：一是爲研究中國繪畫史，二是爲山水畫服務：「我原先不能畫人物薄弱的線條，還是十年前，在東京爲研究中國畫上『線』的變化史時開始短時期練習的。因爲中國畫的『線』要以人物的衣紋上種類最多，自銅器之紋樣，直至清代的勾勒花卉，速度壓力面積是不同的……我爲研究這些事情而常畫人物。」還說：「我爲了山水上的需要，所以也偶然畫畫人物。」傅抱石對顧愷之的研究取向和理解方式很大程度上來源於他三十年代初和金原省吾學習中國美術史過程中所接受的日本二十世紀二十年代以來「文人畫復興」思潮影響。採納被他視作當時中國美術史方面日本「權威」的瀧精一、大村西崖等人的「六朝說」，認爲六朝時期體現了南朝士人趣味的藝術理論和創作表徵了後世文人畫的最初源頭。〔註17〕雖然無法找到東晉顧愷之的山水畫作品，但依据相傳爲顧愷之所作〈畫雲台山記〉一文，參考老師金原省吾對繪畫中線條的研究專著（《繪畫における線の研究》，1927年第一部由古今書院出版於日本）及大村西崖對當時舊傳爲顧愷之所作的大英博物館藏〈女史箴圖〉上零星山水元素的議論（「故無皴法，只极古拙」），結合文獻證据「山水這一名辭，在繪畫上獨立的使用，始於晉的顧愷之，而在品藻畫家著錄名跡的書中，則肇於唐末朱景玄的《唐朝名畫錄》，並不自宣和（畫譜）始」，他指出「魏晉六朝的名跡，並非絕無與山水畫有關者」。〔註18〕傅抱石30年代末至40年代初的中國繪畫史研究中試圖推翻唐代張彥遠有關山水畫始於八世紀的盛唐的舊說，重建有關「中國的山水畫」如何「胚胎於漢

〔註16〕同上注。

〔註17〕如傅抱石注意到的，在民國初期的中國美術史領域著作中，鄭午昌已提出「六朝說」，與大村西崖等日本的中國美術史「權威」觀點一致。

〔註18〕傅抱石〈中國繪畫『山水』『寫意』『水墨』之史的考察〉（1940），收於葉宗鎬編，《傅抱石美術文集》（上海：上海古籍出版社，2003），183～191。

魏，成立於東晉，而發達於盛唐」的歷史。〔註 19〕之所以東晉顧愷之在「中國畫史」具有「樞紐」地位，是因爲在他看來正是經由顧愷之的「線條」藝術與「傳神」理論，在南北朝時期的南朝被「士大夫」逐漸發展爲「中國畫最初的精神——所宗的『格體筆法』在南朝達到飽和後，使純寫實的製作完成了轉變」，成爲注重於「境界」而非「形似」的「超越性」藝術。表徵此過程之開端的「中國畫論草創於晉之顧愷之，而具體於南齊謝赫——六法論」，〔註 20〕「沿著『山水』、『寫意』、『水墨』的軌跡不斷推進」，並在明清之際的文人畫家筆下「達到其最崇高的境界。」〔註 21〕

從二十年代三四十年代傅抱石對中國繪畫史的研究可知，一方面，參考其日本老師金原省吾在《繪畫中的線條研究》中對歐美二十世紀初現代主義形式美學研究方法的運用，傅抱石非常關注作爲藝術本體的「線條」在中國繪畫中如何發展。在二十世紀二十年代致力於在日本語境中復興「南畫」（指最初受到流入日本的中國水墨畫影響但業已高度本土化的日本「文人畫」實踐）的日本學者看來，東亞「文人畫」美學話語在畫家「人品」與畫中「氣韻」間建立的直接對應，可以類比於西方現代主義理論中所強調的通過抽象純形式來呈現作者主體精神。民國初期的陳師曾在其理論和實踐中採納了這個二十世紀在日本出現的重新闡釋「文人畫」的理論框架。在這個框架中，中國和日本的「文人畫」實踐沒有被進行明確區分，作爲東洋藝術它們共同的對話對象是西洋藝術。〔註 22〕從傅抱石的論述中，也不難發現他對這個理論框架的接受，將顧愷之的畫論與畫技所體現的「寫意」範式理解爲一種能夠與西方現代主義藝術對話的、基於東方傳統內部發展出的現代性。不過，另一方面，基於儒家思想傳統影響下的文人傳統畫論，傅抱石強調所謂「一代（民族）藝人」是「不僅以筆墨（形式）傳的」。〔註 23〕因此，他對「中國

〔註 19〕傅抱石，〈中國古代山水畫史的研究〉（1940），收於葉宗鎬編，《傅抱石美術文集》（上海：上海古籍出版社，2003），289～321。

〔註 20〕傅抱石，〈中國美術史：上古至六朝〉（1935～1941），收入葉宗鎬編，《傅抱石美術文集續編》（上海：上海書畫出版社，2014），85。

〔註 21〕傅抱石，〈中國繪畫『山水』『寫意』『水墨』之史的考察〉（1940），收於葉宗鎬編，《傅抱石美術文集》（上海：上海古籍出版社，2003），184。

〔註 22〕Aida Wong, *Parting the Mists: Discovering Japan and the Rise of National-Style Painting in Modern China*（Honolulu: University of Hawaii Press, 2006）, 54～76.

〔註 23〕傅抱石，〈壬午重慶畫展自序〉（1942），收於葉宗鎬編，《傅抱石美術文集》（上海：上海古籍出版社，2003），331。

繪畫史」的研究試圖打破形式主義分析和社會進化論觀念的局限，關注「文人畫」自東晉六朝時期作爲一種承載中原文化傳統價值觀的「民族形式」如何在漢人政權歷經「民族危機」的現實政治語境中發生與發展，並在明清之際「民族藝人」的筆下臻於「最崇高境界」、充分體現「民族精神」的歷史。在三十年代末四十年代初任教期間所作的「中國美術史：上古到六朝」講稿（同時也是教育部當時委託傅抱石寫作的中國美術史教材書稿）中對東晉到南北朝時期的中國繪畫史的敘述即明確體現出這種以中原文化核心價值（儒家士人價值觀）來書寫「民族文化」歷史的漢文化民族主義立場。

在這部文稿中，傅抱石有關「中國繪畫」作爲「發達於黃河、揚子江流域之漢民族藝術」〔註 24〕的代表如何在東晉至六朝時期發展的歷史敘述過程體現出他特別關注當時「軍事上，干戈不息；政治上，亦無久安」的「時代動亂之環境」如何「促成」了「南渡」的「士大夫處此時代所反應之藝術形態」。儘管他也承認北朝的「異族」相比之下更「擅長大規模之製作（如畫壁、造像、石窟等）」，但很明顯他關注和論述的重點是「南朝」繪畫成就如何體現其「擅長的翰墨之揮灑」。他認爲「純就繪畫橫觀之，北朝當大非南朝之比；縱觀之，則南北朝之繪畫實達到眞正發展之坦途。」換言之，這一時期繪畫的發展是由南方漢人士大夫文化所引領。他繼而強調：「論者或謂，凡社會環境安定適於藝術發展，今觀六朝——尤其南朝殊不盡然。可知藝術之潛流，乃以民族之精神爲其曲折之基礎，不以外力而修改之。換言之，表白某時代之民族性，從藝術求之，亦最深切著明。」其藝術史論述框架及審美判斷體現出一種以漢文化士大夫價值觀爲核心的「中國畫」觀念，並將這種意義上的「中國畫」視作中國「民族精神」的體現。相應地，在人物畫領域，基於自己有關「中國畫」如何體現「民族精神」的價值觀念，他在舊傳爲顧愷之所作的大英博物館藏〈女史箴圖〉中找尋到創作女性人物畫時的理想原型。無論主題還是風格方面，〈女史箴圖〉中端莊而飄逸的女性形象都符合他對漢文化士大夫審美理想的理解。他在〈女史箴圖〉的繪畫風格中看到一種「靜穆」與「空靈」並存的審美特徵，〔註 25〕結合顧愷之傳世的畫論，他認爲顧

〔註 24〕傅抱石，〈中國美術史：上古至六朝」（1935～1941），《傅抱石美術文集續編》（上海：上海書畫出版社，2014），31。

〔註 25〕傅抱石〈中國繪畫『山水』、『寫意』、『水墨』之史的考察〉（1940），收於葉宗鎬編，《傅抱石美術文集》（上海：上海古籍出版社，2003），184。

氏富於風格感的「線」在這樣的人物畫作品中有所體現，並已透露出文士對在藝術創作中超越「形似」的興趣以傳達思想「境界」的自覺追求，體現了「寫意」作爲「民族形式」在東晉已形成的「原始雛形」。〔註26〕

抗戰時期，徐悲鴻與傅抱石同爲國立中央大學藝術系教授。1942 年，徐悲鴻從南洋辦戰時籌募畫展回到重慶，繼續擔任國立中央大學藝術系主任一職，徐氏〈山鬼〉創作於此後的第二年。1946 年，尚未遷回南京的國立中央大學藝術系中國美術史教授傅抱石創作了他的〈山鬼〉。原本傅抱石是經徐悲鴻發現和提拔，才得以從江西南昌留學日本，之後又任教於中央大學藝術系，由此走上了成爲著名中國美術史教授和畫家的道路。徐悲鴻雖對傅抱石有知遇之恩，但徐、傅二人在「現代中國畫」究竟如何構建的問題上，無論在藝術觀念、形式技法、還是價值評價體系方面實際都存在很大差別。徐悲鴻曾私下對其中央大學藝術系的門生艾中信說：「抱石的畫是浪漫主義的。」「浪漫主義」的評語出自唯「寫實主義」獨尊、認爲「其他概可謂之投機主義」的徐悲鴻之口，可見他自覺與傅抱石在藝術創作上的觀念立場與實踐道路相左。傅抱石力圖發掘自五四新文化運動以來就經常「被人唾罵的『文人畫』與「現代性」究竟有何種關係，〔註27〕其「現代中國畫」取徑對於當時提倡以「寫實主義」技法和「現實主義」精神改造中國畫的徐悲鴻來說顯得「傳統」色彩濃厚，因此作爲當時藝術界領袖人物的徐悲鴻對傅抱石的藝術採取了一種曖昧的評價方式。二十世紀 40 年代初起，徐悲鴻在他擔任系主任的國立中央大學藝術系推行歐洲學院派素描爲「一切造型藝術的基礎」的教學理念，不僅在教授油畫、水彩等的西洋畫系中全面貫徹此理念，也在中國畫系基礎課程中將素描課程設置爲該系新生前兩年的基礎必修課，以實現他以歐洲學院派寫實技法對中國水墨畫加以現代改造的計劃。因此，當 1942 年從南洋回國、繼續主持中央大學藝術系教學工作的系主任徐悲鴻從常任俠處獲悉傅抱石希望從中國美術史改教中國畫時，因爲徐悲鴻素來「獨執己見，一意孤行」（此爲其座右銘），僅以寫實主義爲中國現代繪畫正道而具有強烈的排

〔註26〕在傅抱石的闡釋系統中，「文人畫」與「寫意畫」是時常互換的概念，而「文人畫」在他看來又最能「代表中國繪畫」。參見傅抱石，〈民國以來中國畫之史的觀察〉（1937），收於葉宗鎬編，《傅抱石美術文集》（上海：上海古籍出版社，2003），138。

〔註27〕傅抱石：〈民國以來中國畫之史的觀察〉（1937），收入葉宗鎬編，《傅抱石美術文集》（上海：上海古籍出版社，2003），142。

他傾向，故而立刻以「抱石先生的課不是教得蠻好嘛，爲啥要改課呢」婉拒了。〔註28〕

從個人眼光出發，徐悲鴻也承認傅抱石這一時期無論在山水畫還是人物畫上的水墨畫造詣都頗高。然而，在徐悲鴻看來，傅抱石可能過於追求「超越」的審美理想而不關注此時此刻的「現實人生」了。這樣一種頗具「理想主義」傾向的藝術創作態度與他在四十年代所提倡的「藝爲人生」的「現實主義」創作觀念似乎是背道而馳的。徐悲鴻當時在教學中學生關注社會下層生活現實，以庫爾貝等法國批判現實主義者的創作爲榜樣。也就是說，關注社會現實的「現實主義」的創作態度是他在四十年代極力倡導的中國現代藝術發展理念。在二十世紀初留法的徐悲鴻在二十年代中後期歸國之初，曾用「寫實」與「寫意」這兩個中文詞來翻譯介紹法國繪畫中存在的兩種不同的創作範式。在他看來夏凡納（Chavannes）是「理想主義的」——「寫意的」，而羅丹（Rodin）是「現實主義的」——「寫實的」。〔註 29〕在徐悲鴻的跨文化藝術闡釋框架中，「寫意」被化約爲「理想主義」這一由歐洲翻譯進入中國的概念(且不論其能否恰切概括十九世紀法國畫家夏凡納複雜的藝術觀念與實踐)。在徐悲鴻的中文理論語境中，「理想主義」這個概念被與「現實主義」對立起來，同時它與另一個由歐洲翻譯進入中國的概念——「浪漫主義」——聯繫則更密切。與其對照可知，傅抱石是如何試圖從中國「文化歷史」中去理解「現在的中國畫和『現代性』」究竟有何關係的。〔註30〕有關何爲「社會現實」以及「藝術家」如何以「藝術」回應「社會現實」，他在三四十年代對士大夫藝術傳統的研究中得到了與徐悲鴻不同的答案（詳見本文第三部分討論）。

傅抱石對〈女史箴圖〉中的儒家傳統仕女圖式進行了不少改革或（套用他鈐印上化用〈詩經・大雅・文王〉中的句子來說是）「維新」。在「山鬼」的髮髻樣式上，傅抱石沒有像創作「湘夫人」時那樣幾乎照搬〈女史箴圖〉中的仕女髮飾，而是用散鋒掃出隨風飄動的淩亂烏髮，爲人物整體造型平添

〔註28〕 常任俠口述。參見林木，〈傅抱石徐悲鴻關係談——從傅抱石壬午畫展談起〉，收入傅抱石研究會編，《傅抱石研究文集》（上海：上海書畫出版社，2009），233。

〔註29〕 參見 Eugene Wang, "Sketch Conceptualism as Modernist Contingency," *Chinese Art: Modern Expressions*, eds., Maxwell Hearn and Judith Smith（New York: The Metropolitan Museum of Art, 2001）, 102～61.

〔註30〕 傅抱石：〈民國以來中國畫之史的觀察〉（1937），收於葉宗鎬編，《傅抱石美術文集》（上海：上海古籍出版社，2003），142。

了悽楚之意。在勾勒山鬼身體的輪廓線時，傅抱石借鑒了相傳由南宋禪僧智融開創的「魍魎（罔兩）畫」水墨畫法，將一部分輪廓以略重的墨色勾勒其體塊結構，另一部分則以淡墨輪廓的方式進行虛化處理。這樣虛實相間的筆墨處理方式所產生的肌理，使山鬼的衣衫和身軀呈現出一種半透明的視覺效果，同時將對象的特徵表現爲一種處於隱顯之間、介於物質化與非物質化之間的臨界狀態。傅抱石對山鬼面部的精微刻畫與對其衣著的精簡處理形成對比。他以粗筆渲染和斷續細線勾勒結合的方式處理衣紋輪廓，使得所人物身姿更具動勢，彷彿處於影影綽綽之間，似實似幻，風神飄逸。〔註 31〕同時，南宋梁楷的潑墨畫風則以「逸品」名世，在技法和美學風格上都與魍魎畫有不少相通之處。（圖 18）但就如「逸品」文人畫風格一樣，這種以「微茫淡墨」爲特徵的禪林畫風在中國古代以宮廷趣味爲主導的畫史著錄中並非主流。與此對照，逸品畫和魍魎畫在傳入日本後卻受到推崇，對日本本土的水墨畫（南畫）創作影響深遠。〔註 32〕對曾在 1932 年 9 月至 1933 年 6 月、1933 年 8 月至 1935 年 6 月兩度赴日本，並在第二次赴日期間從學於日本著名的中國美術史學家金原省吾的傅抱石來說，諸如此類的畫法當然不陌生。〔註 33〕到底其所化用的畫法是已屬於本土化後的日本典型畫風，還是起源於中國的畫風，傅抱石似乎並不認爲邏輯上有什麼矛盾，因爲在他看來，「日本的畫家，雖然不做純中國風的畫，但他們的方法、材料多是中國的古法子，尤其是渲染，更全是宋人方法了⋯⋯專從繪畫的方法上講，採取日本的方法，不能說是日本化，而應當認爲是學自己的，是因爲自己不普遍，或已失傳，或是不用了，轉向日本採取而回的。」〔註 34〕

畫中另一值得關注的「維新」之處體現在畫家對人物周遭自然環境的氣氛渲染。顯然，傅抱石並未照搬魍魎畫中大片留白的背景處理方式。畫中「山

〔註 31〕Tamaki Maeda and Aida Yuen Wong, “Kindred Spirits: Fu Baoshi and the Japanese Art World,” *Chinese Art in an Age of Revolution: Fu Baoshi（1904～1965）*（New Haven and London: Yale University Press, 2011）, 38～39.

〔註 32〕島田修二郎，〈魍魎畫〉，美術研究 84（1938，12），4～13；美術研究 86（1939，2）：8～16，收入島田修二郎，中國繪畫史研究（東京：中央公論美術出版，1993），112～135。

〔註 33〕根據〈壬午重慶畫展自序〉（1942）可知，傅抱石曾在四十年代初創作〈廬山謠〉時借鑒梁楷《太白行吟圖》中的「太白像」造型。

〔註 34〕參見傅抱石：〈民國以來中國畫之史的觀察〉（1937），收於葉宗鎬編，《傅抱石美術文集》（上海：上海古籍出版社，2003），142。

鬼」與其所處自然環境之間並無明顯的主次之分，可見畫家試圖調用一切畫面空間和線條筆墨技法來增強視覺感染力，以求更有效的烘託意境主題。儘管傅抱石意圖在其現代中國畫創作中重塑「民族精神」，但他並未忌憚對包括歐洲繪畫在內的異邦視覺藝術傳統對光影表現的高超效果進行微妙化用，而是在自己的水墨畫創作中用大片筆墨暈染皴擦的技法運用以達到對光影的表現。「山鬼」面部光亮與周遭環境的晦暗形成強烈的光線對比，細線勾勒的衣衫部分幾乎全爲排筆斜掃的大塊墨痕所滲透。如他在〈壬午重慶畫展自序〉（1942）中所述，他「畫山水，是充分利用兩種不同的筆墨的對比極力使畫面『動』起來，雲峰樹石，若想縱恣蒼茫，那麼人物屋宇，就必定精細整飾。根據中國畫的傳統論，我是往往喜歡山水雲物用元以下的技法，而人物宮觀道具，則在南宋以上。」〔註 35〕

三、傅抱石「山鬼」圖像與時代學術的圖文關係

如前所述，傅抱石曾在 1942 年的〈壬午重慶畫展自序〉中談到自己這一時期的繪畫「題材多半可以隸屬於」東晉六朝和明清之際這兩個時代之一。〔註 36〕在這次畫展之後，從 1943 年開始傅抱石創作了大量取材自《楚辭》的女性人物畫，這些作品並非取材自上述兩個歷史時期。特別是，自 1943 年傅抱石第一次創作〈湘夫人〉起，「湘夫人」、「湘君」、「山鬼」這些來源於《楚辭》中的形象，就成爲了他最喜愛的題材之一，並被他視爲「眞正的中國美人」。〔註 37〕儘管有論者認爲此時期幾乎所有傅抱石的女性人物畫作品都會參照顧愷之的仕女畫風格，但沒有將題材選擇問題與畫風相結合進一步討論：爲何「湘夫人」和「山鬼」如此大量地出現在這一時期傅抱石的人物畫創作中？爲什麼以上述特定藝術風格來表現這些特定的文學意象？據傅益瑤說，其父凡以詩意、歷史題材入

〔註 35〕傅抱石，〈壬午重慶畫展自序〉（1942），收於葉宗鎬編，《傅抱石美術文集》（上海：上海古籍出版社，2003），333。

〔註 36〕同上注。

〔註 37〕傅益瑤口述傅抱石語（筆者曾於 2013 年冬在北京對傅益瑤進行口述史訪談）。相似表述亦見於傅益瑤，《我的父親傅抱石》（上海：上海辭書出版社，2006），131。其年譜編纂者葉宗鎬指出傅抱石大量創作中國畫大約始於 1940 年 12 月，儘管他在 1934 年 5 月日本東京銀座松阪屋舉辦的「傅抱石氏書畫篆刻個展」曾展出兩幅人物畫〈淵明沽酒圖〉、〈柳夫人名如是〉，但當時他只是偶而涉及人物畫創作。傅益玉，〈又聽見了父親的腳步聲〉，收於傅抱石紀念館編，《其命維新——傅抱石百年誕辰紀念文集》（鄭州市：河南美術出版社，2004），45。

畫，必在形式和內涵上追求「準確」、「有來處」，傅抱石 1946 年所畫「山鬼」是表現有「林下之風」的「瑤姬」。〔註 38〕清代有不少學者即認爲「山鬼」的原型是「巫山神女」。顧成天《楚詞九歌解》認爲「山鬼」是楚襄王夢中的「瑤姬」，王闓運《楚辭釋》說「『鬼』謂遠祖，『山』者君像，祀楚先君無廟者也。」1936 年孫作雲〈九歌山鬼考〉綜合前人觀點，認爲「山鬼之鬼，本來當是遠祖之意，因爲，山鬼即楚王先妣，而先妣於禮只當稱鬼。」〔註 39〕那麼，傅抱石 1946 年的〈山鬼〉是專爲畫「瑤姬」而作嗎？爲何要將巫山神女表現爲具有「林下之風」的仕女形象？爲何以之爲「眞正的中國美人」？

從題材上看，無論「湘夫人」、「湘君」還是「山鬼」，都並非東晉六朝時期人物。但在傅抱石的風格獨特的圖像闡釋中，首先使人聯想到的並非「原始神話」的女主角，而是自東漢以來被儒家學者歸於先秦時代戰國時期楚國士大夫屈原的《楚辭》，特別是後世文士有關《楚辭》中「香草美人」意象的儒家化解讀。傅抱石 30 年代留學日本時，曾就國人眼中日趨衰落的民族藝術發出感慨：「美術家，是時代的先驅者，是民族文化運動的幹員！他有與眾不同的腦袋，能引導大眾接近固有的民族藝術。」〔註 40〕如前所述，從漢文化民族主義的現實政治立場出發，傅抱石特別關注的「中國民族」/「中華民族」歷史是以中原儒家傳統爲主流意識形態的漢文化史。在傅抱石三、四十年代以來從事的具有民族文化宣傳意圖的中國美術史寫作中，將「戰國時期的屈原先生」稱爲「中國民族」/「中華民族」歷史上「民族藝人」的典範。自少年時代便愛讀《楚辭》的他顯然瞭解，在漢文化意義上的「中國民族」每當受到游牧「蠻夷」侵略之際、處於社會動蕩、山河破碎的時局之中，《楚辭》

〔註 38〕傅益瑤口述傅抱石語，摘自筆者 2013 年冬在北京對傅益瑤進行的口述史訪談筆錄。

〔註 39〕孫作雲，〈九歌山鬼考〉，《清華學報》第 11 卷第 4 期（1936）。此文參考了聞一多「高唐神女傳說分析」一文中的觀點。聞一多認爲古代各民族所祀的「高禖」，即各該民族的先妣，而先妣的神靈又必居於山上。

〔註 40〕傅抱石，〈中華民族美術之展望與建設〉（1935），收於葉宗鎬編，《傅抱石美術文集》（上海：上海古籍出版社，2003），71。1942 年 9 月 22 日，傅抱石在〈壬午畫展自序〉中曾就自己的題材來源做過說明：（一）擷取自然；（二）詩境如畫；（三）歷史故實；（四）臨摹古人。並特別聲明，第三條路線是他人物畫創作的主線。由於興趣所致，他特別關注東晉六朝、明末清初美術史的研究，認爲這兩個時期是中國繪畫史上最富有創造力的時代。因此，他選取以顧愷之所代表的六朝、石濤所代表的明清交替之際的歷史故事爲主要題材，用他自己的話說，大部分是他繪畫史研究的圖像化結果，「保存著濃厚的史味」。

及屈原其人往往倍受士人階層的關注。宋儒朱熹作《楚辭集注》與南宋危機局面有關，明儒王夫之作《楚辭通釋》則與明末大變有關。晚清以降，中國內憂外患，至抗日戰爭時至於其極。民國時期中國思想界關於屈原和《楚辭》的研究與爭論頗多，其中大多也與「民族危機」相關。

如上所述，在 1946 年的〈山鬼〉中，畫家在精心刻畫山鬼飄逸風神的同時，也將表現的重心放在如何通過自然景物營造超自然的氛圍、如何情景交融地表達山鬼「表獨立兮山之上」、翹首矗立等待時的內心精神世界。畫面的構圖採用「之」字形結構安排前、中、後景的位置關係以加強空間縱深感。傅抱石採用自己畫山水時擅長的「暮雨」（圖 19）題材畫法，先灑礬水，再用大筆淡墨以排筆斜掃側皴，以製造風雨飄搖的動感，表現「雲容容兮而在下」、「杳冥冥兮羌晝晦，東風飄兮神靈雨」、「風塡塡兮雨冥冥」、「風颯颯兮木蕭蕭」的蒼茫景象，既突顯出山鬼的赤誠與堅毅，又營造出一種天地爲之動容的氣氛。畫幅高 1 米 63 的立軸，「之」字形構圖以空間上的聯繫暗示了遠景中車行儀仗隊對前景中主人公間的依存關係，層次豐富、有節奏地散佈於整個畫面的皴擦渲染，也烘託出赤豹文狸拉著辛夷車駛來時若隱若現的動感和山鬼行蹤不定的神秘感。畫面中下部的前景中是回眸佇立山頂的山鬼，以輕微仰視的特寫視角繪出，賦予人物形象一種攝人的紀念碑性，令觀者不禁凝神仰視。畫面獨具匠心的人物位置、樹石安排，既突顯出敘事性因素，又強化了抒情性表達，令觀者可以更爲貼近主人公的內心世界與外部環境。在這個富於動感和戲劇性的畫面中，又一個不同尋常的圖像特徵在於：不同於徐、張兩人筆下形單影隻的山鬼，傅抱石在畫面的遠景中繪有六位分列於辛夷車的前、中、後部左右兩側的男性人物。也就是說，傅抱石的「山鬼」身後還有多位身穿漢服、儒士裝束的蓄須男子與她一道佇立在夜雨山風之中。這些獨特的視覺裝置究竟所表何意？帶著這些問題，下文將首先簡要梳理和分析晚清民國時期思想界有關屈原及《楚辭》的重要討論，之後解讀傅抱石 1946 年所作〈山鬼〉與時代學術之間的「圖文關係」。

晚清時期，今文經學運動的代表人物廖平認爲屈原其人在歷史上並不存在，五四新文化運動的倡導者胡適不若廖平激進，但他認爲「屈原是一種復合物，是一種『箭垛式』的人物。」此觀點出自胡適 1921 年所作的一次關於《楚辭》的講演，1922 年整理成〈讀『楚辭』〉一文刊發。他認爲「屈原也許是二十五篇《楚辭》之中的一部分的作者，後來漸漸被人認作這二十五篇全部的作者。但這時候，屈原還不過是一個文學的箭垛。後來漢朝的老學究把那時代的『君臣大義』讀到《楚辭》裏去，就把屈原用作忠君的代表，從此屈原就成了一個倫理的箭垛了。」對於《楚辭》的意義，胡適只強調其文學價值，他說：「我們必須推翻屈原的傳說，打破一切村學究的舊注，從《楚辭》本身去尋出他的文學興味來，然後《楚辭》的文學價值可以有恢復的希望。」胡適此說欲將《楚辭》從經學的視野中釋放出來，但以文學稱之也縮小了其意義範圍。1922 年 11 月 3 日，梁啓超發表了他的《屈原研究》，開篇之處，他步胡適後塵強調了《楚辭》作爲「文學」的價值，稱屈原爲「中國文學家的老祖宗」，「欲求表現個性的作品，頭一位就是研究屈原」，但他沒有否認屈原的存在（相反他在文章第一部分就考證了屈原身世，把他看作絕大部分《楚辭》篇章〔除〈大招〉篇之外〕的作者），並認爲《楚辭》表徵了一種華夏民族同化周邊原始民族時的「文化史」規律：「依我的觀察，我們這華夏民族，每經一次同化作用之後，文學界必放異彩。楚國當春秋初年，純是一種蠻夷，春秋中葉以後，才漸漸的同化爲『諸夏』。屈原生在同化完成後約二百五十年。那時候的楚國人，可以說是中華民族裏頭剛剛長成的新分子，好像社會中才成年的新青年。從前楚國人，本來是最信巫鬼的民族，很含些神秘意識和虛無理想，像小孩子喜歡幻構的童話。到了與中原舊民族之現實的倫理的文化相接觸，自然會發生出新東西來。這種新東西之體現者，便是文學。楚國在當時文化史上之地位既已如此。至於屈原呢，他是一位貴族，對於當時新輸入之中原文化，自然是充分領會。」

基於東漢王逸舊說，梁啓超認爲「九歌」是沅湘之間民間祭祀演劇「樂章舊名，不是九篇歌，所以屈原所作有十篇，這十篇含有多方面的趣味，是集中最『浪漫式』的作品」，並認爲〈九歌・山鬼〉一篇是「屈原用象徵筆法描寫自己人格」。在梁啓超看來，屈原「是一位有潔癖的人，爲情而死。他是極誠專慮的愛戀一個人，定要和他結婚；但他卻懸著一種理想的條件，必要在這條件之下，才肯委身相事。然而他的戀人老不理會他！不理會他，他便放手，不完結嗎？不不！他決然不肯！他對於他的戀人，又愛又憎，越憎越愛；兩種矛盾性日日交戰；結果拿自己生命去殉那種『單相思』的愛情！他的戀人是誰？是那時候的社會。屈原腦中，含有兩種矛盾原素：一種是極高寒的理想，一種是極熱烈的感情。」梁啓超直接把「山鬼」看作是屈原人格的精神肖像，認爲「若有美術家要畫屈原，把這篇所寫那山鬼的精神抽顯出來，便是絕作。他獨立山上，雲霧在腳底下，用石蘭、杜若種種芳草莊嚴自己，眞所謂『一生兒愛好是天然』，一點塵都染汙他不得。然而他的『心中風雨』，沒有一時停息，常常向下界『所思』的人寄他萬斛情愛。那人愛他與否，他都不管；他總說『君是思我』，不過『不得閒』罷了，不過『然疑作』罷了。所以他十二時中的意緒，完全在『雷填填、雨冥冥、風颯颯、木蕭蕭』裏頭過去。」在全文抄錄《山鬼》並作以上讀解之後，梁啓超拆解《楚辭》其他篇目中的許多句子，來說明屈原的政治生涯。」他想改革社會，最初從政治入手。因爲他本是貴族，與國家同休戚；又曾得懷王的信任，自然是可以有爲」，「無奈懷王太不是材料」，「他和懷王的關係，就像相愛的人已經定了婚約，忽然變卦。」「以屈原的才氣，倘肯稍爲遷就社會一下，發展的餘地正多」，但「他從發心之日起，便有絕大覺悟，知道這件事不是容易。他賭咒和惡社會奮鬥到底，他果然能實踐其言，始終未嘗絲毫讓步」，「他認定眞理正義，和流俗人不相容」，信守「獨立不遷主義」（「獨立不遷」語出〈楚辭・橘頌〉篇）。

《楚辭》既被梁啓超看作最偉大的文學，便也符合他對「文學」的審美特徵與社會功能的理想。他認爲《楚辭》作爲「文學」形式是「浪漫」的，思想卻是針對現實政治的。梁啓超將《楚辭》讀作屈原的精神自傳，視「山鬼」爲屈原的精神肖像，這種視角貌似與儒家以「比興」解經之法並無不同，但他強調屈原是改造社會、不向庸眾低頭的戰鬥精神和獨立人格的象徵，並將五四一代的精神偶像易卜生引爲屈原的同道：「易卜生最喜歡講的一句話：All or nothing。要整個，不然寧可什麼也沒有。屈原正是這種見解」，「中國人愛講調和，屈原不然，他只有極端：『我決定要打勝他們，打不勝我就死。』這是屈原人格的立腳點，他說也是如此說，做也是如此做。」不過，梁啓超並未走到胡適「易卜生主義」所提倡的反對「舊道德」的極端，〔註 41〕在梁

〔註 41〕易卜生是五四一代知識分子以及五四哺育下的一代人的精神偶像。1918 年《新青年》第 4 卷第 6 號出版「易卜生專號」，刊發了胡適〈易卜生主義〉、易卜生戲劇《娜拉》、《國民之敵》等。1907 年魯迅在〈文化偏至論〉中即提及易卜生及其《民敵》（即《國民之敵》），《摩羅詩力論》中又談到易卜生及《社會之敵》（即《國民之敵》）。魯迅的易卜生形象是「卓爾不群」，「個性尊嚴」，「保守眞理、不阿世媚俗、而不見容於人群」的獨立知識分子。在胡適眼中，「易卜生主義的根本方法」是「易卜生的文學，易卜生的人生觀，只是一個寫實主義」，易卜生「老說實話」，將人生和社會的眞相揭開來，主要有三：一、家庭是「極不堪的」，「家庭裏面，有四種大惡德：一是自私自利；二是依賴性，奴隸性；三是假道德，裝腔作戲；四是怯懦沒有膽子」。二、社會的

啓超眼中屈原的「獨立不遷主義」本身也是「中原舊民族之現實的倫理的文化」的一部分，與胡適所謂的「個人自由獨立」有所不同。屈原渴望做國家棟樑，只因主張不爲本國當權者接受，於是他認爲全社會「舉世溷濁」，所以選擇「不遷就」。在梁啓超看來，屈原的心態很矛盾，「『登高吾不說兮，入下吾不能』（〈思美人〉）」，「超現實的生活不願做，一般人的凡下現實生活又做不來，他的路於是乎窮了。」郭沫若自 1934、35 年左右開始屈原和《楚辭》研究，他也反對廖平、胡適的疑古觀點，強調「屈原的存在不可動搖」。

如果說二十世紀 20 至 30 年代圍繞屈原及其《楚辭》的爭論主要圍繞屈原是否存在、《楚辭》是應從經學視角解讀爲「儒家政論」抑或是「文學藝術」，那麼到了 40 年代，中國思想界關於屈原的大討論一次發生在孫次舟與聞一多、郭沫若之間，一次發生在郭沫若與侯外廬之間，圍繞屈原的政治身份問題。孫次舟考證和宣傳屈原是文學弄臣，引起軒然大波。聞一多雖然早期與胡適持相似的疑古論調，是五四運動精神的典型，但此後聞一多有關屈原的看法隨其政治傾向而逐漸發生變化，他在〈屈原問題——敬質孫次舟先生〉中說，儘管「孫先生以屈原爲弄臣，是完全正確地指出了一樁歷史事實」，但屈原卻是「反抗的奴隸居然掙脫枷鎖，變成了人」，因此屈原的意義在於，儘管「他的時代不允許他除了個人搏鬥的形式外任何鬥爭的形式，而在這種鬥

三種勢力——法律、宗教和道德——亦不堪。三、「社會與個人互相損害；社會最愛專制，往往用強力摧折個人的個性，壓制個人自由獨立的精神。」胡適最後總結：「易卜生把家庭、社會的實在情形都寫了出來，叫人看了動心，叫人看了覺得家庭社會原來是如此黑暗腐敗，叫人看了覺得家庭社會眞正不得不維新革命：——這就是易卜生主義。」胡適由此塑造了中國的易卜生形象，付諸特定的意識形態内涵。蕭乾曾評論胡適《易卜生主義》視易卜生爲救治中國的「社會醫生」，「健康的個人主義的典範」，因爲胡適認爲「要改進社會，必須首先建立健全的自我、自由獨立的人格。」（蕭乾：〈易卜生在中國——中國人對蕭伯納的困擾〉，傅光明譯，《蕭乾全集》第 6 卷，湖北人民出版社，2005，第 228 頁）巴金《家》中描寫過琴表姐、覺慧讀《易卜生集》中《國民之敵》。《國民之敵》的最後一句話「世界上最有力量的人是最孤立的人」對五四一代影響極大（蕭乾回憶）。琴表姐欲與父輩作戰，於是認同斯多克芒醫生，不向庸眾低頭的戰鬥精神。五四一代新青年們覺得自己尚無個人自由，亦無個人尊嚴，因此要爭取個人自由、實現個人尊嚴。爭取個人自由在五四時期被視爲當務之急，而如何規範、約束自己的自由的問題由於在當時並不迫切，故而易卜生討論約束自由之重要性的戲劇（如《培爾. 金特》）就沒有受到關注。參見劉濤：〈從『發展自己的個性』到『保持自己的本來面目』——從巴金對易卜生《培爾. 金特》的解讀談起〉，劉濤，《通三統——一種文學史實驗》（昆明：雲南人民出版社，2013），79～90。

爭形式的最後階段中，除了懷沙自沉，他也不可能有更兇猛的武器，然而他確實鬥爭過了，他是一個爲爭取人類解放而具有全世界歷史意義的鬥爭的參加者。」〔註 42〕雖然聞一多與胡適一樣，強調破除經學視野中的屈原形象，但聞一多同時也強調了屈原的戰鬥精神和抗爭意識。

二十世紀 40 年代，郭沫若先是反駁了孫次舟的「屈原弄臣說」，又在 1942 年發表的〈屈原的藝術與思想〉一文中提出「其實屈原的思想，簡單地說，可以分爲：一、詞藻——藝術；二、儒家的精神。」這裡，郭沫若把屈原所繼承的「中原舊民族」漢族之」現實的倫理的文化」（梁啓超《屈原研究》語）明確定性成了「儒家的精神」。在這篇文章中，郭沫若著重從屈原的「文學革命」角度而非「儒家精神」角度來評價屈原的意義（在他那裏春秋戰國時期「儒家精神」就是「革命」的精神），認爲屈原是在春秋戰國時期興起了一場類似於五四運動的「白話詩」革命，「把民間文字擴大起來，成爲與生活配合的新文學，以活鮮鮮的新文學來代替了古板的貴族文學」，因此「屈原不僅是我們中國文學史上的民族詩人，而且的的確確是很有革命性的革命詩人。他的藝術怎麼樣？就是革命的藝術。」

郭沫若的屈原研究是其從馬克思主義史學的立場出發研究古代社會意識形態的有機組成部分。他認爲春秋戰國時期的社會性質是中國從奴隸制社會向封建制社會的過渡階段，因爲「社會起了一個劃時代的變革，文學當然要隨著發生變革」，明白這一點才能瞭解「楚辭的獨創性」和屈原適應時代要求的「革命」性所在。〔註 43〕1945 年 6 月，持左翼政治立場的聞一多作了〈人民的詩人——屈原〉，進一步將屈原定義爲「人民詩人」，與郭沫若所謂「革命詩人」異曲同工，屈原在他們的筆下成爲了「左翼分子」。在 1942 年與同爲左翼知識分子的侯外廬有關屈原是否思想「進步」的論爭時，郭沫若進而強調屈原「在思想上」是「北方式的一位現實主義的儒者」，而「在藝術上」是「一位南方式的浪漫主義的詩人」，「他的思想是進步的，是一位南方的儒者。儒家思想在當時，由奴隸制蛻變爲封建制的當時，是前進的。我們不好由現代的觀點來指斥爲反動，更不好因而說屈原也是思想反動。」屈原思想

〔註 42〕聞一多，〈屈原問題——敬質孫次舟先生〉（1944），收入《聞一多全集》第一卷（北京：三聯書店，1982），254。

〔註 43〕郭沫若：〈屈原的藝術與思想〉，《中蘇文化》第 11 卷第 1、2 期合刊。有關郭、侯論爭的具體分析，參見黃能武：〈1942 年郭沫若與侯外廬關於屈原思想的論爭〉，《中國現代文學研究叢刊》第 6 期（2006），152～166。

與藝術上的矛盾體現在前進的思想和落後的生活習慣之間的矛盾，當他作爲藝術家，在爲這些思想加以形象化時，沿用了舊有習俗中的「方法論」，比如楚國原始時期廣爲流傳的「怪力亂神」的民間神話傳說，但他接受了中原儒家的「先進」思想，在當時「思想是前進的」。〔註44〕因此，四十年代年代郭沫若的屈原形象是三位一體的——是愛國的「民族詩人」，是左翼的「革命詩人」，也是代表了其時代最「進步」的「革命」思想的「儒家精神」的繼承人。

1941年1月「皖南事變」後，國共抗日統一戰線名存實亡。四十年代初，重慶文藝界之歷史劇空前繁榮，許多期刊雜誌刊載了大量歷史劇作品，演出也頗爲頻繁，形成了一股前所未有的熱潮。重慶文藝界左翼知識分子開始將歷史研究的思考融入歷史劇的創作，並通過將歷史劇搬上戲劇舞臺的方式，利用戲劇這個大眾基礎廣泛的藝術媒介來將傳達對現實政治局勢的批評。抗戰時期歷史劇中塑造了大量不同於以往的理想女性形象，作爲抗戰精神的女性象徵，她們具有的共同特徵包括：端莊大方、不卑不亢，品德高潔，富於人格魅力，且往往比劇中男性角色更加勇敢忠誠，在國家危亡之際挺身而出，充滿不畏強敵的抗爭精神。〔註 45〕抗戰初期以來即擔任象徵國共統一戰線的政治局第三廳廳長、主持抗戰宣傳工作的共產黨陣營左翼知識分子郭沫若，在其1942年1月發表並搬上重慶話劇舞臺的歷史劇《屈原》中加入了一個虛構的女性角色「嬋娟」。嬋娟的社會階層遠低於作爲當時進步思想代表的士大夫屈原及其門下的儒生們，但卻比屈原的門生更爲「革命」，甚至在某些情境下比屈原本人更活躍，在《屈原》劇中地位極其重要。不同於抗戰初期歷史劇中的理想女性形象，「嬋娟」在當時的左翼革命文化政治語境中不僅被塑造爲不畏外敵侵略的「愛國者」的象徵，也充當了不畏本國強權、具有抗爭意識與自我犧牲精神的「革命人民」的形象。〔註46〕

郭沫若的歷史劇《屈原》在當時所傳達的愛國意識具有明確的左翼革命宣傳意圖。他有效地以戲劇爲媒介在國統區的廣大觀眾中引起了強烈反響，引導更多人聲討國民黨的「消極抗日」和對左翼進步力量的迫害。1943 年中

〔註44〕郭沫若：〈屈原思想〉，《中蘇文化》第11卷第1、2期合刊。黃能武分析指出，郭沫若對屈原藝術的這種解釋跟郭譯《政治經濟學批判》中馬克思對希臘神話與希臘藝術之間的關係的解釋是極其相似的。

〔註45〕Chung-tai Hung, “Female Symbols of Resistance in Chinese Wartime Spoken Drama,” *Modern China*, Vol. 15, No. 2（April, 1989）, 149～177.

〔註46〕Wang Pu, *The Phenomenology of “Zeitgeist:” Guo Moruo and the Chinese Revolution*, Doctoral Dissertation, New York University, 2012, 331.

期，日趨獨裁的國民黨政府面對《屈原》等一系列郭沫若所作歷史劇所引起的巨大社會與政治效應，勒令對這些劇目進行禁演審查。1942 年，在郭沫若的歷史劇《屈原》在重慶上演後不久後，傅抱石隨即在同年夏天創作〈屈原像〉，表達了自己對郭沫若《屈原》歷史劇所傳達的愛國情緒的共鳴。自 1943 年年底起，也就是《屈原》等郭沫若歷史劇被審查之後不久，傅抱石創作了大量取材於《楚辭》的女性人物畫。他創作的第一幅取材於屈原〈九歌〉的女性人物畫是「服飾種種，則損益顧愷之〈女史箴圖〉」的〈湘夫人〉。（圖 17）此畫作於 1943 年 12 月 17 日，畫中的「湘夫人」神情凝重、若有所思。傅抱石題跋中記述道，作此畫那天是女兒傅益姍的四周歲生日，他與妻子羅時慧「出《楚辭》讀之，『嫋嫋兮秋風，洞庭波兮木葉下』，不禁彼此無言。蓋此時強敵正張焰於阮澧之間。」1944 年 11 月 6 日，傅抱石攜包括此幅〈湘夫人〉在內的一批作品前往郭沫若家中參加其生日聚會。當時座中前來祝賀的中國共產黨領導人周恩來對此作格外鍾情，便向傅抱石求得此畫收藏。有鑒於此，1944 年 11 月 20 日郭沫若特意爲此畫題詩記述此事。詩中有「夫人矢志離湘水，叱吒風雷感屈平。莫道嬋娟空太息，獻身慷慨赴幽并」句，詩後又跋：「恩來兄以十一月十日，由延安飛渝。十六日適爲余五十三初度之辰，友好多來鄉居小集。抱石、可染諸兄出展其近製。恩來兄徵得此〈湘夫人圖〉，將攜回陝北。餘思湘境已淪陷，湘夫人自必以能參加游擊戰而慶幸矣。」由郭沫若在題詩中以「嬋娟」用典可見，〈湘夫人〉畫中通過特定時代的審美風格將〈九歌〉中「怪力亂神」的神話形象轉化爲身著「上古衣冠」、頗具「林下之風」的理想女性形象，使當時頻繁活動於重慶的中國共產黨領導人周恩來和左翼知識分子郭沫若在這個看似「傳統」的女性形象中注入了抗戰巾幗的「愛國」內涵和「以能參加游擊隊而慶幸」的「革命」內涵。

在三十年代末國共建立抗日統一戰線之初，郭沫若在政治局第三廳領導工作期間，傅抱石就曾擔任其秘書，積極投身抗日文化藝術宣傳。中共領導人周恩來對傅抱石「上古衣冠」的《楚辭》女性人物畫的贊許表明，周恩來基於傅抱石與郭沫若的密切交往，從傅抱石對屈原作爲「民族藝人」及其「民族精神」的弘揚中看到了有利於當下中國共產黨和左翼知識分子所進行的民族革命的意味。我們不能確知當郭沫若在 1944 年通過題詩賦予〈湘夫人〉（1943）的「愛國」與「革命」的雙重意涵時傅抱石有何感想。但可以確定的是，郭沫若在這一時期的文化政治實踐構成了傅抱石《楚辭》女性人物畫創作最重要的思想資源。在郭沫若的歷史劇《屈原》創作之後，傅抱石曾帶著自己已裱好的一批畫作到郭沫若的重慶居所，邀郭沫若爲其畫作題詩。郭沫若在〈題畫記〉中這樣記述：「大約是看到我近年來對於屈原的研究用過一些工夫，也寫過一部《屈原》的劇本，抱石是特別把（他的）〈屈原像〉提了出來，專一要我爲題。」〔註 47〕基於以上種種，1945 年 12 月，當傅抱石首次以「山鬼」爲題作畫時，又將如何構思與表現呢？通過圖像分析與比較，下文將進一步討論傅抱石此時期「山鬼」圖像的幽微獨特之處。

比較傅抱石在 1945 年所作〈山鬼〉（圖 20）和 1946 年所作〈山鬼〉可見，儘管兩幅作品一爲橫構圖，一爲豎構圖，但在對視覺空間的營造上卻遵循一個共同模式，即兩幅作品中的「山鬼」均被放置在較低的前景中，而儀仗車隊則均被置於較高的遠景中。更重要的是，如前所述，畫面中對於當時的觀眾（無論他們是否瞭解傳統中國文人畫的〈九歌圖〉）來說有一個獨特的圖像學特徵：沿著畫面右對角線上方，有一列儒士打扮的男子正在夜雨山風中與前方的山鬼共同佇立。這個圖像學裝置在四十年代中期的國統區的現實政治語境中，（並考慮到當時傅抱石畫作的預設觀眾主要是活動於國統區的文化政治界精英，）很可能令觀眾聯想到郭沫若在其《屈原》歷史劇中以女性形象作爲革命主體的「人民」的政治寓意。與此同時，如前所述，在 1946 年所作的〈山鬼〉中，畫家對「山鬼」所處環境氛圍的表現尤爲匠心獨運，著力渲染出「雲容容兮而在下」、「杳冥冥兮羌晝晦，東風飄兮神靈雨」、「風颯颯兮雨冥冥」、「颯颯兮木蕭蕭」的蒼茫景象，似乎也以「借古喻今」的方式暗示了當時中國社會風雨如晦、危機四伏的政治環境。郭沫若所作《屈原》歷史劇、包括他當時在左翼學術陣營內部屈原研究領域的「論敵」侯外廬等，都曾以「雷電」、「暴風雨時代」來指涉二十世紀中國革命在過往時期經歷的重重險阻。〔註 48〕此時期，國家意識、民族意識的隱喻大量充斥於傅抱石山水畫的創作中，或悲憤、或感傷的描繪顯露出畫家對民族國家意識的或隱或顯

〔註 47〕郭沫若，〈題畫記〉，收於葉宗鎬編，《傅抱石研究文集》（上海：上海書畫出版社，2009），317。

〔註 48〕1942 年發生在郭沫若與侯外廬之間的論爭，爭論的中心不在屈原的愛國精神和抗爭意識，而在屈原作爲儒家思想人物的歷史地位問題。在這次論爭之中，侯外廬所作「屈原思想淵源底先決問題」（發表於《中蘇文化》11（1942），1～2）一文中曾以「暴風雨時代」一詞既形容屈原所處的戰國，又形容王國維所處的北伐革命時期。

的認同。有研究者曾推測，傅抱石山川雨景畫在抗戰時期的集中出現與「抗爭意識」有關。〔註 49〕如果傅抱石以「夜雨」「暮雨」等爲主題的山川雨景畫所表現的淒迷意象是繼承了傳統中以暗夜喻亂世的意涵，那麼 1946 年，在抗日戰爭勝利、國共內戰又起的時局中，他所作的這幅〈山鬼〉是否也有另一層「借古喻今」的意思——「長夜」並未隨著抗戰勝利而結束，故「風雨如晦」之中，赤誠愛國者當保持抗爭精神，繼續滿懷希望地期盼與等待。所盼、所待者何？這裡保持隱晦，未曾以題跋點明。〔註 50〕

不過，如果比較傅抱石 1946 年創作的〈山鬼〉（圖 21，局部）與其 1954 年創作的〈山鬼〉（圖 22），並考慮其創作所處的不同時期社會背景，卻能很清晰體會到他在 1946 年〈山鬼〉中對國共內戰時期險惡動蕩時局的圖像隱喻。中華人民共和國成立之初，1953 年，適逢屈原逝世 2230 週年，時任世界和平理事會副主席的郭沫若大力倡導在世界範圍內宣傳屈原。世界和平理事會通過決議，將屈原與哥白尼（波蘭）、拉伯雷（法國）、何塞.馬蒂（古巴）作爲年度世界四大文化名人，號召全世界人民開展紀念活動。爲呼應世界保衛和平大會，中華人民共和國文化部決定由郭沫若、游國恩、鄭振鐸等人組成「屈原研究小組」，收集、整理屈原作品，以白話文形式出版發行。1953 年 6 月，郭沫若新著《屈原賦今譯》由人民文學出版社出版。傅抱石 1954 年所作〈山鬼〉上的題識「有個女子在山崖，薜荔衫子菟絲帶。眼含秋波露微笑，性情溫柔眞可愛」就是郭沫若書中〈九歌今譯〉對〈山鬼〉篇頭四句的白話文翻譯。〔註 51〕郭沫若對〈山鬼〉的「今譯」及其注釋上並未談及「山鬼」形象的現實政治意義，也未沿襲儒家「君臣關係」說，只將其解作楚國祭祀歌辭

〔註 49〕參見 David Clark, "Raining, Drowning and Swimming: Fu Baoshi and Water," *Art History* 29（2006）, no.1: 108～144.

〔註 50〕應該說，較之抗戰以來重慶文藝界的許多歷史劇，或是從題材到形式都極具現實性與革命性的現代木刻和漫畫藝術家，傅抱石以水墨畫「借古喻今」的方式要隱晦得多，其畫作中較「傳統」的形式風格透露出的博雅古樸氣息，與國民黨自 1935 年推行的「中國本位文化建設」運動所提倡的民族主義文化意識形態並無衝突。而且，抗戰時期國民黨宣傳部部長張道藩也對傅抱石的繪畫贊賞有加，並曾在 1945 年 11 月 12 日撰文發表於《中央日報》第 6 版，評論傅抱石「寫人物絕不拘泥於其表面之華麗服飾而旨在刻畫畫中人之情緒生命，其成功在此，其不同凡響亦在此。」

〔註 51〕傅抱石 1954 年作所的〈山鬼〉是在研讀郭沫若書中〈九歌今譯〉之後創作的〈九歌圖〉冊頁中的一頁。參見萬新華：〈傅抱石後期仕女畫創作風格嬗變研究——以「九歌」題材爲中心〉，《中國書畫》第 141 期（2014，9），41～42。

中有關巫山神女「戀愛」主題的「小說式」敘述。〔註 52〕與此相應，不同於1946 年表現「風雨如晦」的〈山鬼〉，傅抱石在 1954 年畫〈山鬼〉時只選擇了描寫山鬼美好姿容的文辭來進行圖像轉換。畫中山鬼被描繪爲一個健康圓潤的年輕女子，面含微笑，不復惆悵，身側也沒有了虎豹車騎與漢服文士。空中淡墨輕掃的斜風細雨，沒有了「暴風雨時代」的險阻與昏暗。她恬靜地立於蒼翠松柏之間，衣衫色彩也被映襯得翠綠喜人，隱約透露出在五十年代「新國畫」較爲常見的明麗氣息。可見，在努力適應新時代新要求的過程中，傅抱石的〈山鬼〉畫面也發生了微妙而又顯著的變化，1946 年〈山鬼〉中曾被渲染強化的「心中風雨」，似乎也須在「時過境遷」之後被淡化、消解了。

本文附圖

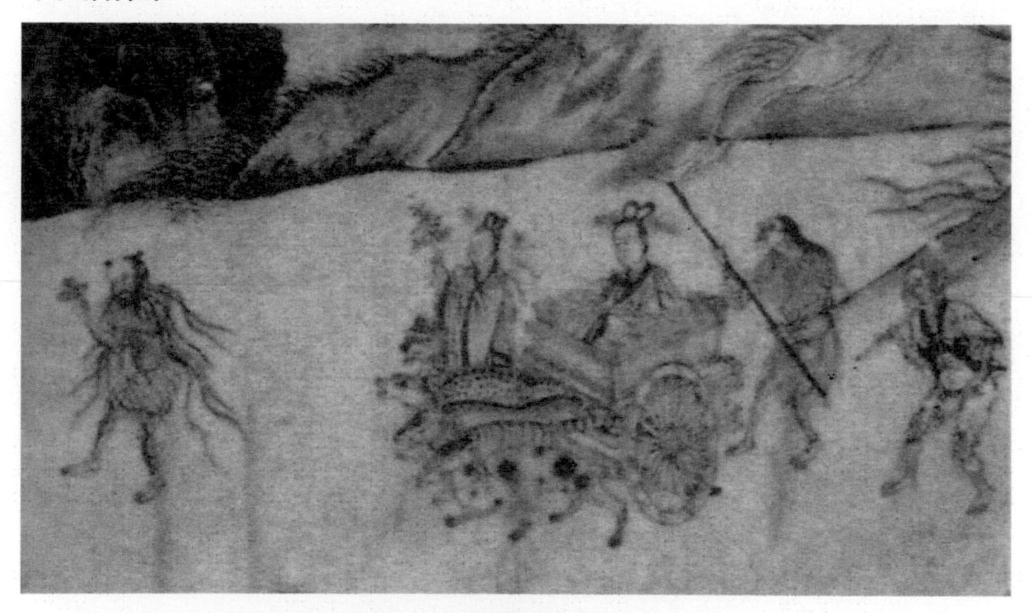

圖 1

〔註 52〕郭沫若認爲，〈九歌〉十一篇有六種寫法，第一種是描述祭祀的排場，如〈東皇太一〉、〈禮魂〉。第二種是歌者或祭者向女神求愛，如〈雲中君〉、〈少司命〉。第三種是男神向女神求愛，如〈大司命〉、〈河伯〉。第四種是敘述女神的失戀，如「戲劇式」寫法的〈湘君〉、〈湘夫人〉，和「小說式」寫法的〈山鬼〉。第五種是祭祀者把神丟在一邊，不願離開歡樂的祭場，如〈東君〉。第六種是直接禮贊，如〈國殤〉是對陣亡將士的頌歌，只有這首的內容沒有包含戀愛成分。參見郭沫若〈九歌・題解〉，收入郭沫若著作編輯出版委員會編，《郭沫若全集・文學編》第五卷（北京：人民文學出版社，1984），273。

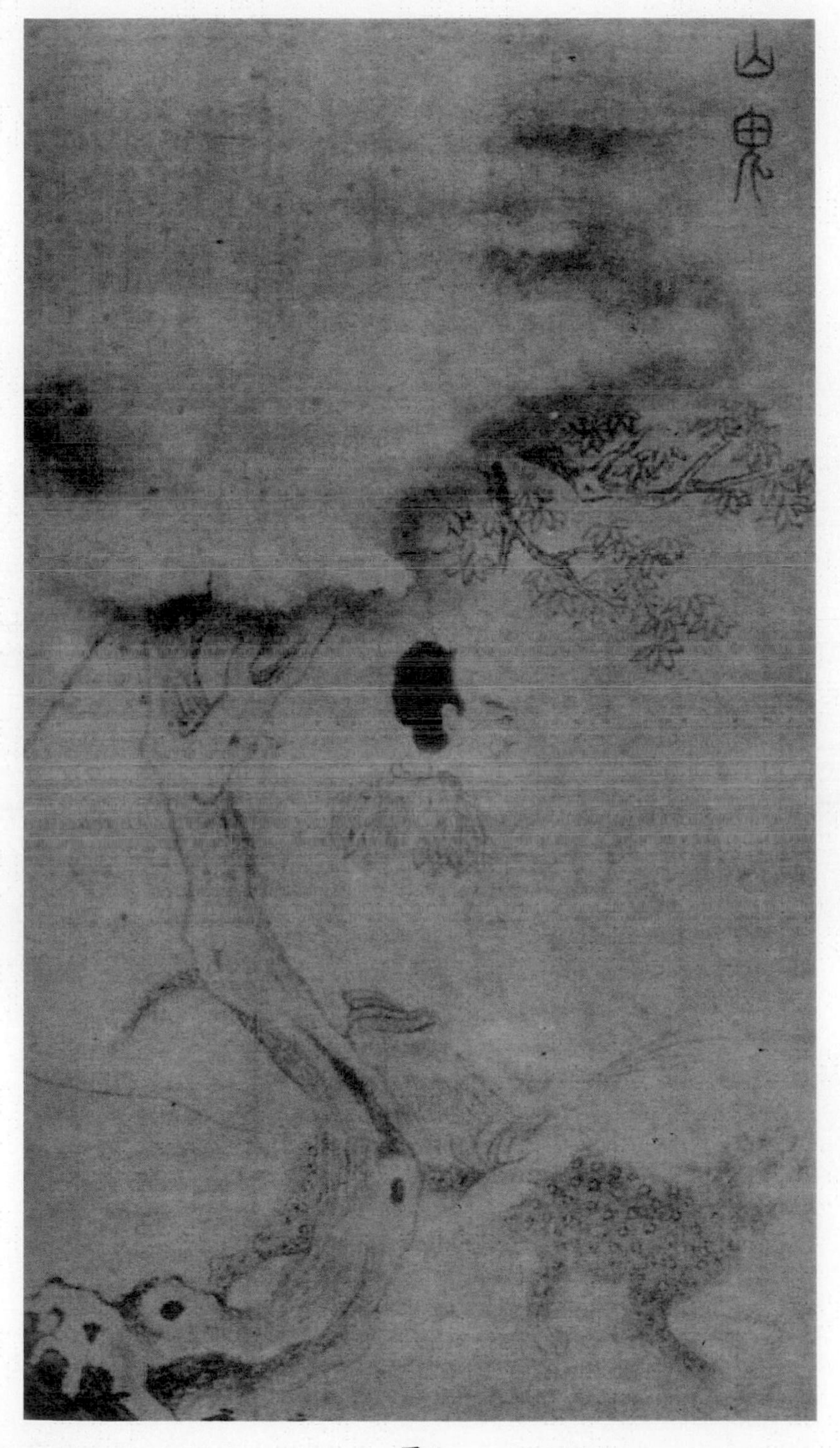

圖 2

圖 3

圖 4

圖 5

圖 6

圖 7

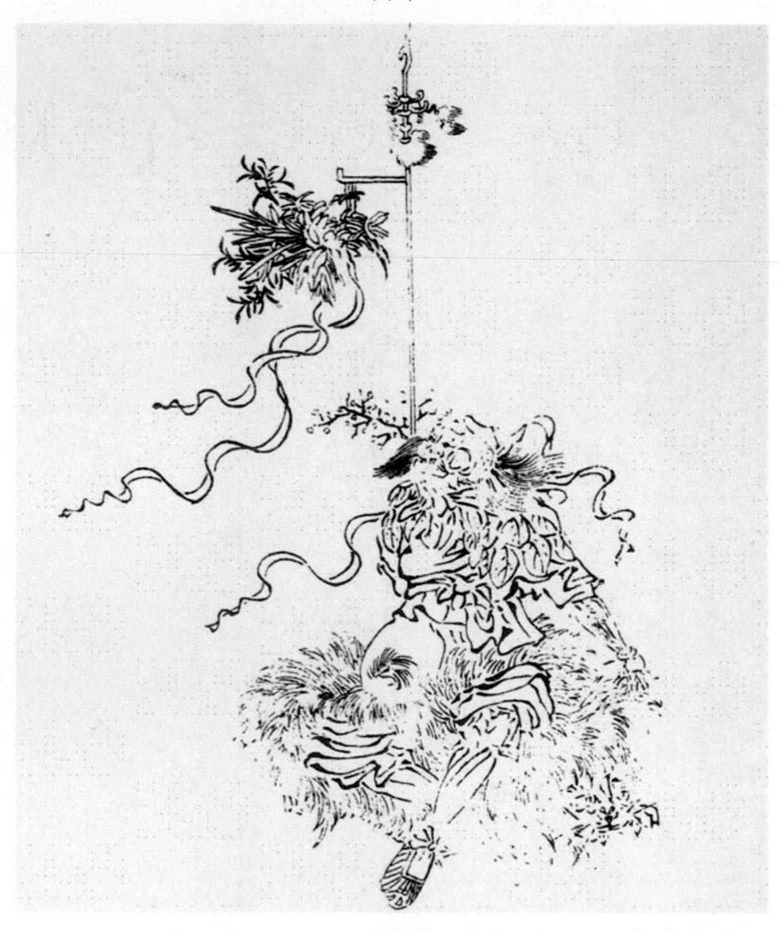

圖 8

圖 9

圖 10

圖 11

圖 12

圖 13

圖 14

圖 15

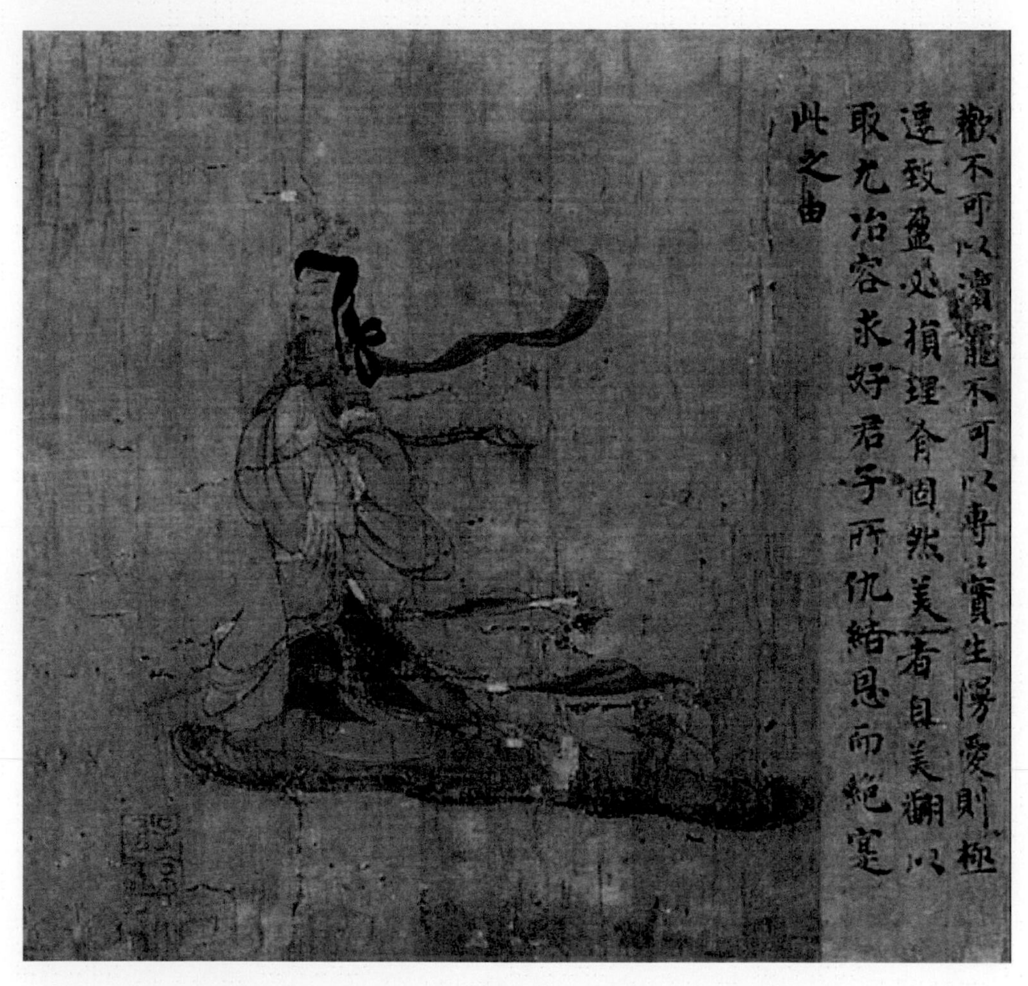
歡不可以瀆寵不可以專〻實生慢愛則極
遷致盈必損理有固然美者自美翩以
取尤冶容求好君子所仇結恩而絕寔
此之由

圖 16

圖 17

圖 18

圖 19

圖 20

圖 21

圖 22

主要參引文獻

1. 葉宗鎬，《傅抱石年譜》，上海，上海古籍出版社，2004。
2. 林木，《傅抱石評傳》，臺北，義之堂文化出版有限公司，2004。
3. 劉濤，《通三統——一種文學史實驗》，昆明，雲南人民出版社，2013。
4. 傅益瑤，《我的父親傅抱石》，上海，上海辭書出版社，2006。
5. 萬新華、黃海濤編，《所謂伊人——傅抱石仕女畫集》，上海，譯林出版社，2014。
6. 葉宗鎬編，《傅抱石美術文集》，上海，上海古籍出版社，2003。
7. 葉宗鎬編，《傅抱石美術文集續編》，上海，上海書畫出版社，2014。
8. 朱介英編，《美麗的粉本遺產——張大千仕女冊》，北京，北京師範大學出版社，2008。
9. 傅抱石研究會編，《傅抱石研究文集》，上海，上海書畫出版社，2009。
10. 萬新華，〈中國繪畫在大時代：傅抱石抗戰時期歷史人物畫之民族意象研究〉，《藝術評論》第二十期（2010），167～212。
11. 萬新華，〈傅抱石後期仕女畫創作風格嬗變研究——以「九歌」題材爲中心〉，《中國書畫》第 141 期（2014，9），41－42。
12. 郭沫若著作編輯出版委員會編，《郭沫若全集・文學編》第五卷，北京，人民文學出版社，1984。

13. 傅抱石紀念館編，《其命維新——傅抱石百年誕辰紀念文集》，鄭州，河南美術出版社，2004。
14. 島田修二郎，《中國繪畫史研究》，東京，中央公論美術出版，1993。
15. Wong, Aida, *Parting the Mists: Discovering Japan and the Rise of National-Style Painting in Modern China*, Honolulu: University of Hawaii Press, 2006.
16. Clark, David, "Raining, Drowning and Swimming: Fu Baoshi and Water," *Art History* 29（2006）, no.1: 108～144.
17. Hung, Chung-tai, "Female Symbols of Resistance in Chinese Wartime Spoken Drama," *Modern China*, Vol. 15, No. 2（April, 1989）, 149～177.
18. Chung, Anita, ed., *Chinese Art in an Age of Revolution: Fu Baoshi（1904～1965）*, New Haven and London: Yale University Press, 2011.
19. Gais, Deborah Del, "Li Kung-lin's *Chiu-ko t' u*: A Study of the *Nine Songs* Hand-scrolls in the Sung and Yuan Dynasties." Doctoral Dissertation, Yale University, 1981.
20. Wang, Pu, "The Phenomenology of 'Zeitgeist:' Guo Moruo and the Chinese Revolution." Doctoral Dissertation, New York University, 2012.

附　錄

時代意識與經典視野

李浴洋

（北京大學中文系）

在現代中國討論「經典」問題，或者對於現代中國的「經典」問題進行考察，其間的知識視野、問題意識、理論工具以及歷史關懷與傳統中國自是有所不同。

在傳統中國士人的精神世界與知識譜系中，「經典」長期處於核心位置。由此形成與輻射開來的「經典」觀念也在社會、思想、學術、文化、藝術與教育等領域中發揮了至關重要的結構作用。在近代史家看來，「經典淡出」乃是晚清以降「古今之變」的關鍵節點。在「西學東漸」的潮流衝擊下，傳統「經典」及其代表的價值秩序與制度想像不斷「解體」，部分就此湮沒，但也有部分轉化成爲了現代中國的思想與文化資源。

在這一漸次展開並且綿延當下的歷史進程中，百餘年前的「事件」如今已然成爲了某種無法迴避的「前提」與「背景」。也就是說，在現代中國的歷史轉型與變局中，任何關於「經典」問題的討論，作爲一種回應「現代問題」的重要途徑，近乎天然地內置了現代視野與現代立場，並且有效與有力地參與到了「現代精神」的建構中來。

當然，對於「現代」的理解與實踐千門萬戶，「傳統」也絕非鐵板一塊，而是「一時代有一時代之經典」。所謂「淡出」，在某種程度上只是相對於其既往的位置與功能而言。而事實上，「經典」在現代中國「風流雲散」時，也自有「移步換形」。

在傳統中國，「經典」是「天下」格局的獨特資源；而進入現代，一個新的「經典世界」在以「世界經典」爲參照的歷史實踐中被組織與敘述出來。這是「經典」觀念本身在過去百餘年間發生「古今之變」的一大表徵與動因。

一方面，「西方正典」大量進入中國，經由知識「環流」與思想「共振」，發揮了日益廣泛的影響；在這一過程中，傳統中國在多個層面上發生嬗變。另一方面，一套以歷史化與科學性爲基礎的「經典」話語開始生成；較之既往對於「經典」的討論方式，這一模式更具開放與普遍意義——不過，在「古今之變」背後的「古今之別」，以及在新的可能性中潛藏的限度與誤區，也同樣值得認眞反思。

概而言之，「時代重構」與「經典再造」在現代中國通常互爲表裏與因果，彼此支撐與發明，兩者相生相成。是故，理想的現代中國研究自然也就對於學者提出了兼備時代意識與經典視野的要求。

在現代中國，「經典」既是一種時代精神的象徵，同時也經常被作爲一種對抗「時代」的資源。現代中國的「經典」話語蘊藉的豐富張力與複雜結構，爲經此「回到歷史現場」提供了多重可能性——在「經典」中見「時代」，也在「時代」中見「經典」，更在兩者的互動關係中見現代中國的面相與肌理。

不同於「衝擊——反應」或者「影響——接受」的研究思路，也有別於從範疇與觀念的角度關注「內在理路」的學術範式，將「時代重構」與「經典再造」並舉的論述策略，旨在強調在「時代」與「經典」互動的結構性視野中，通過與現代中國的重要人物、事件、文本以及潮流進行對話，既回應思想、學術、文學以及文化等領域的諸多核心命題，也不斷打開新的論題與論域——既在時代性中賦予歷史性，也在歷史感中帶入時代感。

以「時代」爲「意識」，秉持了主張「淵源有自」的北大文史傳統。主張「回到歷史現場」是其重要特徵。三十年前的 1985 年，北大中文系青年教師錢理群、黃子平與博士生陳平原發表〈論「二十世紀中國文學」〉，提出了打破既有研究格局的具有整體觀的新的學術思路。這一思路在日後積累的「實績」之一便是三十年間中國學界對於「晚清」的重新發現。此前，關於「現代中國」興起的經典論述是「從鴉片戰爭到五四運動」。借助報刊與檔案，「發現晚清」的學術潮流凸顯了「晚清三十年」而非「晚清七十年」與「五四新文化運動」的歷史與邏輯關聯。在這一歷史敘述方案中，以 1872 年《申報》

創刊爲標誌的對於「晚清三十年」的歷史展開方式影響深遠的媒介革命，也就足以與 1840 年中國開始進入「半殖民地半封建社會」的斷代意義等量齊觀。

三十年前的「突破」，如今已是知識與思想層面上的「常識」。而所謂「回到歷史現場」，正是循此對於現代文學、史學與哲學等學科的身份與使命做出的重新闡釋、定位與定性。

不過，利用報刊、翻檢檔案、發現材料、填補空白只是「返回」現代中國「歷史現場」的入口而已，眞正的「返回」還需要在對於「史實」的準確把握中形成具有洞察力與穿透力的「史識」。「拾遺補缺」旨在「正本清源」，不斷歷史化的目的乃是不斷問題化。問題化意味著在當下與歷史之間不斷對話。倘若不能如此，則「學術」容易淪爲「技術」，而「生發」也會墮入「生產」。

毋需諱言，晚近對於現代中國的研究在很大程度上呈現出封閉化與碎片化的傾向。這固然有學術之外的諸多緣故，但僅就學術方式而言，重「方法」而輕「視野」則是其中的一個重要原因。1985 年，也是所謂「方法年」。「方法」勝過談「問題」、「理論」高於「對象」、「立場」超出「判斷」的時尙，此後一直風行，並且愈演愈烈。

對於人文學術來說，「視野」或許遠比「方法」更爲根本地制約著研究的廣度與深度。之所以在「時代意識」以外，還提出「經典視野」，並且強調兩者之間的互動關係，就在於「經典」以及經典化的歷史進程本身所具有的開放性與包孕性，正是眞正檢驗學術質地、品格、水平與境界的「試金石」。

以「經典」爲「視野」，即從思想、學術、文學與文化的角度考察歷史，當然接續了胡適等人在「五四新文化運動」中奠立的「在思想文藝上給中國政治建築一個可靠的基礎」的基本立場與邏輯。無論是當年「新文化」同人對於傳統「經典」的批判，還是他們本身的反傳統論述在日後同樣成爲了一種「傳統」甚至「經典」，基本都可以在這一思路中做出解釋。

如果只是強調以 1915 年《青年雜誌》創刊爲代表的「新文化」展開方式的「文化」層面，那麼無疑有將歷史經驗簡單化與教條化的嫌疑。1924 年，章太炎接連指出時人由於受到日本漢學的影響，「詳於文化而略於政治」，「重文學而輕政事」。作爲對於「新文化」的主流論述的回應，大概也同樣値得關注。

當年「新文化」同人對於「學術」與「文學」的推崇，乃是「別具隻眼」與「別有幽懷」。但日後對於「學術」與「非學術」、「文學」與「非文學」的人爲區分，在很大程度上恐怕則是意識所囿、視野所限以及「趨易避難」、以「不能爲」爲「不屑爲」的心理作祟。而「經典」及其相關問題的複雜性與豐富性，恰好相當內在地要求在「學術」與「文學」的視野之外，還需要自覺兼及政治、社會、價值與制度等向度。所以，關注「時代」與「經典」的互動關係，既是歷史研究與現實追求，也是思想操演與學術訓練。——換句話說，這是一種在「新文化」經驗中開出的成長的學術。

從晚近三十年的學術潮流，到百年「新文化」的歷史命運，「學術」與「文學」向來都不僅是學界與文壇的問題。因此，學術史研究也好，文學史研究也罷，都應當在相應的學科背景中不斷「由內而外」打開新的問題空間，具有超越的時代意識與經典視野。「超越」不等於「浮誇」，其實踐形式乃是對於問題、對象與判斷的具體研究。在「內外之間」保持必要的張力、緊張感與開放性，正是在「時代」與「經典」的互動中推動學術演進的動力所在。

有鑒於此，我們經過歷時半年的籌備，召集了此次「時代重構與經典再造（1872～1976）——博士生與青年學者國際學術研討會」，邀請海內外關注現代中國「經典」問題的五十位博士生與青年學者一道，在燕園切磋琢磨。

未來兩天，諸位將圍繞「世變與文運」、「儒家與道教」、「現代學術的展開」、「對話周氏兄弟」、「文本與圖像」、「譯事與詞章」、「說部內外」、「重審當代中國」、「啓蒙與革命」以及「戰爭與文學」等十個專題，從思想潮流、學術範式、文學趣味、教育制度、理論體系、批評實踐、歷史敘述與知識考古等方面用心與著眼，共同討論中西「經典」在現代中國的陞降浮沉與是非曲直，以及其間的「故事新編」與「古典新義」。

對於諸位的到來表示熱烈歡迎。期待諸位在未來兩天的精彩發揮，更期待我們在這一「成長的學術」中共同成長。

2015 年 11 月 11 日，於暢春新園

（此乃作者 2015 年 11 月 15 日在北京大學召開的「「時代重構與經典再造（1872～1976）——博士生與青年學者國際學術研討會」」開幕式上的發言，原刊《文藝報》2016 年 1 月 11 日）

在「成長學術」中共同成長：「時代重構與經典再造（1872～1976）——博士生與青年學者國際學術研討會」側記

李浴洋

（北京大學中文系）

2015年11月15至16日，由北京大學中文系主辦的「時代重構與經典再造（1872～1976）——博士生與青年學者國際學術研討會」在燕園未名湖畔的人文學苑召開。來自美國、日本、中國大陸、臺灣與香港等國家和地區的二十餘所高校與研究機構的五十二位博士生和青年學者參加了會議。在爲期兩天的會議中，共有五十位代表發表了學術論文。此外，會議還邀請了孫玉石與陳平原等十餘位在現代中國研究領域卓有成就的資深學者與會，或演講，或評議，全程與年輕一輩展開對話。

會議圍繞現代中國的「時代重構與經典再造」這一主題，組織了「世變與文運」、「儒家與道教」、「現代學術的展開」、「對話周氏兄弟」、「文本與圖像」、「譯事與詞章」、「說部內外」、「重審當代中國」、「啓蒙與革命」與「戰爭與文學」等十場專題發言，既對涉及的相關話題進行了廣泛而深入的討論，也對當前現代中國研究中的諸多論題與論域做出了有效與有力的回應。會議的有關情況，特別是對於在「時代」與「經典」互動的結構性視野中考察現代中國的可能性這一核心議題的開掘，以及與會代表在若干具體問題的研究中取得的突破，我已撰成一篇綜述，送交學術期刊發表。有興趣的朋友，自可參閱。

此次會議的一個顯著特點是，完全由北大中文系的在讀博士生發起與召集，也完全由在讀研究生（包括博士生、碩士生）籌備與完成。作爲一次名副其實的國際性的學術會議，無論在海外，還是在國內，這樣的組織形成大概都是不多見的。當然，兄弟院校的同學們在很大程度上並非「不為」，而是「不能」——因為會議得以順利舉行，與北大研究生院提供的政策和資金支持直接相關。在很多兄弟院校，對於在讀博士生來說，即便有此心志，但也很可能沒有此等機遇與條件。這是尤其需要說明，並向北大研究生院致謝與致敬的。

儘管此前也曾參與甚至深度介入一些學術會議的組織工作，但像這回這樣，從 5 月 7 日正式向研究生院提遞交「北京大學博士研究生國際專題學術研討會資助申請書」，到 11 月 17 日送走最後一批會議代表，如此全面地負責與見證一場學術會議「臺前幕後」的「起承轉合」，在我還是頭一遭。這還不算早在春節前後就已開始的主題醞釀與議題設計，以及當下仍未結束的費用報銷等善後事宜。所以，既是參與者，也是組織者，還是觀察者，自然對於這一過程中的「甘苦冷暖」與「成敗得失」，也就別有一些心得體會——於是，寫就了這篇「側記」，作為記錄、追問與反思。

「獨學」時代的「精神慰藉」

「獨學而無友，則孤陋而寡聞。」出自《禮記·學記》的這則教誨，想必古往今來的讀書人都不會陌生。對話之於學術研究的重要性，不僅指向學者個人研究工作的展開，而且關乎一個時代的學術進程與研究格局的廣度和深度。凡此，都不需要過多論證。

時代風氣以具體人事為動因與表徵，不過風氣一旦形成，置身其中的個人卻又通常無法左右與通融，只得面對與回應。張舜徽著有「旨在闡述清代揚州學者在學術研究方面的主要成就和治學方法」的《清代揚州學記》一書，「抽舉幾位較為重要的中心人物為主題」，以學案的形式著重介紹了王懋竑、王念孫、汪中、焦循、阮元、劉文淇與劉師培等七位學者。在體例方面，一個鮮明的對比是，前四章均設有「最親密的學侶」一節（例如朱澤沄之於王懋竑、任大椿之於王念孫、江藩之於汪中與黃承吉之於焦循），而在後三章中，這一部分卻都告缺。當然，具體到個案中，可以說這是阮元做官太大或者劉師培離鄉太早的緣故。但就「大勢」而言，無疑說明乾嘉以降，「學侶」不再是述學行為發生與發展的有機組成部分。在「清學」譜系中，劉師培屬於「殿軍」一代；而在「現代學術」的傳統中，他則又是「開山」一輩。是故，「學侶淡出」也就在中國學術從傳統到現代的轉型與變局中延續下來。余英時認爲，學者之間「同聲相應，同氣相求」的精神譜系「以 20 世紀上半葉爲斷代」，「因爲從下半葉開始，政治生態與文化生態頓時改弦易轍」，既往的學術經驗自然「皮之不存，毛將焉附」了。（〈原「序」：中國書寫史的一個特色〉）由此，中國學術史愈加進入了一個「獨學」時代。

1980 年代，伴隨著社會風氣的開放，「獨學」狀態曾經一度出現鬆動的?象。其中的典型正如錢理群、黃子平與陳平原在 1985 至 1990 年間，先縱論「二十世紀中國文學」，後「漫說文化」。日後，陳平原在回顧這一經歷時說：「這兩次合作，多少都引起了學界的關注。學術上的創獲到底有多大，不好說；倒是那種合力奮進的精神狀態，很是感人。或許，這就是人們常說的『八十年代學術』的特徵：雖則粗疏，但生氣淋漓」，「驀然回首，最令人感懷的，其實不是什麼是非與功過，而是促成幾回『三人行』的思想潮流、社會氛圍，以及自以爲頗具創意的對話文體」。（〈《二十世紀中國文化三人談・漫說文化》小引〉）

當時間推進至 1990 年代，對於當時潮流的概括有所謂「思想家淡出，學問家凸顯」一說。對此當然可以有各種不同的解釋，但將「思想」與「學問」對舉的論述策略，無疑說明了在絕大多數知識人那裏，「學術訓練」與「思想操演」已經發生了內在斷裂，學術不再是「同聲相應，同氣相求」的精神紐帶，對於時代與歷史進程中的重大命題做出反應的能力也逐漸喪失。精細有餘，而生機與大氣不足，是 1990 年代以來學術的主要特徵。導致這一現象的原因固然有制度與資本等外力的作用，但學界自身恐怕也難辭其咎。越來越多的學者只講「專業」，而無「通識」；只顧在自以爲是的界限中「精耕細作」，而相對忽略了「學術共同體」的建設以及學術工作本應具有的與時代之間的精神共振，不能不說是一大遺憾。

大的形勢或許一時無法阻擋，大的環境可能也不會很快改變，但退回一步，不再「隨風起舞」，而是練好內功，在相互慰藉中自我保存、彼此支撐與共同抵抗，至少對於部分學者，特別是青年一代而言，應當還是值得期待並且有望做到的。

熟悉現代中國學術史的人都知道，「精神慰藉」之說源於王國維的〈三十自序〉。他在解釋自己的學術轉向時說：「欲於其中求直接之慰藉者也」。在「獨學」時代，對於有抱負、有追求的學者而言，「慰藉」是自我確認的方式與自我完成的動力，在實質上是對於潛在的「學侶」與「學術共同體」的召喚。之於青年而言，更是如此。

發起與召集此次以博士生與青年學者爲主體的會議，正是在這一方向上做出的努力。這一嘗試既指向打開兼及歷史感與時代感的學術論題與論域，也希望在「獨學」時代發揮「精神慰藉」的作用——讓即將登上學術舞臺的「生力軍」在各自「一步步踏在泥土上，打上深深的腳印」（朱自清〈毀滅〉）的同時，也眞切地明白「德不孤，必有鄰」（〈論語・里仁〉）。唯有年輕一輩普遍超越「從業者」的身份與視野，具有成爲一段歷史進程的「託命人」的意識與姿態，一個新的學術時代才有望在一代新人的研究工作「實績」中徐徐展開。

青年的準備與舞臺

2015 年是《新青年》（原名《青年雜誌》）創刊一百週年。過去一年中，學界就此進行的討論，熱鬧非凡。在歲末，又在「新文化運動」的中心——北京大學舉行此次「青年」學者的會議，自然也就有致敬、反思、接續與回應「新文化」百年傳統的意味。

儘管在此次會議上，也有數篇關於《新青年》以及「新文化運動」中的代表人物（例如蔡元培、胡適、周氏兄弟）的論文發表，但會議與「新文化」傳統之間的精神對話，主要倒還不是在這一層面上展開。

從思想史與學術史的角度來看，在「新文化運動」中，最能體現一代知識分子的「個性」與「共識」者，當屬胡適。對於胡適的歷史地位及其成因，余英時做過精彩論述。在他看來，「在胡適歸國前後，中國思想界有一段空白而恰好被他塡上了」。至於「爲什麼恰巧是胡適而不是任何別人塡補了這片思想的空白呢」，乃是因爲「他對自己所要扮演的歷史角色不但早有自覺，而且也進行了長期的準備」。（〈中國近代思想史上的胡適〉）所謂「長期的準備」，是指胡適在美國留學時期完成的在精神、思想、學術與表達等方面的自我訓練。

其實，不僅胡適如此，其他在「新文化運動」中「嶄露頭角」的重要人物，也大都「有備而來」。不過，「準備」是一方面，但這場「運動」最終能夠「風生水起」並且取得成功，還離不開《新青年》與北京大學提供的絕佳「舞臺」。當然，可以說兩者的關係是相互成就，但作爲一種歷史經驗，起碼也應當清楚它們缺一不可。

此次會議的目的當然包括展示實力、促進交流與達成共識等多項，但實現這些目標的前提卻無疑是首先建構一個較爲理想的「舞臺」。在目前海內外的學術會議中，並不缺乏青年學者發表的機會，但其主要形式或者是專題會議的「青年專場」，或者是純粹以身份進行界定而話題蕪雜的「博士生/博士後論壇」。在前者中，青年並非主體，甚至位置十分邊緣，扮演的角色主要是象徵了年長一輩學者提出的話題「代有傳人」；而在後者中，通常由於「貪多求全」，追求「面面俱到」，而在「眾聲喧嘩」的形式繁榮中影響了對話的有效。表面看來，在晚近的學術舞臺上，青年的表現十分活躍；但認眞辨析，不難發現其身影依舊模糊——絕大多數青年學者討論的問題以及討論問題的方式，都還是前輩學者的，至少對於「80 後」的一代而言，其在學界的整體面目迄今仍不清晰，提出話題、展開論述以及建構自身與學術進程之間的內在關聯的能力，都還非常有待加強。

青年學者本身的準備不足，固然可能是其中的重要緣故，因爲在我們成長的年代中，學術環境並不十分樂觀，這勢必對於觀念、視野、格局與情懷產生影響；但是否有理想的舞臺，也在很大程度上制約著一代學者的學術可能性的發揮。實話實說，並不是每一代人都有登上歷史舞臺的機遇。機遇要靠時代給予，也要靠自己創造。具體到學術會議的組織而言，如何既凸顯青年的主體性，又實現對話的有效性，也就成爲了衡量舞臺理想與否的重要標準。而此次會議，正是希望在自覺討論的過程中，形成某些眞正屬於年輕一輩的學術話題以及打開話題的可能方式，爲這一舞臺提供某種區別性與生長性。

文學史上有所謂「成長小說」，而學術史上的某些學術形態大概也可以稱爲「成長學術」。「八十年代學術」之所以影響深遠，除去特定的歷史、政治、社會與文化背景，也與 1980 年代學者的學術工作具有的成長性直接相關。他們中的佼佼者，大都畢生與一個或者幾個重要的學術對象與話題進行對話，並且在不斷的對話中形成了自己的生命體驗、歷史思考、時代感受與學術判斷，以及具有代際特徵的文化形象。當年《新青年》同人的成功經驗，基本也是如此。

由於此次會議主要討論的是現代中國的文學史與學術史問題。在開幕式上的題旨發言中，我特別談及：「當年『新文化』同人對於『學術』與『文學』的推崇，乃是『別具隻眼』與『別有幽懷』。但日後對於『學術』與『非學術』、

『文學』與『非文學』的人爲區分，在很大程度上恐怕則是意識所囿、視野所限以及『趨易避難』、以『不能爲』爲『不屑爲』的心理作祟。而『經典』及其相關問題的複雜性與豐富性，恰好相當內在地要求在『學術』與『文學』的視野之外，還需要自覺兼及政治、社會、價值與制度等向度。所以，關注『時代』與『經典』的互動關係，既是歷史研究與現實追求，也是思想操演與學術訓練。——換句話說，這是一種在『新文化』經驗中開出的『成長學術』。」

「成長學術」既是「準備」，也是「舞臺」。我們需要在「幕後」認眞經營，也需要在「臺前」精彩表演，更應當把自覺建構更爲理想的「舞臺」納入「準備」中，在「變奏」中逐漸形成「交響」。

在「集體檢閱」與「共同研究」之間

當歷時兩天的會議結束後，說此次會議是成功的，大概並不誇張。首先，會議的發表人大都做了十分認眞的準備，不僅在要求的每人 12 分鐘的時間內完成了論文發表，並且大多輔之以專門製作的 PPT，而且在上場前與下場後也踴躍參與到對於其他發表人的提問中來，以致幾乎每一專場的自由討論環節都超了時。其次，會議沒有設置分會場，而是安排所有代表參與了全部十個專場的發言與討論，在這一密度與強度極大的過程中，幾乎沒有代表「缺席」，除去規定的茶歇時間之外，中途到場外聊天或者放鬆者，也屈指可數。最後，在這一以青年學者爲主體的學術會議上，應邀前來演講與評議的前輩學者在完成各自的「使命」以後，大都在場旁聽，並且積極參與討論。如此效果，無疑令人欣慰與驚喜。

這就要說到會議在設計方面的一些考慮。對於學術會議而言，當然重要的是內容；但從組織者的角度來說，形式卻是內容的保證。

第一，關於是否設置分會場，在會議的籌備階段曾經有過猶豫。因爲會議原本計劃的規模是三十至四十人，但是由於在徵稿階段收到的來稿數量與質量都遠遠超過預期，所以後來決定擴充至五十人。可是由於客觀條件，會期只能爲兩天。如果不設分會場，那麼每天則要安排五場專題發言，在充分保障發表與討論時長的前提下，一天總的工作時間將超過八個小時，這對於與會代表的體力與精力，將是巨大的挑戰。

最終堅持不設分會場，道理其實很簡單。作爲學者，把自己的思路論述清楚，當然是首要任務，但能夠尊重並且理解他人的思路，尤其是那些不同於自己的，甚至自己不熟悉或者不認同的學術思路，也是一種重要的學術能力。學術會議之於學者的意義不僅是發言，更包括傾聽、提問、尊重與理解。在我看來，較之前者，後者更爲根本地影響著一個學者的學術道路的深度與廣度。在信息傳播渠道已經高度發達與暢通的今天，在規定時空中進行面對面交流的必要性就在於發現那些與自己不同的看待問題和世界的方式，尊重和理解那些別樣的思考與聲音。就青年學者而言，知道同樣在成長中的他人都在關注什麼、研究什麼，進而形成一種「同代」的視野與感受，對於開掘與調整自己的學術思路，都是十分具有建設性的。

第二，分會場的形式得以流行，除去因爲有的會議規模過大，也往往與涉及話題的膚泛與分散有關。主題的確立，對於會議成功與否，至爲關鍵。理想的會議主題，應當兼及開放性與區別性——一方面，對於潛在的參與者充分開放；另一方面，又必須具有相應的知識與邏輯的界限，不然在外延的無限伸展中必然稀釋內涵。此次會議的主題以現代中國的「時代重構與經典再造」進行結構，就是循此原則做出的嘗試。

受邀與會的五十位代表，雖然來自文學、史學、哲學與藝術學等不同領域，但最終卻均能通過各自的研究回應會議主題。五十篇論文討論的具體問題各異，但卻都能與中西「經典」在現代中國的陞降浮沉與是非曲直這一核心話題形成或深或淺的關聯，只不過具體的用心與著眼點有的是思想潮流與學術範式，有的是文學趣味與教育制度，有的是理論體系與批評實踐，有的是歷史敘述與知識考古。

第三，此次會議儘管以青年爲主體，但其成功乃是基於兩代人的合力。沒有北大的聲譽，沒有師長的支持，如此理想的「舞臺」很難被建構起來。「兩代人」的說法也許不夠準確，因爲提供幫助的師長從「30後」到「70後」不等，而在會議代表中也存在「80後」與「90後」的差異。不過總的來說，是師長一輩對於學生一輩的信任、鼓勵與支持，以及必要的提醒、督促與糾正，最終促成了此次會議。

從申報會議項目伊始，到處理各種善後事宜，北大中文系的陳平原、王風與吳曉東三位師長給予了許多相當中肯的建議。但他們的原則是給建議而不做指導，解困惑而不下判斷，把關於會議的一切大小事務都交給學生一輩自己去完成，只在學生「力所不及」處「挺身而出」。此中關切，正如陳平原老師曾經對我談到的，青年學者應當把「讀書」與「做事」結合起來，北大學生尤好「議論」，多多「事上磨練」（王陽明《傳習錄》）很有必要。而對於學生的參會邀請，除去他們三位，孫玉石、高遠東、孔慶東、王達敏、吳飛、賀桂梅與姜濤等數位師長也無不積極應允並且認眞準備，不僅陳平原老師爲此次會議專門寫作了長篇主題演講稿，其他師長在評議時也無一例外地持有數頁發言稿。作爲曾經的「青年學者」，他們身體力行地示範了「青年」應當如何「成長」。

有感於此次會議的形式、內容、思路與追求，陳平原老師在主題演講中特別提及了 1985 年在北京萬壽寺召開的「中國現代文學研究創新座談會」。正是在那次會議上，時爲「青年學者」的他宣讀了〈論「二十世紀中國文學」〉一文。此文的發表，被認爲是 1980 年代的新一代中國現代文學學者登上學術舞臺的標誌。他以「風起於青萍之末」做出評價，希望此次會議能夠成爲新的「萬壽寺會議」，期待優秀的青年學者得到學界的更多關注。

可以說，此次會議是對現代中國研究領域的青年學者的一次「集體檢閱」，呈現了蓄勢待發的年輕一輩具有的潛力與實力。不過，我也非常清楚，距離達到「共同研究」的理想狀態，我們還有很長的路要走。會議本身取得什麼樣的「成就」都在其次，重要的是與會代表能夠帶著參會時收穫的激勵、啓示、經驗與教訓，以及作爲「同代」學者的「學術共同體」意識，在日後各自的研究中做出眞正屬於這一時代，也屬於「這一代」的水平、境界、格局與氣象的學術——同作爲「成長學術」的對象與話題，也同若干「學侶」一起成長。

2015 年 11 月 22 日，雪中，於暢春新園

（原刊《北京青年報》2016 年 2 月 16 日，發表時改題爲《一群學生娃　撐起國際學術研討會》）

史的景深——致敬孫玉石先生

李浴洋

（北京大學中文系）

2015 年 11 月 16 日，是著名學者、北京大學中文系教授孫玉石先生八十華誕的日子。孫先生是中國現代文學研究界德高望重的前輩，師從這一學科的奠基人王瑤先生。在超過半個世紀的學術生涯中，孫先生取得的堅實成就，已經在 2010 年 11 月結集爲十七卷本的《孫玉石文集》。他在相關領域中做出的貢獻，很多在學科史上都具有劃時代意義，爲後世學者所無法迴避。而他以「求眞」爲宗旨、追求還原歷史、注重資料工作的學術精神，更在晚近三十餘年的學術史上堪稱典型。

11 月 14 日，北大中文系召開了「中國現代文學研究的傳統——慶祝孫玉石先生八十華誕暨孫玉石學術思想研討會」，來自校內外的老中青三代學者齊聚一堂，既爲孫先生祝壽，也藉此機會研討中國現代文學研究的經驗、教訓、問題與方向。孫先生是在中國現代文學研究史上發揮了「承上啓下」的關鍵作用的一位學者。他於 1955 年考入北京大學中文系，1960 年畢業留校後開始攻讀現代文學專業的研究生，1964 年畢業，在「文革」以前就登上了學術舞臺。讀研期間，他的第一份讀書報告〈魯迅對於中國新詩運動的貢獻〉在《北京大學學報》1963 年第 1 期上發表。在他的傳略作者看來，這是孫先生「第一篇正式發表的學術論文，魯迅與新詩，也成爲孫玉石教授此後的學術生涯的主體研究對象」。「文革」結束之後，孫先生經由參與 1981 年版《魯迅全集》第一卷的注釋工作返回工作崗位，並於 1978 年發現了魯迅在「五四」時期的十一篇佚文，日後他的學術道路一直與資料的蒐集、整理、考辨與闡釋直接相關。中國現代文學學科在很長的歷史階段中都承擔了過度的意識形態使命，而孫先生與同代中的部分學者一道展開的資料工作，在很大程度上是爲這一學科重新奠基，從而促成了中國現代文學研究在 1980 年代的「學術轉型」。

關於孫玉石先生的學術貢獻，無論是在 2010 年《孫玉石文集》出版以後召開的座談會上，還是在此次研討會中，學者都多有論述，而他本人，則早已進入了中國現代文學研究史（特別是魯迅研究與新詩研究部分）的著錄。在我看來，孫先生的工作，貌似「拾遺補缺」，其實卻具有「正本清源」的價值。他的學術視野十分開闊，興趣也很廣泛，其古典文學與世界文學的修養在幾代中國現代文學學者中都可居上乘，但他的具體研究卻始終圍繞中國現代文學史上的核心對象與問題展開，說明他的學科意識與學術史意識都非常自覺。在學科邊界日益汗漫與模糊，「跨學科」成爲某種時尚的當下，孫先生的這一有所取捨的選擇無疑具有重要的參照意義。他從不以「先鋒」標榜，但 1980 年代以降中國現代文學研究中的若干「前沿」領域的開拓——諸如「象徵主義」的研究、「現代主義」的平反、「解詩理論」的建構與實踐，都是在他的研究工作中自然延伸出來的新的學術可能性。

在孫玉石先生當初的諸多探索在今天已經成爲知識與思想層面上的「常識」時，對其學術成就也就必須在學術史的視野中加以認識與理解。通常所謂「八十年代學術」，主要是指 1977 與 1978 兩級大學生與研究生走上學術舞臺之後創造的一個時代的學術形象。不過，不應忽略的是孫先生與他的同代學者也在同一歷史現場中與年輕一代「同臺表演」，只是後者的足跡大都活躍，而前者的身影普遍靜默罷了。但也正是在這份靜默中，他們以一種深沉厚重的方式同樣參與了新的學術範式的想像與層累。兩者的配合與呼應才是這段影響至今的學術進程的全璧。如果說年輕一代在爾後的敘述中成爲了「時代精神」的象徵的話，那麼孫先生等人提供的則是一種「史的景深」的立場。

在「中國現代文學研究的傳統」學術研討會召開的次日，爲期兩天的「時代重構與經典再造（1872～1976）——博士生與青年學者國際學術研討會」在北大舉行。這是一次完全由北大中文系的在讀博士生發起、召集、籌備與組織的國際性的學術會議。將兩次會議安排在一起接連舉行，正是旨在昭示北大人文學術傳統的薪火相傳，同時也以這種形式向孫玉石先生致敬。

11 月 16 日下午，在會議閉幕以前，孫玉石先生應邀與會，與青年學者座談。孫先生尤以新詩研究見長，而在此次與會的代表中，恰有王璞、徐鉞與范雪等青年學者同時也是已經在當代詩壇嶄露頭角的年輕詩人。因此，在會議間隙，由他們與其他代表一道「集體創作」了一首新詩《史的景深》，在當天，即孫先生八十華誕的日子作爲一份特別的禮物與心意獻給了他——

史的景深——獻給孫玉石先生

莫斯科兒童中心的窗開了
風吹過樹梢
而眞實，那過久的，如無人知曉的典籍般睡著
野草在暗夜中恣肆叢生
在野火蔓延而過的地域
多和少，百轉千回，一行一程
行程中的十四行，誰以詩的名義告我
從東北往南再往南
一切在黑色夜空下平均感受著生息
連露珠的顫抖都是安靜的
那是史的眸子，反光中的景深不再空洞
那難忘的歲月彷彿是無言之美
沸騰的沉默吹拂著已然遠遊的蹼
大海把呼吸融入永恒的綠色
森林綿長，陽光穿行
撫摩草葉成了無數魚兒的形身
光説著光的光輝
心靈之鳥在時間的枝頭歌唱

值得一提的是，這首作品的創作方式與通常的新詩很不相同。儘管新詩並非絕然不能發揮「詩可以群」的功能，但唱和意義上的創作終歸少數。這首作品有意在這一方面進行了嘗試，首先由與會代表本著自願原則每人寫作一到兩句，然後徐鉞與范雪負責從其中選擇與綴合，最後請王璞敲定了題目。作品達到的效果，最終超出了預期。我想，這一實驗之所以能夠成功，乃是源自大家在詩中灌注了對於孫玉石先生的共同理解與普遍尊重。

這首詩中使用了三個「今典」。一是「莫斯科兒童中心的窗」，是指孫玉石先生 2002 年在莫斯科馬雅可夫斯基故居前繪製的一幅同題速寫。在這幅作品中，遠處是原蘇聯國家安全部大樓，而與之毗鄰的是「兒童世界」（兒童商

店）。在孫先生看來，即便是在過往最爲黑暗的地方，附近也有最具生機的希望存在。二是「那難忘的歲月放佛是無言之美」，這是著名詩人林庚先生 1990 年爲孫先生的題字。孫先生的弟子編輯的「孫玉石教授八十華誕紀念集」也以「無言之美」四字作爲書名。三是「永恒的綠色」，化用了孫先生自己的詩句「這個世界給予您的太少太少/您擁有的卻是一個綠色永恒」。這是 1989 年孫先生爲他的導師王瑤先生七十五歲壽辰所寫的〈綠色的永恒〉一詩中的兩句。而孫先生，無疑也正是青年一輩眼中的一位具有「綠色永恒」的先生。

這首〈史的景深〉，當然是祝壽之作，但也是新詩人向新詩研究專家孫玉石先生的致敬，更是我們對於「中國現代文學研究的傳統」這一問題的思考與回應。

在《孫玉石文集》出版之後的最近五年，孫玉石先生依舊筆耕不輟。與許多同齡學者大多已經只寫一些「方法論」、「經驗談」或者序跋文字不同，他還在從事具體問題的研究。就在過去一年，他先後完成了一篇三萬多字的關於林庚先生的長文，以及兩篇重新討論《新青年》的文章，而這三篇都是在他發現的新的史料的基礎上完成的。已經八十高齡的他，每天做的最多的事情還是翻看與查閱大量的 1949 年以前的原始報刊與初版詩集。在他手中積累的「七月派」詩人阿壟的佚作已經多達數十萬字，目前他正在進行的便是對於這一部分史料的整理與考辨。

孫玉石先生的生命力，是一種「史的景深」式的學術的生命力。畢生致力寫出歷史的「眞故事」與「眞精神」的他，也在這一過程中成爲了歷史中人。「歷史」在這裡由抽象變成具體，「傳統」於此刻從經驗化作實感。

2015 年 11 月 28 日，於暢春新園

（原刊《中國社會科學報》2016 年 6 月 27 日）

編後記

審讀完書稿的最後一字，已是子夜時分。一年前的場景，依舊歷歷在目。

本書是在 2015 年 11 月 15 日至 16 日北京大學舉行的「時代重構與經典再造（1872～1976）——博士生與青年學者國際學術研討會」的基礎上編就而成的一部專題論集。陳平原老師在〈小書背後的大時代——從《二十世紀中國文學三人談・漫說文化》說起〉一文（《讀書》2016 年第 9 期）中，曾對此次會議做出述評。該節題爲「年輕人的機遇」。陳老師從 1985 年 5 月 6 日至 11 日召開的「中國現代文學研究創新座談會」（即著名的「萬壽寺會議」）一路談到三十年後的此次會議。在他看來，「任何一次年輕人間成功的聚會，都可能隱含著某種學術交鋒或思想突破」，而「基於此信念，北大甚至鼓勵博士生自己設計論題，申請經費，召開同齡人爲主體的國際會議，老師們只是在幕後默默支持」——

> 去年十一月十五日至十六日，北京大學中文系主辦的「時代重構與經典再造（一八七二至一九七六）——博士生與青年學者國際學術研討會」，就是這麼開的（參見李浴洋：《一群學生娃　撐起國際學術研討會》，載《北京青年報》二〇一六年二月十六日）。我在這個研討會上做主旨演說，開篇談及「鐵打的營盤流水的兵」，結尾處回憶三十年前的「中國現代文學研究創新座談會」，並稱：「我們這一輩學者，好多人借住此次會議登上學術舞臺，因此很珍惜此記憶。三十年後，又一次營盤交接，盡可能爲年輕人提供更好的學術環境與精神氛圍，是我們義不容辭的責任。」

文中提及的陳老師在會議開幕式上所做的主題演講〈彈性的「經典」與流動的「讀者」〉（原刊《北京青年報》2015 年 12 月 1 日）以及我撰寫的會議側記〈在「成長學術」中共同成長〉（原刊《北京青年報》2016 年 2 月 16 日，發表時改題為〈一群學生娃　撐起國際學術研討會〉），已經分別作為「代序」與「附錄」，收入本書中。陳老師再三表達的殷切期待，讓我與當初一起與會的朋友們備受鼓舞與感動。而至於此次會議是否完成了「又一次營盤交接」的歷史使命，則恐怕還有待於時間與實踐的檢驗。我們不做「內臺叫好」，但我們也樂觀其成。

關於會議本身的相關情況（包括思路形成、組織動員、日程設計以及現場效果），我在側記中已多有述及，此處不贅。而對於「時代重構與經典再造」這一主題的選擇與界定，我在會議的開幕式上也做出過說明。（參見本書附錄《時代意識與經典視野》，原刊《文藝報》2016 年 1 月 11 日）可以並不誇張地說，至少在初衷的層面上，此次會議的確是一次有意為之的「學術集結」，是我們基於對當下學界以及學術進程的某種體驗與判斷，嘗試做出的一種認真回應與介入。

時隔一年，回頭來看，最為令人感到欣慰與振奮的，倒還不是當初論學未名湖畔時的熱烈場面，而是在此後的一年之間，關於此次會議的話題與組織形式，始終在部分與會者中餘音裊裊。一方面，對於會議主題以及與會代表所提交論文的討論，從場內延續到了場外，一些相關的學術議題也被捲入或者帶動起來，有的甚至還在學界引起了不大不小的反響——一種真正的「成長學術」正在可喜地展開。另一方面，好的會議向來都是「公心」兼「私誼」，而此次會議無疑也做到了這點：在過去一年間，通過這一會議締交形成的「學術共同體」，又先後在其他場合以多種形式一再「集結」，從而至少在一定範圍內成功地轉化成為了一代學人的「基本盤」。

所有這些，既源於會議的「形式」，更與其「內容」直接相關。無獨有偶，差不多就在陳平原老師撰文回憶「小書背後的大時代」的同時，當年同樣參與了「中國現代文學研究創新座談會」的錢理群老師也在一次接受我的訪問時談到了有關 1980 年代的學術會議的話題。他說：「當時的學術會議不像現在這麼頻繁，這麼流於形式化，整個學科的學者除了一年舉行一次年會，專題性的會議基本也是一年只有一回。因此大家準備得都非常用心，都是帶著自己一年當中最好的論文前去參會。所以每開一次會，就會在學界形成一股潮流。」(根據錄音整理)時過境遷,世殊事異,如今的學術生態與學者境遇,已遠非三十年前的前輩學人可以想見。在一場接一場的學術會議「走馬燈」式的接連上演的當下,「開會」已經成為了相當數量學者的生活方式。在此情形下,如果還指望一場會議「就會在學界形成一股潮流」,恐怕已屬奢談。那麼退一步講,至少做到錢老師所說的「大家準備得都非常用心,都是帶著自己一年當中最好的論文前去參會」,這一要求是否還有可能實現?

當我在一年之後重新翻閱當時印製的會議論文集時,感到我們並沒有從俗。在很大程度上,我們還是達到了錢老師提出的要求。如此判斷,不僅出於我對各位作者的學術狀態與學思追求的瞭解,更源自一個基本事實——在過去一年間,他們中的絕大多數都認真修訂了當初提交給會議的論文,而最終的定稿也大都發表在了具有良好口碑的學術期刊上,並且收穫了相當不錯的評價。

記得在會議剛結束時,曾有老師建議將論文集公開出版。而我以為,無論給出多少理由,一次學術會議的「集結」終歸難免會帶有或多或少的偶然性。因此,單純出版一部會議論文集的意義可能比較有限。我當時希望,倘能假以時日,經過與諸位作者進行溝通,將會議論文集提升成為一部專題性的學術論集,那才有出版的價值。

所謂「專題論集」,指的是一部具有顯豁的問題意識、豐富的展開面向以及相當程度的論述深度的學術文集。而強調與核心論題的相關性以及論文本身的質量,也就成為了編輯專題論集的根本原則。本著這一態度,也在充分徵求了諸位作者意見的基礎上,我對當初會議論文集的選目進行了必要的調整,也把彼時圍繞「時代重構與經典再造」這一主題設計的十個具體議題——「世變與文運」、「儒家與道教」、「現代學術的展開」、「對話周氏兄弟」、「文本與圖像」、「譯事與詞章」、「說部內外」、「重審當代中國」、「啓蒙與革命」以及「戰爭與文學」——按照其各自涉及論文的最終完成效果,做了較大幅度的提煉與壓縮。經過重新整合,最終形成了「啓蒙與革命」、「戰時中國的世變與文運」、「現代學術的展開」、「重審周氏兄弟」、「詞章與說部」以及「聲音與圖像」六個分論題。同時又根據本書所屬叢書主編李怡老師的建議,以1949年為界,將有關此前時段話題的論文輯為了「晚晴與民國卷」,而將有關此後時段話題的論文輯為了「人民共和國卷」,分別編入他主持的「民國文化與文學研究文叢」與「人民共和國文化與文學叢書」中出版。

雖然追求結構完整，但不管是「晚晴與民國卷」與「人民共和國卷」兩卷的篇幅長短，還是同一卷中不同分論題所佔的比例大小，本書都不強求統一與均衡。換句話說，在突出論集的專題性的前提下，本書的編輯原則還有一條，那便是——寧缺毋濫。所以書中收錄的論文應當大都能夠對於相關議題的討論做出推進。當然，由於作者們還都是博士生與青年學者，文中不夠成熟與深刻之處自然也就在所難免。因此，我們也由衷期待學界師友給予批評指正。

事實上，正是由於諸多師友的扶持與幫助，會議在一年前才得以圓滿召開，本書也才得以以一種較爲理想的形式問世。而對於他們的謝意與敬意，也是我們篤志前行的重要動力。

陳平原老師不僅在我申報「北京大學博士研究生國際專題學術研討會資助項目」時給予了大力支持，而且在立項成功以後，也對於會議籌備過程中的若干關鍵環節提出了十分具有建設性的指導意見。會議召開的 11 月份，是每年學術活動的「旺季」。陳老師原本已有非常重要的日程安排，但爲了支持會議，他特地更改了行程。他不僅應邀在會議開幕式上發表了精彩的主題演講，而且還出任了首場專題討論的論文評議人，對於由他負責講評的每篇論文都給予了認眞指導。這些都令我與與會代表一致感念與感佩。

王風老師與吳曉東老師是會議的另外兩位主要的指導老師。會議從籌備到召開，自始至終都得到了王風老師的悉心關懷。王老師爲學極其謹嚴，做事也一絲不苟。幾乎所有可能的疏漏之處，皆因王老師的體察而得以避免。他不僅承擔了工作量極大的對會議進行學術總結的任務，而且在有的評議人老師臨時因故不能到場之際，還出色地進行了「替補」。吳曉東老師作爲北大中文系中國現代文學教研室主任，不僅個人應邀出任了評議人，還積極號召與協調了教研室的全體師生一起參與到了會議的組織工作中來。而會議的最終成功，正是集體齊心協力的結果。

此外，夏曉虹、高遠東、孔慶東、王達敏、吳飛、姜濤與賀桂梅等諸位老師，或在會議籌備期間給予幫助，或在會議舉行時出任評議人，皆以認眞的態度與高超的水準提升了會議的質量。

特別值得一提的是，會議還特邀了孫玉石老師與會。在會議召開的前一天，北大中文系隆重舉行了「中國現代文學研究的傳統——慶祝孫玉石先生八十華誕暨孫玉石學術思想研討會」。不少提前到會的代表都列席了這一十分具有紀念意義的活動。而會議閉幕的2016年11月16日，正是孫老師八十壽辰的當日。孫老師應邀出席了會議閉幕式，並且做了言辭懇切的專題演講。作爲德高望重的學術前輩，他的到場與發言使得會議「薪火相傳」的意味更加濃鬱。而全體與會代表也爲孫老師獻上了一份別緻的生日禮物。（參見本書附錄《史的景深——致敬孫玉石先生》，原刊《中國社會科學報》2016年6月27日）

需要說明的是，當初會議的申報與組織工作雖然主要由我負責，但全程離不開中國現代文學教研室在讀的博士生與碩士生的協作。尤其是路楊、張一帆與梁蒼泱三位，他們分擔了大量的具體工作，同樣也是會議的組織者。而其他十餘位專事會務工作的師弟師妹，更是爲會議各項目標的順利達成做出了重要貢獻。

會議結束以後，海內外的多家學術期刊向與會代表進行了約稿。而《文藝報》《中華讀書報》《北京青年報》《中國文化報》《中國藝術報》與《中國社會科學報》等媒體也都對會議進行了相關報導。

最後，感謝李怡老師接受了本書的出版計劃。李老師在學界素以獎掖年輕一輩而著稱。我與他迄今只有一面之緣，但當我向他提及本書的選題後，他便慨然應允，將之推薦給花木蘭文化事業有限公司，使得本書的問世最終成爲可能。李老師的這份信任，令人敬重。

謹以此書，獻給在學術道路上一同成長的朋友們。

李浴洋

2017年1月24日，於京西暢春園